The Air He Breathes
by Brittainy C. Cherry

奇跡が舞いおりた日に

ブリタニー・C・チェリー
緒川久美子[訳]

ライムブックス

奇跡が舞いおりた日に

主要登場人物

エリザベス（リズ、リジー）……………インテリアデザイナー
トリスタン（トリス）・コール ……………家具職人
エマ……………………………………………エリザベスの娘
スティーブン…………………………………エリザベスの夫（故人）
ジェイミー……………………………………トリスタンの妻（故人）
チャーリー……………………………………トリスタンの息子（故人）
キャシー………………………………………スティーブンの母親
リンカーン……………………………………スティーブンの父親
ハンナ・ベイリー……………………………エリザベスの母親
フェイ…………………………………………エリザベスの親友
タナー・チェイス……………………………スティーブンの友人
ミスター・ヘンソン…………………………魔術用品店の経営者
マッティ………………………………………カフェの経営者
サム……………………………………………マッティのカフェのウェイター

プロローグ

トリスタン

二〇二四年四月二日

「うれしい？」おれの実家の玄関で、ジェイミーが子鹿みたいな美しい瞳に笑みを浮かべ、爪を噛みながらきいた。彼女を妻と呼べる自分はなんて運がいいのだろう。

彼女に近づき、小柄な体に腕をまわして抱き寄せる。「ああ。ようやくこの日が来た。すごいチャンスだよ」

ジェイミーはおれの首に腕を巻きつけてキスをした。「あなたを誇りに思うわ」

「おれひとりの力じゃない」

家具職人として身を立てるという長年の夢が、もう少しで叶《かな》いそうだった。親友であり仕事のパートナーでもある父さんと、これからニューヨークに向かう。おれたちふたりに大いに興味を示してくれている投資家たちに会いに行くのだ。

「きみがいてくれたからここまで来られた。だからおれたちの夢が実現する、おれたちのチャンスなんだよ」

彼女がまたキスをしてきた。

自分がこんなにも人を愛せると、はじめて知った。

「出かける前に言っておくことがあるの。チャーリーの先生から電話があったのよ。あの子、また学校でちょっとした揉めごとを起こしたみたい。あんなに父親そっくりなんだから、仕方がないけど」

思わずにやりとする。「今度はいったい何をやらかしたんだ？」

「ミセス・ハーパーの話では、チャーリーの眼鏡をからかった女の子に悪態をついたそうよ。おまえはヒキガエルそっくりだから、ヒキガエルを喉に詰まらせちまえって。ヒキガエルで喉を詰まらせろだなんて、信じられる？」

「チャーリー！」リビングルームに向かって怒鳴る。するとチャーリーが本を持ったまま出てきた。眼鏡はかけていない。きっとからかわれたせいだ。

「何、父さん？」

「カエルを喉に詰まらせろって、女の子に言ったのか？」

「そうだよ」チャーリーが当然というように答えた。まだ八歳なのに、自分のせいで親があたふたしていても、まったく気にならないみたいだ。

「そういうことを言ったらだめだぞ」

「だけど、ほんとにヒキガエルそっくりなんだもん」

こみあげてきた笑いを隠すために、うしろを向く。「さあ、こっちに来て、いってらっしゃいのハグをしてくれ」チャーリーが近寄ってきて、ぎゅっと抱きついた。いつか、息子が父親を抱きしめるなんてとんでもないと思うようになったら、どうすればいいのだろう。

「父さんがいないあいだ、母さんとおばあちゃんの言うことをよく聞くんだぞ。いいな?」

「わかってるって」

「それから、本を読むときには眼鏡をかけろ」

「なんで? かっこ悪いのに!」

かがんで息子の鼻を指ではじく。「本物の男は眼鏡をかけるもんだ」

「父さんはかけてないじゃない!」息子が抗議した。

「たしかにそうだ。本物の男でも、眼鏡をかけてないやつもいる。だが、おまえはかけるんだ」

息子はぶつぶつ文句を言いながら、駆け足でリビングルームに戻った。早く本の続きを読みたいのだろう。息子がテレビゲームよりも本が好きなのは、本当にうれしい。本好きは図書館司書である母親の血だ。だが、おなかの中にいるときに父親が読み聞かせをした効果も少しはあるだろうと、おれはひそかに悦に入っている。

「今日は何をする予定?」ジェイミーにきく。

「午後はファーマーズマーケットに行くつもり。あなたのお母さまが花を買いたいんですって。でもそれだけじゃなくて、きっとまたチャーリーに余計なものを買ってくれちゃうでしようね。そういえば、ゼウスがあなたのお気に入りのナイキのシューズをかじっちゃったのよ。だからわたしはその代わりを探すわ」

「なんだって！　誰だ、犬を飼いたいなんて言いだしたのは」

ジェイミーが笑った。「あなたが悪いのよ。わたしは犬なんて欲しくなかったのに、チャーリーにだめって言えなかったのはあなたでしょ。あなたとお母さまはそういうところがそっくり」彼女はもう一度キスをすると、キャリーバッグの引き手を伸ばした。「うまくいくといいわね。わたしたちの夢を叶えてきてちょうだい」

彼女に唇を重ね、微笑みながら約束する。「戻ったら、きみの夢だった書庫を作るよ。上の棚まで届くはしごなんかも全部。完成したら、『オデュッセイア』と『アラバマ物語』のあいだできみと愛しあうんだ」

ジェイミーは下唇を噛んで確認した。「本当に？」

「ああ、約束する」

「飛行機が着陸したら電話してね」

おれはうなずいて家を出た。父さんはすでにタクシーに乗り込んで待っていた。

「ねえ、トリスタン！」タクシーのトランクに荷物を積んでいると、ジェイミーが呼びかけてきた。チャーリーも横にいる。

「なんだい？」

「せーの」ふたりは両手で口をかこって大声で言った。「アイラブユー！」

おれは笑みを浮かべ、同じ言葉を叫び返した。

飛行機の中で、これはすごいチャンスだと父さんは何度も言った。乗り継ぎ地のデトロイトに着陸すると、ふたりともすぐに携帯電話の電源を入れた。メールのチェックをして、ジェイミーと母さんに旅は順調だと知らせるために。

携帯がオンになると、おれのところにも父さんのところにも母さんからメッセージが山ほど来ていた。悪いことが起こったとぴんと来た。いやな予感に腹の中がねじれる。メッセージを読みながら、おれは携帯電話を落としそうになった。

〝事故があったの。ジェイミーとチャーリーが重体よ〟

〝戻ってきて〟

〝急いで!!〟

瞬《まばた》きするほどの短いあいだに、おれの人生はひっくり返った。

1

二〇一五年七月三日、ウィスコンシン州ジェームズビル

エリザベス

毎朝わたしは、別の女性に宛てられたラブレターを読む。彼女とわたしには共通点がたくさんある。チョコレート色の目やブロンドの色合い。静かに笑うところ。だけど大好きな人といるときは、大声で笑う。彼女は口の右端から笑い、左端から顔をしかめる。わたしもそうだ。

手紙はガレージのごみ容器に捨ててあるのを見つけた。ハート形の缶に何百通も入っていて、長いのや、短いのや、幸せいっぱいのや、心が痛くなるくらい悲しいのまで、いろいろあった。サインはKBとHBの二種類。

ママが手紙を全部捨てたと知ったら、パパはどう思うだろう。

でも今のママは、これらを書いたのと同じ女性とはとても思えない。

だって、手紙の女性は満ち足りていて、完璧で、神々しい感じさえする。

けれど、今のママは正反対だ。

どこかが壊れ、ぽっかりとした空洞があり、いつも孤独。

ママはパパが死んだあと、あばずれになった。オブラートにくるもうにも、ほかに言いようがない。死んですぐにそうなったわけじゃない。パパが生きているときから、男と見たら誰彼かまわずだったとミス・ジャクソンは言いふらしているけれど、それは違う。だってわたしは、ママがパパに向けていた目を覚えている。たったひとりの愛する男性を、まっすぐに見つめていた。朝早く仕事へ出かけるパパのために、朝昼二食分の弁当に加え、合間に食べるおやつまで毎日用意していた。たらふく食べてもすぐにまた腹が減るってパパがしょっちゅうこぼすから、いつも多すぎるほどの食べ物を持たせていたのだ。

パパは詩人で、家から一時間離れた大学で教えていた。だからふたりがラブレターのやりとりをしていたのは、不思議でもなんでもない。パパは昼間はコーヒー、夜はウィスキーで、読んでいる本の言葉を体の中に流し込んでいるんじゃないかって感じの人だったから。それに比べるとママの言葉を操る能力はたかが知れていたけれど、手紙からはじゅうぶん心が伝わってくる。

パパを送り出すと、ママは鼻歌を歌いながら笑顔で家じゅうを掃除して、わたしに朝の支度をさせる。そしてパパの話ばかりして、早く帰ってこないかしらとこぼし、一日かけてラブレターをつづっていた。パパが帰ってくると、ママはワインを一杯ずつ注ぎ、パパはふたりのお気に入りの歌を口ずさみながら、しょっちゅうママをつかまえては手首の内側にキスをしていた。げらげら、くすくす笑いあっているふたりは、はじめて恋に落ちた若者みたいだった。

「あなたは永遠にわたしの恋人よ、ケビン・ベイリー」ママはパパにキスをしながら言った。

「きみは永遠にぼくの恋人だよ、ハンナ・ベイリー」パパはママを抱きしめ、くるくると振りまわしながら言った。

ふたりはおとぎばなしなんか目じゃないほど、甘く愛しあっていたのだ。

だから、うだるように暑かった八月のあの日、パパの死とともにママの一部も死んでしまった。いつか読んだ小説に〝誰かと魂で結びついている人間は、寂しくこの世を去ることはない。必ず半身である相手の一部を、ともに連れていくから〟という一節があった。認めたくないが、この作者は正しかった。ママは何カ月もベッドから出られなかった。一二歳だったわたしは、ママが悲しみのあまり消えてしまわないよう、毎日飲ませたり食べさせたりした。パパが死ぬまで、泣いているママなんて一度も見たことがなかったのに。わたしは、なるべく自分の感情を表に出さないようにしていた。出せばママの悲しみが加速するだけだとわかっていたから。

そして、ひとりになってから思いきり泣いた。

ようやくベッドから出られるようになると、ママはわたしを連れて何週間か教会に通った。信徒席に座らされて途方に暮れた。こんな不幸に見舞われるまで、わたしたち家族は信心深いとはとても言えなかった。でも、教会通いも長くは続かなかった。ママは神を嘘つき呼ばわりし、ペテンに引っかかって約束の地なんてものを信じている町の人々をあざ笑ったのだ。ほとぼりが冷めるまでしばらく教会を離れているようにと、リース牧師は言った。

聖なる場所に出入り禁止になることがあるのだと、そのときはじめて知った。教会は万人に開かれているとリース牧師は言っていたけれど、彼から見てママは〝万人〟に含まれない特別な人間だったのだろう。

今のママの気晴らしは、次々に新しい男とつきあうことだ。ベッドをともにしたり、請求書の支払いに利用したり、ときには寂しさのあまりちょっとパパに似ているというだけでつきあって、あまつさえパパの名前で呼んだりもする。今晩も、ママの小さな家の前には車が止まっていた。濃紺で、フレームはぴかぴかのメタリックシルバー。アップルレッドの革張りのシートには煙草をくわえた男が座っていて、その膝の上にママがいた。一九六〇年代から抜け出してきたような男に何かささやかれて、くすくす笑っている。パパに向けていたのとは似ても似つかない笑いだ。

ちょっぴりうつろで、ちょっぴり軽薄で、ちょっぴり悲しい笑い。

あたりを見まわすと、噂好きの女たちに囲まれたミス・ジャクソンが、ママと〝今週の男〟を指さしている。話が聞こえるくらい近くにいるなら余計なお世話だと言ってやれるけど、彼女たちがいるのはたっぷりひとブロックは向こうだ。おまけに折れた枝でボールを打って遊んでいた子どもたちまで動きを止め、目を丸くしてママと見知らぬ男を見つめている。

長年住んでいるこの通りでは、これほど高価な車を見かけることはない。もっと柄のいい場所に引っ越したほうがいいと何度説得しても、ママは拒否する。パパとふたりで買った家を出ていくのは、最後のつながりを断つようでつらいのかもしれない。

たぶん、まだパパを吹っ切れていないのだ。

男がママの顔に煙草の煙を吹きつけ、ふたりは笑った。ママはオフショルダーの黄色いワンピースを着ている。細いウエストを強調するタイトなラインの上身頃と裾に向かって広がっているスカートの、とっておきの一着だ。思いきった厚化粧のおかげで、ぱっと見には五〇歳じゃなくて三〇歳に見える。あんなに塗りたくらなくてもじゅうぶんきれいなのに、ほんのひと刷毛《はけ》が女の子と大人の女を分けるのだとママは言う。パールのネックレスはベティおばあちゃんの形見で、次々に入れ替わる男たちの前でつけたことは一度もないのに、なぜ今夜はつけているのだろう？

ポーチに立って様子をうかがっていたら、ふたりがこっちを見たので、あわてて柱の陰に入った。

「リズ、隠れるつもりなら、もうちょっとうまくやりなさい。さあ、こっちへ来て、新しい友だちに会ってちょうだい」ママが怒鳴った。

仕方なく柱の陰から出て、ふたりのほうに向かう。男がまた煙を吐いたので、においが鼻にまとわりついた。白髪まじりで濃いブルーの目をした男だ。

「リチャード、娘のエリザベスよ。みんなはリズって呼ぶけど」

リチャードはものでも見るように、じろじろと眺めまわした。わたしが磁器の人形で、粉々に壊してみたいとでも思っているみたいに。居心地が悪いのを隠さなければと思いながらも、わたしの視線はどうしても下を向いてしまう。「やあ、リズ」

「エリザベスです」コンクリートの地面を見つめながら訂正した。「親しい人たちしかリズと呼びません」

「リズ、彼になんて口をきくの！」腹を立てたので、ママの額にいつもうっすらと見えるしわがくっきりと深くなった。しわができているなんて知ったら、ママはショックでひきつけを起こすだろう。だけど、新しい男ができるたびに娘ではなく男の味方をするのは許せない。

「いいんだよ、ハンナ。それに彼女の言うとおりだ。親しくなるにはそれなりの時間がかかる。愛称で呼べるというのは、そうやって親しくなった勲章みたいなものさ」リチャードはそう言ったけれど、わたしに向ける視線や煙を吐く様子はなんとなく粘っこくて、ふだん用のゆったりとしたジーンズとTシャツを通して裸を見られているような気がした。「これからきみのお母さんと町へ食事に行くんだが、一緒にどうだい？」彼が誘ってきた。

「エマがお昼寝をしているので」きっぱりと断って、かわいい娘がソファベッドで眠っている家に目を向けた。もうずいぶん長いあいだ、わたしはそのかりそめのベッドを娘と分けあっている。

ママだけじゃなく、わたしも愛する人を亡くした。

だけど、この先自分もママのようになるとは思いたくない。

スティーブンが死んでから、もう一年以上が経つ。でも、まだ息をするのもつらい。エマとわたしの本当の家は、同じウィスコンシンのメドウズクリークにある。ぼろ家だけど、親子三人で暮らしながら喧嘩《けんか》と仲直りを繰り返し、愛を育んでいった大切なわが家だ。けれどもスティーブンがいなくなると、三人で作りあげたあたたかな空間に、冷え冷えとした空気が流れ込んだ。

玄関でわたしのウエストに手を置く彼にいってらっしゃいと言ったのが、生きている彼に会った最後だった。あのときは、永遠にそんな日が続くと思っていたのに。

でも永遠って、みんなが信じたいと思っているほど長いものじゃない。なじんだ日常が延々と続いたあと、ある日突然断ち切られる。

思い出と悲しみで窒息しそうになって、わたしはママのところに逃げてきた。あの家に戻れば、スティーブンは本当にいなくなってしまったのだという現実と向きあわなくてはならない。それを避けて、一年以上も彼が死んでいないふりを続けている。彼はミルクを買いに出かけているだけで、今にも玄関の扉を開けて帰ってくるのだと。ベッドでは毎晩左側に横たわって目をつぶり、右側にはスティーブンがいると思い込む。

でも、これ以上エマに犠牲を強いてはならない。ソファベッドで眠り、しょっちゅう見知らぬ男が出入りし、心ない近所の人たちの噂話が五歳の子の耳に入るような生活から抜け出させてやらなくては。それにしばらくのあいだ、ひとりで暗闇をさまようような時間を過ごしてきたわたしは、母親としての役割をちゃんと果たしていたとは言いがたい。もしかすると、懐かしいわが家に戻って思い出と向きあえば、少しは悲しみと折りあいをつけられるかもしれない。

わたしは家の中に入り、愛する娘を見おろした。眠っていて、胸が規則正しく上下している。娘はわたしとそっくりだ。ほっぺたにできるえくぼからブロンドの色合いまで。いつもは静かに笑うけれど、大好きな人といるときは大声で笑うところも。口の右端から笑い、左端から顔をしかめるところも。

だけど、ひとつだけ全然違うところがある。

目が、スティーブンと同じブルーだ。

エマの隣に横たわって、鼻の上にそっとキスをする。それからハート形の缶に入ったラブレターを一通取り出した。前にも読んだものだけど、読むとやっぱり心を揺さぶられた。

ときどき、これらのラブレターはスティーブンからのものだというふりをする。

そして、いつも少し泣く。

2

エリザベス

「ほんとにおうちに帰るの？」翌朝、エマが眠そうにきいた。リビングルームの窓から差し込んだ朝日が、かわいらしい顔を照らしている。わたしは娘をベッドから抱きあげて、ブッバと一緒に近くの椅子に座らせた。ブッバはテディベアで、エマのお気に入り。ただし単なるテディベアじゃなくて、ミイラだ。娘の嗜好《しこう》はちょっと変わっている。ゾンビや吸血鬼やミイラの登場する『モンスター・ホテル』を観て以来、ちょっぴり怖くてちょっぴり変わったものに夢中だ。

「ええ、本当よ」わたしはソファベッドを片づけながら答えた。前の晩、一睡もせずに荷物をまとめた。

エマは父親そっくりの少し間の抜けた笑顔で「イェーイ！」と叫び、ほんとにおうちに帰るんだよ、とブッバに教えた。

おうちという言葉を聞いて一瞬胸が痛んだけれど、笑顔は保った。悲しい顔をするとエマも同じ顔になる。元気のない顔をしているとエマは上手にエスキモーのキスをしてくれるけど、母親を励ますなんて責任を子どもに負わせてはいけない。

「花火があがる日までに帰らなくちゃならないもの。パパと一緒に屋根の上で見たの、覚えてる？　忘れてないでしょう？」

わたしにそうきかれて、エマは記憶の底を探るように目を細めて考え込んだ。記憶はファイルキャビネットに整然としまっておける書類とは違い、簡単に見つかるとはかぎらない。

「覚えてない」ブッバをぎゅっと抱きしめて、エマが答えた。

悲しみに心が張り裂けそうになる。

それでも笑顔は崩さなかった。

「途中でお店に寄って、屋根の上で食べるアイスキャンディーを買うってのはどう？」

「ブッバのおやつも買う！」

「もちろんよ！」

エマはうれしそうにもう一度「イェーイ！」と叫んだ。今度はわたしも心から笑えた。

娘を心の底から愛している。この子がいなかったら、悲しみに完全に屈していただろう。エマがわたしを救ってくれたのだ。

ママには別れを告げずに出発した。色男たちと夜のデートに出かけて、翌朝すぐに帰ってきたためしはないからだ。実家に戻った当初は、なかなか帰ってこないのが心配で何度も電話をかけた。でも、大人が大人のデートをしているだけなんだからほっといて、とヒステリックにわめかれた。

だから置き手紙をしてきた。

〝帰るわね。

わたしたちふたりとも、ママが大好きよ。

またすぐに会いましょう。

エマとエリザベスより〟

メドウズクリークまでは、ぼろ車で何時間もかかる。そのあいだずっと『アナと雪の女王』のサウンドトラックを聴かされていたので、最後には大声で叫びたくなるほどいらいらした。だけどエマは飽きもせず何度でも聴きながら、勝手な歌詞をつけて歌っていた。じつを言えば、わたしはエマの作った歌詞が一番気に入った。

エマが寝てしまうと、ようやく『アナ雪』を止められた。車の中がしんと静かになる。わたしは助手席に手を伸ばし、手のひらを上に向けて待った。でもいくら待っても、指を絡めてくる手はない。

大丈夫だと何度も自分に言い聞かせた。こんなに元気になったもの、と。

言い続けていれば、いつかきっと本当になる。

ちゃんと元気になれる日が来る。

州間高速道路六四号線に乗ると、胃がきゅっと縮んだ。別の道を選びたくても、メドウズクリークへ行くにはここを通るしかない。休日にしては混んでいるけれど、ガタガタだった道はきれいに舗装し直されていて、快適に車は走った。けれども、テレビのニュースが頭によみがえって、涙がこみあげる。


〝六四号線で玉突き事故！

大混乱！

悲惨な現場！

負傷者あり！

死者が出た模様！〟


スティーブン。

車を走らせながら、こぼれそうな涙を必死で抑えた。とにかく一回、息を吸わなくては。そして、何も感じないように心を閉ざした。そうしなければ感情が制御できなくなり、自分を保てなくなってしまう。それだけは避けなければ。ミラーをのぞくと、小さな娘の姿が少しだけ力を与えてくれた。高速道路をおりて、ようやく楽に息ができた。毎日がこの繰り返しだ。とにかく一回息をする。その先は考えない。考えたら延々と続けなければならない呼吸に圧倒されて、喉がふさがってしまうから。

〝メドウズクリークへようこそ〟と書かれた、なめらかな白木の表示板が見えてきた。目を覚ましたエマが窓の外に目をやる。「ねえ、ママ?」

「なあに?」

「こっちに帰ってきたって、パパにわかるかな。どこに羽根を置けばいいか、わかると思う?」

スティーブンが死んで実家に戻ったとき、家の前に白い鳥の羽根が散らばっていた。これはいつも近くであなたたちのことを見ているっていう天使からの合図なのよ、とわたしのママは説明した。

エマはその説明が気に入って、羽根を見つけるたびに空を見あげ、「愛してるよ、パパ」と笑顔でささやく。それから羽根を持った自分を写真に撮らせ、〝パパとエマ〟の写真として大切にしまう。

「もちろんパパにはわかるわよ」

「そうだね。うん、きっとわかるね」

木々の緑は記憶していたよりも鮮やかで、ダウンタウンに並ぶ小さな店はどこも独立記念日を祝して赤白青の三色で飾りつけられていた。見慣れているはずの町なのに、なぜかはじめて来る場所のようにも感じる。ミセス・フレデリックの家では国旗が風にはためいて、植木鉢には三色に染めたバラがさしてある。一歩さがって家を見つめているミセス・フレデリックの体は、誇りではちきれんばかりだ。

信号に引っかかって、一〇分待たされた。無駄に長い待ち時間だったけれど、スティーブンや幸せだった頃のわたしたちを思い出させる場所に戻ってきて動揺した心が、少し落ち着いた。それでも早く家に着きたくて、信号が変わるとアクセルを踏み込んだ。すると走ってくる犬の姿が、突然視界に飛び込んできた。あわててブレーキを踏んだものの、ぼろ車はがくがく揺れるだけでなかなか止まらない。ようやく止まったと思った瞬間、甲高い鳴き声が響いた。

心臓が口から飛び出しそうになって、息が詰まった。あわててギアをパーキングに入れる。どうしたのときくエマを無視してドアを開け、哀れなゴールデンレトリバーに手を伸ばすと、男が駆けつけた。目が合うと、かっと見開いている灰色がかったブルーの目の激しさに動けなくなった。ふつうブルーの目はあたたかく親しげな感じがするものだが、彼の目は厳しく張りつめた光を放っている。目だけでなく、とにかく全身がそんな印象なのだ。冷たく、人を寄せつけない。虹彩《こうさい》のまわりの深いブルーの部分には黒とシルバーの筋が入っていて、謎めいた印象を生んでいる。まるで荒れ狂う嵐の空のようだ。

こんな目を前にも見た気がする。この人と知りあいなのだろうか？ 絶対に見覚えがある。ぴくりとも動かない犬に視線を移すと、男性の目に恐れと怒りが浮かんだ。おそらく飼い主なのだろう。長袖の白いTシャツと黒のショートパンツという運動用の服装で筋肉質の体を包み、額に汗をかいている。首にかけている大きなヘッドホンの音源は、ショートパンツのうしろポケットに入っているようだ。犬と一緒に走っていてうっかりリードを放してしまったのだろうけれど、なぜか靴を履いていない。

どうして裸足なのだろう？

いえ、今はそんなことはどうでもいい。とにかく犬の具合を確かめなくては。

わたしの前方不注意でもあるのだから。

「ごめんなさい、全然見えなくて……」そう言いかけると、男がいらだった声で鋭くさえぎった。

「どういうつもりだ！　冗談じゃない！」怒鳴られて思わずびくっとする。彼は両腕で犬を包み、まるでわが子のようにやさしく揺すった。彼が立ちあがったのでわたしもそれにならい、一緒にあたりを見まわす。

「動物病院まで送るわ」男の腕の中で震えている犬を見て、わたしの体も震えた。彼は返事をしなかったものの、目を見ると迷っているのがわかった。彼の感情は目を見て判断するしかない。なぜなら、伸び放題の黒いひげに顔の下半分が覆われていて、口なんかどこにあるのかもわからないのだ。「お願いだから乗って」わたしは懇願した。「歩いていくには遠すぎるわ」

彼は短く一度だけうなずいた。犬を抱いたまま助手席に乗り込んでドアを閉める。

わたしは急いで運転席に乗ると、車を出した。

「どうしたの？」エマがきく。

「わんちゃんをお医者さんまで乗せてってあげるの。心配しなくても大丈夫よ」この言葉が嘘にならないといいのだけど。

救急も受けつけている一番近い動物病院まで、車で二〇分かかる。でも、目的地まですんなりとは行きつけなかった。

「左に折れて、コブラーストリートに入れ」彼が命令した。

「ハーパーアベニューのほうが近道よ」と言い返す。

彼はぎりぎりと歯を嚙みしめ、気を悪くしているのがわかった。「何もわかってないな。コブラーストリートに行けったら行け！」

わたしは深呼吸をした。「運転の仕方なら、ちゃんとわかってるわ」

「へえ、そうかな？　今おれたちがここにいるのも、もとはといえばあんたの運転のせいだ」

いけすかない男を車から蹴り出してやりたくなったが、苦しそうに鳴いている犬のために我慢した。「もう謝ったわ」

「謝ってもらっても、犬がよくなるわけじゃない。コブラーストリートは次の交差点を右だ」

「ハーパーアベニューは次の次を右よ」

「ハーパーアベニューじゃだめだ」

感じの悪いこの男をいらいらさせるためにも、絶対にハーパーアベニューに行ってやる。

いったい何さまのつもりなんだろう。

　次の次の角を右に折れて、ハーパーアベニューに入った。

「頭がどうかしているのか？　本当にハーパーにするなんて」彼が歯ぎしりした。でも、怒っている様子に溜飲《りゅういん》がさがったのは一瞬だった。すぐに工事現場に突き当たり、〝通行止め〟の表示が目に飛び込んだ。「きみはいつもそんなに気がきかないのか？」

「あなたこそ、いつも……」言い返そうとしたが、あとが続かない。口喧嘩は苦手なのだ。ただの苦手ではなく大の苦手。たいてい言葉が喧嘩のスピードに追いつかず、どうしようもなくなって子どもみたいに泣いてしまう。そのあと三日も経ってから、うまい切り返しを思いつくという不器用さだ。「あなたって、ふだんからきっと……きっと……」

「きっとなんだ？　はっきり言え！　言葉にしろ！」彼が挑発する。

　ハンドルを大きくまわしてUターンし、コブラーストリートに向かった。「ふだんからきっと……」

「もう少しだ、ホームズくん。名探偵のきみにならわかる」彼がからかう。

「きっと、いやなやつ《ディック》なのね！」コブラーストリートに入りながら、わたしは叫んだ。

　車の中がしんと静まり返った。頬が燃えるように熱くなり、ひたすらハンドルを握りしめる。

　病院に着くと彼は無言でドアを開け、犬を連れて救急用の入り口に走った。このまま帰ってしまおうか一瞬迷ったけれど、犬の無事を確かめなければ気が休まらないのはわかっていた。

「ママ?」エマが声をかけてくる。

「なあに?」

「ディックって何?」

娘の質問に、わたしは母親失格だと思い知った。追いつめられて思わず出た言葉とはいえ、男性のあの部分を暗に指す言葉を使ってしまうなんて。「違うわ、エマ。ママはダニ《ティック》って言ったのよ。ティックというのは動物や人の血を吸ういやらしい虫」

「じゃあ、ママはあの人のこと虫って言ったの?」

「そう。大きな虫」

「あの人の犬は死んじゃうの?」エマが次の質問を繰り出す。

ああ、お願いだからそんなことにならないで。

エマをチャイルドシートからおろして、わたしたちも病院に向かった。先に行った男が受付のデスクに両手を叩きつけているのが見える。ガラス越しなので言葉は聞こえない。中に入ると、受付の女性がいらだちを募らせていた。「わたしはただ、この用紙に必要事項を記入して、有効なクレジットカードをご提示くださいとお願いしているだけです。そうしていただかないと治療に取りかかれません。だいたい靴を履かずにご来院なさるのはどうかと思いますし、そのように非協力的な態度を取られては、はっきり言って困ります」

男はもう一度拳をデスクに叩きつけると、行ったり来たりしはじめた。両手を長い黒髪に差し入れて首のうしろまでかきおろし、荒い息遣いに胸を激しく上下させている。

「この格好だぞ。クレジットカードなんか持って家を出たように見えるか？　おれは犬と走っていたんだ！　あんたじゃ決められないっていうのなら、上の人間を出してくれ！」

女性はたじろぎ、さっきのわたしと同じようにむっとしている。

「彼の連れです」受付に行って、割って入った。ブッバをぎゅっと抱いたエマに腕にしがみつかれたまま、バッグから財布を取り出してクレジットカードを渡す。

女性は信じられないというように目を細めた。「この方のお連れさまですか？」こんな男は誰からも相手にされないはずだと、あからさまに見下している。

でも、誰からも相手にされない人間など、いていいはずがない。

彼の目を見ると、怒っているだけでなく途方に暮れているのがわかった。その奥に垣間《かいま》見える深い悲しみはあまりにも見慣れたもので、どうしても視線をはずせない。

「そうです。彼の連れです」女性がまだ納得できないようなので、わたしは背筋を伸ばした。

「何か問題でも？」

「いえ。では、こちらの用紙にご記入ください」

クリップボードを受け取って、待合室に向かう。

頭上のテレビはアニマルプラネットにチャンネルを合わせてあった。隅のほうには電車とレールのおもちゃがあり、エマとブッバはすぐにそれに夢中になった。男は少し離れたところから、険しく人を寄せつけない目で、ずっとわたしを見ている。「教えてもらわなくちゃいけないことがあるんだけど」声をかけると彼はゆっくり近づいてきて、隣に座って両手を膝の上に置いた。

「犬の名前は？」

彼は口を開きかけて一瞬躊躇《ちゅうちょ》したあとに答えた。「ゼウス」

思わず顔がほころぶ。大型犬のゴールデンレトリバーにぴったりの名前だ。

「あなたの名前も教えて」

「トリスタン・コール」

記入を終えると、わたしは用紙を受付の女性に渡した。「ゼウスの治療にかかるお金は、全部わたしのカードで払います」

「よろしいんですか？」

「いいんです」

「高額になるかもしれませんよ」女性が警告する。

「かまいません」

トリスタンの隣の席に戻ると、彼はショートパンツの上に指先を打ちつけはじめた。落ち着かないのだろう。混乱した表情が目に浮かんでいる。会ったときからずっとそうだ。

彼は指先をこすりあわせながら何かつぶやいたあと、ヘッドホンをつけてカセットプレーヤーの再生ボタンを押した。

エマがときどきそばに来て、いつおうちに帰れるのときくので、そのたびにもうちょっとしたらと答えた。エマはおもちゃのほうに戻る途中、トリスタンをじっと見て声をかけた。「ねえ、おじさん！」無視されると、両手を腰に当てて声を張りあげた。「ちょっと、おじさん！」祖母と一年過ごすうちに、ミニサイズのわたしはすっかり生意気になっていた。「おじさんってば、聞こえないの？」エマは指先を脚にとんとん打ちつけながら言った。「ほんとにおじさんは、おっきくてふとっちょのでかティックだね！」

ああ、なんてことを。

わたしは親になる資格なんてなかったのだ。

あわてて娘を叱ろうとしたとき、もじゃもじゃのひげの下でトリスタンの顔がかすかにほころぶのが見えた。ほとんどわからないくらいだったけれど、下唇がぴくりと動いた。エマは闇に閉ざされた人間の心をも溶かすこつを知っている。わたしはそれを身をもって体験した。

それから三〇分経ち、ようやく出てきた獣医が、ゼウスは数箇所の打ち身と前脚の骨折はあるが命に別状はないと告げた。わたしが礼を言い獣医が行ってしまうと、立ち尽くしていたトリスタンの両手から力が抜けた。全身が震えはじめ、大きく息を吸うのと同時に、怒りと嫌味に満ちていた男が姿を消す。彼は息を吐いて、心の防壁が崩壊したかのように手放しで泣きだした。嗚咽《おえつ》をもらし、ひたすら涙を流している姿は痛々しかった。心がずきんと痛み、思わずもらい泣きする。

「ちょっと、ティック！　ティックってば！　泣かないでよ」エマがトリスタンのTシャツを引っ張った。「大丈夫だよ」

「そうよ、大丈夫よ」愛する娘の言葉を、わたしは繰り返した。彼の肩にそっと手を置く。「ゼウスは大丈夫。よくなるわ。安心していいのよ」

トリスタンはわたしのほうを向いて、わかったというようにこくりとうなずいた。そして恥ずかしさと当惑をなんとか隠そうと深呼吸を繰り返し、目のあいだをつまんで頭を振る。

彼は咳《せき》払いをしてわたしたちから離れ、そこで待った。獣医がゼウスを連れてくると、両手をまわして受け取った。ゼウスはぐったりしていたが、懸命に尻尾を振って飼い主にキスをした。するとトリスタンが笑った。今度は見間違えようもない。ほっとして、心からうれしそうに笑っている。見ているだけで、ふたりのあいだの愛情が伝わってきた。

邪魔をする気にはなれなかった。トリスタンとゼウスから何歩かあいだを置いて、手を握ってきたエマと一緒に病院を出る。

ゼウスを抱いて歩いていくトリスタンには、車に乗るつもりはまったくないようだ。呼び止めたいけれど、理由がない。けれどもエマをチャイルドシートに固定して車のドアを閉めると、トリスタンがすぐそばに立っていて飛びあがりそうになった。視線が絡みあう。わたしは目をそらさなかった。呼吸が浅く速くなり、こんなに男性に近づいたのはいつ以来だろうと記憶を探る。

彼が一歩近づく。

わたしは動かない。

彼が息を吸う。

わたしも息を吸う。

とにかく、次の呼吸のことだけ考えよう。

今はそれが精いっぱいだ。

距離の近さに胃が縮こまる。〝ありがとう〟と言われると思って、〝どういたしまして〟と返す準備をした。

「運転の仕方をちゃんと覚えておくんだな」トリスタンは憎々しげにそう言うと、去っていった。

〝治療代を払ってくれてありがとう〟や〝乗せてくれてありがとう〟ではなく、〝運転の仕方をちゃんと覚えておくんだな〟。

よくわかった。

体の熱を奪う冷たい風に向かって、わたしはつぶやいた。「どういたしまして、ティック」

3

エリザベス

「やっと戻ってきてくれたのね。おかえりなさい！」

夕方になってようやく家に帰り着くと、キャシーが笑顔で玄関から出てきた。彼女とリンカーンが出迎えてくれるなんて、思ってもいなかった。でも考えてみれば長いあいだ会っていなかったのだし、スティーブンの両親であるふたりはここから五分のところに住んでいるのだから、当たり前かもしれない。

「ばあば！」叫ぶエマを、チャイルドシートからおろす。車から飛びおり、喜び勇んで駆け寄る孫娘を、キャシーは両手で持ちあげてきつく抱きしめた。「帰ってきたんだよ、ばあば」

「知ってるわ！　だから、じいじもばあばもうれしくてたまらないのよ」キャシーはエマの顔じゅうにキスを浴びせた。

「じいじは？」エマが祖父のリンカーンを探す。

「わしを探しているのかい？」リンカーンが家から出てきた。六五歳という実際の年齢より、ずっと若く見える。キャシーとリンカーンは、これからもけっして老け込んでしまうことはないだろう。誰よりも若々しい心を持っていて、わたしの年代のたいていの人間よりも活動的なのだ。一度なんかキャシーと一緒にジョギングに行ったら、三〇分でばててしまったわたしに、まだ四分の一しか走っていないと言って笑った。

リンカーンは妻から孫娘を受け取ると、空中に放り投げた。「おやおや、まあまあ、これはいったい誰だ？」

「あたしよ、じいじ！　エマよ！」エマが笑いながら訴える。

「エマだって？　まさか、違うね。わしのちっちゃなエマが、こんなに大きいはずがない」

エマは何度もうなずいてアピールした。「じいじ、あたしだってば！」

「そんなに言うなら証明してもらおうか。わしのエマは、いつも特別なキスをしてくれたもんだ。どんなやつか知ってるかい？」エマはリンカーンに顔を寄せて、まず両頰に順に鼻をこすりつけてから、最後に鼻と鼻を合わせてエスキモーのキスをした。「おお、こりゃなんと、ほんとにおまえか！　そうとわかったら急がねば。赤と白と青のアイスキャンディーに、おまえの名前を書いて用意してあるんだ。さっさと取りに行こう！」リンカーンはわたしのほうを見て、おかえりというようにウィンクをした。ふたりが家に駆け込んでしまうと、わたしはゆっくりとあたりを見まわした。

雑草や、エマが〝お願い草〟と呼んでいる草が伸び放題になっている。フェンスはスティーブンが作りかけたときのままだ。エマが道に飛び出したり、裏庭から続く広大な森に勝手にさまよい出たりしないよう、ふたりで話しあって設置を決めたのだが、彼がこれを仕上げることは永遠にない。

残りの白く塗った板は家の横に積みあげられ、わびしく出番を待っている。裏庭に目を向けると、作りかけのフェンスの向こうに何キロも続く森が見えた。ここを逃げ出して、あそこに身を隠してしまいたいという誘惑に駆られる。

キャシーが近づいてきて、両腕をまわして抱きしめてくれた。力を抜き、彼女にすがりつく。「少しは立ち直れた？」彼女がきいた。

「なんとか踏ん張ってる」

「エマのために？」

「エマのために」

キャシーはもう一度ぎゅっと力を入れてから腕をほどいた。「庭はひどいありさまよ。あれ以来、誰もここに来ていなかったから……」一瞬口をつぐみ、微笑む。「リンカーンがなんとかするって言っていたわ」

「いいえ、いいの。本当に。自分でできるから」

「リズ――」

「遠慮しているんじゃないのよ、キャシー。やりたいの。自分の手で」

「そう思っているのならいいけれど。少なくとも、近所でこの庭が一番ひどいわけでもないからね」キャシーが隣の家の庭を示して言った。

「誰か越してきたの？　幽霊が出るって噂があったから、ミスター・レイクスの家は絶対に売れないだろうと思っていたわ」

「そうなのよ。でも売れたの。人についてあれこれ言うのは好きじゃないけれど、お隣さんはちょっと変わっているのよ。過去に何かやって逃げてきたなんて噂もあるみたい」

「えっ！　逃亡犯ってこと？」

キャシーは肩をすくめた。「人を刺したらしいって、メリベスは聞いたそうよ。ゲイリーは、鳴き声がうるさいから猫を殺したと言っていたわ」

「まさか、ありえないわ。じゃあ、わたしの隣人は異常者なの？」

「あら、平気よ。小さな町のたわいもない噂話だもの。根も葉もないわ。でも、変わり者のヘンソンの店で働いているから、完全にまともではないかもしれないわね。とにかく、夜の戸締まりはきちんとして」

ミスター・ヘンソンはメドウズクリークのダウンタウンで〈ニードフル・シングス〉という店をやっている。ものすごい変人らしいが、わたしは一度も会ったことがなく、変人ぶりを直接目撃してはいない。

この町の人たちは本当に噂好きで、いかにも小さな町の住人という感じだ。とても活動的だけれど、生産性はまったくない。

通りに目を向けると、まず郵便物を取りに出てきたまま井戸端会議をしている三人が見える。それからウォーキングにいそしむ女性がふたり。わたしが町に帰ってきたと話しなが家の前を通り過ぎていったが、噂をしている対象に挨拶する気配はない。そして角を曲がって現れた小さな女の子と父親。はじめて補助輪をはずしたようで、自転車に乗る練習をしている。

思わずにやりとしてしまう。これぞまさに小さな町の暮らし。誰もが互いについてあることないことすべて知っていて、それが伝わるスピードは恐ろしく速い。

「とにかく」笑顔で言うキャシーの声で、われに返った。「夕食用にバーベキューの食材やなんかを持ってきておいたわ。一週間くらいは買い物に行かなくても平気なように、冷蔵庫に食料も入れてある。花火見物のために、屋根の上に毛布も敷いておいたのよ。もうそろそろはじまるはず……」そのときあたりがぱっと明るくなり、空に青と赤の光が広がった。

「ほら来た！」

屋根の上を見ると、リンカーンがエマを抱えて座っていて、花火があがるたびにふたりで〝おお！〟とか〝わあ！〟とか叫んでいる。

「ママも来て！」夜空に広がる美しい光のショーに目を据えたまま、エマが呼んだ。

キャシーがわたしのウエストに手をまわして家へと導く。「エマが寝たあとあなたが飲めるように、ワインも何本か持ってきておいたわ」

「わたしのために？」

キャシーは微笑んだ。「ええ、そうよ。おかえりなさい、リズ」

わが家に帰ってきたのだ。

胸が痛い。わが家という言葉に胸が痛まなくなる日が、いつか来るのだろうか。

リンカーンがエマを寝かしつけてくれるというのでまかせたのだが、なかなか戻ってこないので様子を見に行くことにした。エマの寝かしつけには毎晩苦労させられているので、リンカーンも大変な思いをしているのではないかと心配になったのだ。けれども足音を忍ばせて廊下を進んでも、叫び声は聞こえない。いい兆候だと思いながらそっと部屋をのぞくと、ふたりは大きなベッドの上に手足を広げ、ぐっすり眠っていた。リンカーンの脚はベッドの外に垂れている。

あとから来たキャシーが忍び笑いをした。「また会えて、より興奮していたのはどっちかしら」

リビングルームに戻ると、見たこともないくらい大きなワインボトル二本に出迎えられた。

「酔わせるつもり?」わたしは笑った。

キャシーがにやりと笑い返す。「それであなたが少しでも元気になるのならね」キャシーとは、本当の親子のように親しくつきあってきた。頼りにならない母親のそばで育ったわたしは、キャシーのような人もいるのだと知って驚いた。わたしを家族の一員として迎え入れてくれて以来、そのあたたかさはずっと変わらない。妊娠がわかったときは、わたし以上に泣いてくれた。

「あのふたりをこんなに長いあいだ引き離すなんて、ひどいことをしたわ」エマの寝室のほうに目をやり、ワインを口に運びながら、わたしは言った。

「いきなり人生が一八〇度ひっくり返ってしまったんだもの。人は恐ろしい悲劇に見舞われると、頭ではなく本能で行動するものよ。子どもがいれば、なおさらそう。あなたは一番いいと思うことをしただけ——生きていくためにね。だから自分を責める必要はないのよ」

「それはわかっているの。でもエマのことを考えず、自分の保身のためだけに逃げ出した気がして。いっぱいいっぱいで、とてもここにはいられないとあのときは思ったけれど……エマにとっては残ったほうがよかったのかもしれない。戻りたがっていたもの」涙がこみあげた。「それに、ときどきはあなたとリンカーンに会いに来るべきだった。電話も、もっとかけるべきだったわ。本当にごめんなさい、キャシー」

彼女は膝の上に肘をついて、身を乗り出した。「よくお聞きなさい。今は夜の一〇時四二分。そしてあなたはこの瞬間をもって、自分を責めるのをきっぱりとやめるのよ。自分を許してあげなくちゃ。リンカーンもわたしも、ちゃんとわかっているわ。あなたには離れた場所でひと息つく時間が必要だった。謝らなくては、なんて考えなくていいの。そんな必要はないのだから」

あふれてしまった涙をぬぐい、照れ隠しに笑う。「ばかみたいね」

「涙を止めるいい方法があるわ」

「どうすればいいの？」

キャシーは黙ってグラスにワインを注いだ。よくわかってくれている。

わたしたちは何時間もおしゃべりをした。大いに飲んで、大いに笑った。笑うとこんなにぽかぽかと心があたたかくなるなんて、忘れていた。でも、ママはどうしているかときかれたときには、思わず鼻にしわを寄せてしまった。「いまだ迷走中。同じ場所をぐるぐるまわってるみたい。同じような男たちと同じ間違いを繰り返していて。ここまで来たら、もうもとのママに戻ることはないのかも。この先もずっとこんなふうなんだと思う」

「それでも愛してる？」

「ええ、好きじゃないって思うときでも」

「それなら、見放さないであげるのよ。距離を置いてもいい。遠くから愛してあげて。そして、いつかもとに戻ってくれると信じるの」

「どうしてそんなに自信があるの？」そうきいてもキャシーは黙って笑っただけで、グラスを空けてさらにワインを注いだ。本当に頼りになる女性だ。「ところで、明日エマを預かってもらえないかしら。町に行って仕事を探したいの。カフェで雇ってもらえないか、マッティにきいてみようかと思って」

「週末いっぱい預かるわよ。二、三日ひとりになれたらいろいろできるし、気持ちも落ち着くでしょう。恒例だった金曜の晩のお泊まりを復活させてもいいわね。どちらにしても、リンカーンがすぐにあの子を解放するとは思えないわ」

「そんなにしてもらっていいの？」

「あなたのためだったら、わたしたちはなんでもするわ。それにカフェに行くと、いつもフエイにきかれるの。〝わたしの親友はどうしてる？　まだ戻ってこないの？〟って。だからフェイはきっと、ふたりだけで旧交をあたためる時間が欲しいはずよ」

　スティーブンが死んでから、フェイには会っていなかった。それまでは毎日のように話をしていたのに、しばらく距離を置きたいというわたしの気持ちを汲《く》んでくれた。けれども、こうして戻ってきてやり直すと決めた今、ふたたび親友である彼女が必要だ。そのこともわかってくれるといいのだけれど。

「まだこんな質問をするのは早いかもしれないけど、前にやっていた仕事を再開するつもりはないの？」キャシーが尋ねた。

　スティーブンとわたしは三年前に〈イン＆アウトデザイン〉という会社をはじめた。個人や企業向けに、彼が家の外まわりの仕事を、わたしがインテリアデザインを請け負っていた。ダウンタウンに事務所を構えていたあの頃は、人生で一番幸せだった。だけど正直なところ、会社がまわっていたのは彼のビジネスの学位と芝刈りの腕のおかげで、わたしひとりではとてもやっていけない。インテリアデザインの学位を持っていたって、メドウズクリークでは家具店の店員になれるくらいがせいぜいで、不当に高い安楽椅子を売りつけるのにきゅうきゅうとする毎日が待っている。それ以外にわたしにできそうな仕事といえば、飲食店関係だけだ。

「わからないけど、たぶんやらないと思う。スティーブンがいなくちゃ無理だから。とにかく安定した収入を得られる仕事を見つけて、夢は忘れるようにするわ」

「そうするしかないかもしれないわね。でも覚えておいて。別の夢を見つけてもいいのよ。あなたはいい仕事をしていたし、とても楽しそうだった。これからも楽しいと思えることをするべきだわ」

キャシーとリンカーンが帰ったあと、玄関の鍵と格闘してようやく閉めた。スティーブンが生きていた頃から、替えなければと話していたのだ。あくびをしながら寝室に向かったわたしは、入り口で足が止まってしまった。すぐに寝られるようにベッドは整えてあるが、どうしても中に入る勇気がわかない。ひとりでベッドに入って眠るのは、スティーブンに対する裏切りのような気がした。

とにかく一回、息を吸おう。

とにかく一歩、足を踏み出そう。

部屋に入って、クローゼットの扉を全開にする。スティーブンの服は彼が生きていたときのままハンガーにかかっていて、ひとつひとつ指先で触れると体が震えだした。全部ハンガーからはずして床に落とす。涙がこみあげ、目が熱い。今度は引き出しを開けて、残りの服をすべて取り出した。ジーンズも、Tシャツも、運動用の服も、下着も、彼の持っていた服を残らず床に積みあげた。

その上に横たわり、かすかな残り香をかいだ。スティーブンのにおいがまだ消えていないというふりをして。そして彼がそこにいるつもりになって、名前をささやいた。キスをして抱きしめてくれるところを思い浮かべる。心が痛み、スティーブンのお気に入りだったTシャツの袖に涙が落ちた。悲しみがあとからあとからこみあげる。どうしようもないせつなさに、嗚咽がもれた。体じゅうがばらばらになったみたいに、どこもかしこも痛い。どれくらいそうしていただろう。やがて打ちのめされて疲れ果てたわたしは、取り残されたのだという恐ろしい寂寥《せきりょう》感の中で深い眠りへと落ちていった。

ふと目が覚めると、あたりはまだ暗かった。愛する娘とブッバがかたわらで眠っている。娘は持ってきた毛布を少しだけ自分にかけ、残りをわたしにかけてくれていた。こんなことがあるたびに、わたしも母親と同じだという思いが忍び寄る。まだ子どもなのに母親の面倒を見なければならなかった頃の記憶がよみがえった。このままではエマがかわいそうだ。母親としてのわたしを必要としているのに。わたしはエマに体を寄せ、額にキスをして、二度と悲しみにわれを忘れないと誓った。

4

エリザベス

翌日キャシーとリンカーンが朝早くから訪ねてきて、エマを週末のお泊まりに連れ出してくれた。わたしもすぐに出かけようとしたけれど、玄関のドアを叩く音がした。開けると、近所に住む女性が三人立っている。まったく会いたいと思っていなかった相手を前にして、あわてて作り笑いを顔に張りつけた。「メリベス、スーザン、エリカ。お久しぶり」

町でも一番大げさで噂好きの三人がいそいそと訪ねてくるのは、当然といえば当然だった。

「ああ、リズ」メリベスが大げさに息を弾ませて抱きついてきた。「どう、お元気？　あなたが戻ってくるらしいと聞いたんだけど、ほら、わたしたちって噂話が嫌いでしょう？　自分たちの目で確かめなくちゃって話になったの」

「ミートローフを持ってきたのよ！」エリカが大声で言った。「スティーブンが亡くなったあと、あっという間にいなくなっちゃって、お悔やみに持ってきたくてもできなかったから。でも、ようやく作ってあげられたわ。これを食べて彼をしのんでね」

「わざわざ来てくれてありがとう。でも、ちょうど出かけるところで――」

「エマはどう？」スーザンがすばやく口をはさんだ。「父親の死をうまく受け入れられているの？　娘のレイチェルが前みたいに一緒に遊びたがっているのよ。そうしてもらえたらうれしいわ」いったん言葉を切って顔を寄せる。「ところで一応確認なんだけど、エマにはトラウマなんてないわよね？　そういうのは、ほかの子どもたちに影響がおよびやすいっていうから」

あなたみたいな人、大嫌い。そう思いながら笑顔を作り続けた。「まさか。エマは大丈夫よ。わたしたちふたりとも大丈夫。何も問題ないわ」

「じゃあ、読書会にまた参加するでしょ？　メリベスの家で毎週水曜日。本についておしゃべりするあいだ、子どもたちは地下室で遊ばせるのよ。今週の本は『高慢と偏見』なの」

「そうね――」三人の目がわたしに集中する。絶対に行きたくない。でも、断ればかえって面倒なことになるのもわかっていた。それに同じ年頃の友だちと遊べるから、エマにとってはいい機会だ。「じゃあ、うかがわせてもらうわ」

「よかった！」メリベスが庭を見まわした。「なかなか個性的なお庭ね」にこっとして言ったが、〝いつ芝生を手入れするの？　近所の景観が悪くなるでしょ？〟という意味なのは明らかだ。

「これから手入れをする予定なの」そう説明しながらエリカからミートローフを受け取り、横に置いた。急いで玄関を出て鍵をかけ、出かけるところなのだとあからさまに示す。「わざわざ来てくれてありがとう。そろそろ町に行かなくちゃ」

「あら、なんの用事？」メリベスがきく。

「〈セイボリー＆スイート〉で雇ってもらえないか、マッティにきいてみようと思って」

「あそこは人を雇ったばかりなのに？　あなたまで使ってくれるか疑問だわ」エリカが言った。

「じゃあ、前の会社を続けるつもりはないっていう噂は本当だったのね。でもスティーブンがいないんじゃ、そのほうがいいかも」またメリベス。

スーザンもうなずいて同意した。「彼はビジネスの才覚があったものね。あなたにはインテリアデザインの学位しかないし。それにしても、あんなにすばらしい仕事をしていたのに、ウェイトレスみたいにすごく……平凡な仕事をしなくちゃいけなくなるなんて残念ね。わたしなら無理だわ、そこまで身を落とすのは」

なんて嫌味な女だろうと思いながらも、笑顔は崩さなかった。「じゃあ、これで。会えてうれしかったわ。またね」

「水曜の七時よ！」スーザンが笑顔で念を押す。

さっさと歩きはじめると、ちょっと太ったとか目の下がたるんだなどとささやき交わしているのが聞こえてきて、思わず天を仰いでしまった。

〈セイボリー＆スイート〉へと向かいながら、不安がこみあげた。これ以上、人手は必要ないと言われたら、いったいどうすればいいのだろう？　ほかにどうやってお金を稼げばいいかわからない。スティーブンの両親はしばらく援助してあげるから心配しなくていいと言ってくれたけれど、そうはいかない。自分の力でやっていかなくては。考え込みながらカフェのドアを開けると、とたんにカウンターのうしろから大きな叫び声があがって、思わず顔がほころんだ。

「お願い、夢じゃないって言って！　ほんとに親友が帰ってきたって！」フェイが金切り声をあげ、カウンターを飛び越えて抱きついてきた。彼女はわたしにしがみついたまま、店主のマッティのほうを向いた。「マッティ、あなたにも彼女が見える？　わたし、幻覚を見ているんじゃないわよね？」

「ああ、ほんとにいるよ」マッティがにやりとして答えた。わたしたちよりかなり年上の彼は、いつも元気いっぱいで騒がしいフェイに目をぐるりとまわしてみせるか、にやりとするかして対処している。彼は茶色の目をわたしに向けてうなずいた。「おかえり、リズ」

フェイが胸に顔をうずめてきた。枕だとでも思っているのだろうか。「やっと戻ってきたんだから、もう二度と、絶対に出ていっちゃだめよ」フェイは人とは違う独特の美しさにあふれている。二七歳だというのに銀色に染めた髪にピンクと紫の筋を入れ、爪をいつも鮮やかな色に塗っていた。服はタイトで体の線が出るものばかり。だけど何よりも自信こそが、彼女の美しさの源だ。自分が魅力的で、それは外見とは関係ないということをわかっているのだ。自分自身に対する揺るぎないプライドは彼女の内側から生まれてくるもので、他人からどう思われようとまるで気にしていない。

わたしは彼女のそういうところがうらやましい。

「じつは、ここで雇ってもらえないかと思って。大学のときに働かせてもらって以来だけど、仕事が必要なの」

「もちろん雇うわよ！　ちょっと、サム！」フェイが、はじめて見るウェイターに指を突きつけた。「あんたは首」

「フェイ！」わたしは叫んだ。

「何よ？」

「首になんて、できるわけないでしょう？」サムがパニック状態に陥っているのを見て、フェイを諭した。とばっちりを受けた気の毒な彼に声をかける。「大丈夫よ、首になんかならないから」

「いいえ、本当に首よ」

「黙りなさい、フェイ。首じゃないわ。だいたいあなたにそんな権限はないでしょう？」

フェイは背筋をぐっと伸ばし、名札を叩いてみせた。〝マネージャー〟と書いてある。「見て。れっきとしたマネージャーなんだから」

軽くショックを受けて、マッティに目を向ける。「フェイをマネージャーにしたの？」

「酔っ払った勢いだったかも」彼は笑った。「だけど、仕事が必要ならいつでも雇うよ。フルタイムとはいかないが」

「パートタイムでもいいの。働かせてもらえるだけでありがたいわ」マッティに感謝の笑みを向けた。

「サムを首にしたっていいのよ」しつこくフェイが言う。「彼は別のバイトもしているんだから！　ちょっと気味が悪いし」

「聞こえてるんですけど」おずおずとサムが口をはさむ。

「聞こえてたってかまわないもの。首よ」

「サムを首にはしないよ」マッティが決着をつけた。

「つまんない人ね。人生をどうやって楽しむか知ってる？」フェイはエプロンを取って叫んだ。「今からわたしはお昼休みよ！」

「まだ朝の九時半だぞ」マッティがいさめる。

「じゃあ、朝休み！」フェイは訂正し、わたしの腕をつかんで引き寄せた。「一時間くらいで戻るわ」

「休憩は三〇分だぞ」

「サムがわたしの担当テーブルをカバーしてくれるわよ。サム、首は取り消しね」

「そもそも首になどなっていないよ、サム」マッティは微笑んだ。「一時間だぞ、フェイ。リズ、時間が来たら必ず彼女を戻らせてくれ。でないとフェイのほうが首だ」

「へえ？」フェイが両手を腰に当てて彼に挑んだ。何やら目が妙に……挑発的だ。それにマッティのほうも、にやにやしながら彼女の体を舐《な》めるように見つめている。

まさか、このふたり……。

フェイと腕を組んでカフェを出たものの、さっきのふたりの様子が気になって仕方がなかった。「今のはなんだったの？」眉をあげてフェイにきく。

「なんだったって、何が？」

「あれ」振り返ってマッティを指さした。「あなたたちふたりのあいだがふつうじゃない感じがしたんだけど」フェイは何も答えずに唇を噛んだ。「やだ！　本当にマッティと寝たのね？」

「ちょっと、黙んなさいよ！　町じゅうの人たちに聞かれちゃうじゃない」フェイは赤くなって、あたりを見まわした。「まあ、偶然そうなったっていうか」

「へえ、そうなんだ。偶然だって言うのね。メインストリートを歩いていたら向こうからマッティが来て、すれ違いざまにたまたま風がびゅうっと吹きつけて、そうなったとでもいうわけ？」たたみかけるようにフェイをからかう。

「まあ、そういうのとは少し違うけど」フェイは頰の内側を舌で押した。「風が強い日には外出を控えるべきだったのよね。そういう日には、何が起こるかわからないから」

「どうしてそんなことになったの？　彼って、あなたの倍は年がいってるでしょう？」

「どうしてって言われても……。理想の父親を求めていたのかな」

「ばかなこと言わないで。あなたのお父さんはすごくすてきな人じゃない」

「そうそう。パパと比べたら、同じ年頃の男たちなんてお話にならないのよね。でもマッティは……」フェイはため息をついた。「わたし、彼が好きなんだと思う」

衝撃的だった。フェイはこれまで男性に対して〝好き〟という言葉をけっして使わず、奔放に体だけのつきあいをしてきたのだ。「彼が好きってどういう意味？」ようやくひとりの相手と安定した関係を結ぶつもりになったのかと、期待がふくれあがる。

「早とちりしないでよ。ニコラス・スパークスの小説みたいな純愛を期待されても困るわ。どういう意味って、彼の〝もの〟が好きってこと。愛称までつけたんだから。どういうのか知りたい？」

「絶対に絶対に絶対に知りたくない」

「じゃあ、教えてあげる」

「本気で吐き気がしてきた。お願いだからやめて」

フェイは笑ってわたしを引き寄せた。「ああ、あなたがいなくて寂しかった。で、どこに行く？　いつものところ？」

「ええ、あそこがいいわ」

歩いていくあいだ、フェイの言葉に笑ってばかりいた。どうしてこんなに長く離れていたのだろう？　そばにいたらだんだん元気になってしまいそうで、いやだったのかもしれない。元気になると思うと、なんだか怖かった。でも今は、わたしにはこうやって大声で笑うことが必要だったのだという気がする。笑っているあいだは泣かなくてすむから。すぐに涙が出てきてしまうのには、いいかげん飽き飽きした。

「エマなしでここに来るのは変な感じ」シーソーに座りながら、フェイが言った。親やシッターに連れられて来た子どもたちが楽しそうに走りまわっている公園で、わたしたちはシーソーを上下させた。場違いなわたしたちを凝視している子に向かってフェイが叫ぶ。「大人になんか絶対にならないほうがいいよ！　恐ろしい罠なんだから！」

フェイって、本当に面白い。

「それで、マッティとの関係はどれくらい前からなの？」彼女に質問する。

フェイは赤くなった。「さあ、一カ月くらいかな。二カ月かも」

「二カ月？」

「やっぱり七カ月？　八カ月かな」

「えっ、八カ月も前から？　ほとんど毎日話していたのに、なんで教えてくれなかったの？」

「なんでだろう」フェイは肩をすくめた。「スティーブンのことでつらい思いをしているあなたにこんなことを話すのは、思いやりがないような気がしたのよ」フェイは男性とちゃんとつきあった経験はないけれど、セックスを介した関係についてはエキスパートだ。「わたしの悩みはささいなものだったけど、あなたは……」彼女が顔をしかめてシーソーを止めたので、わたしは空中に浮いたままになった。フェイがまじめになることはほとんどないけれど、スティーブンは彼女にとって兄も同然だった。本当の兄妹よりもしょっちゅう喧嘩をして、心から互いを思いやっていた。大学時代にスティーブンとわたしを引きあわせてくれたのも彼女だ。ふたりは五年生のときからのつきあいで、本当に仲がよかった。彼が死んだあとフェイだってつらかったはずなのに、自分だけの絶望の世界に引きこもっていたわたしは、親友が兄にも等しい存在を失ったという事実をすっかり忘れていた。フェイが咳払いをして、ぎこちない笑みを浮かべた。「あなたの悩みに比べたら、わたしの悩みなんかちっぽけなものだったのよ、リズ」

フェイがシーソーをあげた。「でもフェイ、親友なんだから、いつだってなんだって打ち明けてほしい。あなたが熟年男性と一緒にした冒険のことだって、何もかも知りたいわ。それにあなたの人生に関しては、ちっぽけなものなんかひとつもない。たとえば見てよ、その胸」

フェイは首をのけぞらせて大笑いした。彼女はいつも、いかにも楽しそうに笑う。

「まあね。この胸は半端じゃないから」

「ねえ、首になる前に、そろそろお店に戻ったほうがいいわ」

「わたしを首にしたら、マッティは欲求不満で……」

「フェイ」顔が赤くなった。周囲を見まわすと、みんながこっちを見ている。「あなたの口にはフィルターが必要よ」

「フィルターは煙草につけるもので、人につけるものじゃないわ」フェイが切り返した。腕を絡めてきた彼女と歩調を合わせてカフェに向かう。「リズ、とりあえず戻ってきてくれてうれしい」フェイがわたしの肩に頭をのせて、ささやいた。

「とりあえずってどういう意味？　ちゃんと戻ったでしょ」

すべてを見通すような目で、フェイは微笑んだ。「まだよ。だけど、もうちょっとでちゃんと戻ってきてくれる」

明るくふるまっていてもまだ心の痛みは癒えていないと、フェイは見抜いているのだ。わたしは彼女を引き寄せ、親友のありがたさを噛みしめた。

5

エリザベス

「わたしにひと言もなく出ていってしまうなんてどういうつもりなの、リズ！　電話くらいできたでしょうに」ママが電話してきた。エマと一緒にここへ戻ってから、もう二日経っている。置き手紙ひとつで娘が帰ってしまったことに動転しているのか、どこの馬の骨とも知れない男と遊びまわってようやく家に戻ったところなのか、どっちなのだろう？　きっとあとのほうだ。

「ごめんなさい。でも、いつか戻るつもりでいたのはわかっていたでしょう？　そろそろ新しい生活をはじめなくちゃならなかったから」説明しようとする。

「もといた家に戻って新しい生活だなんて、意味がわからない」

わかってもらうのは無理そうなので、話題を変えた。「ロジャーとのデートはどうだった？」

「リチャードよ。名前を覚えてないふりなんかしないで。もちろんデートはすばらしかったわ。彼こそ運命の人よ」

わたしは目をぐるりとまわした。いつも同じ。出会う男はいつだって運命の人なのだ。いつも違うと判明するけれど。

「今、目をぐるりとまわしたでしょう」ママがきく。

「まさか」

「そうよ、そうに決まってる。あなたって、ときどき本当に恩知らずになるんだから」

「ママ、そろそろ仕事に戻らなくちゃならないの」嘘をついてやり過ごすことにした。「あとでかけ直してもいい？」

たぶん、明日。

あるいは来週あたりに。

ママとは少しだけ距離を置きたい。

「わかったわ。だけど、つらかったとき誰に支えてもらったのか忘れちゃだめよ。そっちではきっとスティーブンの両親がいろいろ手助けしてくれているんでしょうけど、今に誰が本当の家族なのか痛感するときが必ず来ますからね」

電話を切ることができて、こんなにほっとしたのははじめてだった。

ときどき裏庭に立って伸び放題の草木を見つめ、以前はどんなふうだったか思い出そうとする。スティーブンには庭造りのセンスがあって、とても美しい庭にしてくれていた。こうしていると、彼が植えていた花の香りが漂ってくるような気がする。すべて枯れてしまったけれど。

「目をつぶって」両手をうしろにまわして近づいてきたスティーブンにささやかれ、言われたとおりにする。「花の名前を当ててごらん」彼がそう言うのと同時に香りが漂ってきて、顔がほころんだ。

「ヒヤシンス」

唇が重ねられるのを感じて、さらに大きく笑った。「そう、ヒヤシンスだ」彼が繰り返す。目を開けると、彼が耳のうしろに花をさしてくれた。「裏庭の池のほとりに何本か植えようと思って」

「この花、大好きなの」

「ぼくが大好きなのは、きみさ」

過去にうしろ髪を引かれながら、瞬きをして現在に戻った。

隣の家に目を向ける。芝生の状態はうちよりもひどい。赤茶色のれんが造りの建物は、どの壁も蔦《つた》で覆われている。雑草はうちの一〇倍は伸びているし、裏のポーチに転がっているのは粉々に割れた小人《ノーム》の人形だ。庭はジャングル同然で、黄色いプラスチック製の子ども用バットとおもちゃの恐竜が打ち捨てられている。

裏庭に立っている小屋の外の鋸台《のこぎりだい》は赤いペンキがはげかけているし、小屋の脇には薪《たきぎ》の束が積みあげられているものの、隣の家に本当に人が住んでいるのか、いまひとつ確信が持てない。

こんなにわびしい場所にいるのはどんな人間なのだろう。

このあたりの家々の裏はメドウズクリークの森の端で、一帯は木々に囲まれている。そこへ深く分け入っていくと、暗い木立の中に細い川が流れている。何キロも続いている川の存在をほとんどの人は知らないけれど、わたしは大学の頃スティーブンと一緒に発見した。細い川には小さな岩があり、そこにはSTとEBというふたつのイニシャルが刻まれている。プロポーズされたとき、ふたりで彫ったものだ。昔を思い出しているうちに、わたしはいつのまにか森の中に入り込み、座り込んで水に映る自分の姿を見つめていた。

胸が苦しい。

とにかく息を吸わなければ。

小さな魚が下流に向かって静かに泳いでいく。そのとき突然パシャンという音がして、水面に波紋が広がった。なんだろうと左を見て、頬がかっと熱くなった。川の中にあの男――トリスタンが裸足で立っており、何も身につけていない上半身をかがめ、伸び放題のひげをかくように顔を洗っている。胸毛のある褐色の胸をまじまじと見ていると、今度は体に水をかけはじめた。

トリスタンの濡れた髪から額に水が滴り、胸へと流れ落ちている。突然、その姿を見つめたまま動けなくなった。畏怖の念すら抱かせるほど自分が魅力的だと、彼は自覚しているのだろうか？　こんなにじっと見るのは失礼だとわかっていても、どうしても視線をそらせない。

彼はわたしに気づいていない。激しく打つ心臓を静めつつ、このまま気づかれませんようにと祈りながら、そろそろとあとずさりする。

ところが突然、犬が大声で吠《ほ》えた。木につながれていたゼウスだった。

見つかった！

この前と同じ野生動物のような目が、一瞬でわたしの姿をとらえた。トリスタンは胸からショートパンツの縁へと水を滴らせたまま、凍りついたように動きを止めた。いつのまにか、水でぴったりとパンツが張りついた下半身をじっと見ていたことに気づいて、急いで視線をあげる。彼はまったく動かない。ゼウスだけがうれしそうに尻尾を振りながら吠え続け、つないであるリードから逃れようとしている。

「つけてきたのか？」トリスタンが尋ねた。あまりにも単刀直入なその言葉からは、会話を楽しむつもりがないのは明らかだ。

「なんですって？　まさか」

彼が片方の眉をあげた。

目がどうしてもタトゥーに行ってしまう。ドクター・スースの絵本の図柄がある。トリスタンはわたしが何を見ているかに気づいた。

何やってるの。やめなさい、リズ。

「ごめんなさい」恥ずかしさで頬が熱い。いったい彼はこんなところまで何をしに来たのだろう？

トリスタンはもう片方の眉もあげ、瞬きもせずにこっちを見ている。黙ったまま居心地の悪い思いをさせるほうが面白いと思って、何も言わないのだ。

彼は木に結びつけていたゼウスのリードをほどき、わたしの来た方向へと歩きはじめた。家に戻ろうと、わたしもあとを追う。

トリスタンが足を止め、ゆっくりと振り返った。

「いいかげん、つけまわすのはやめろ」歯ぎしりをするように言う。

「そんなことしてないわ」

「してるじゃないか」

「してない」

「してる」

「してないったらしてない！」

トリスタンはふたたび眉をあげた。「まるで五歳児だな」くるりと向きを変え、ふたたび歩きだした。わたしも続く。彼はときどき振り向いて、いやな顔をした。でもふたりとも、もう何も言わなかった。森を出ると、彼とゼウスは隣の家の荒れ果てた庭に向かった。

「どうやら隣同士みたいね」笑いがこみあげ、彼に言う。

にらまれて、どきっとした。すごく居心地が悪いのに、彼に見つめられると何かを期待するように体の中が震えた。

別れの挨拶をしないまま、わたしたちはそれぞれの家に入った。

わたしはひとりでテーブルについて夕食をとった。目をあげると、窓の向こうに同じようにひとりで食事をしているトリスタンが見えた。彼の家の中はひどく暗く、がらんとしていて、孤独感がひしひしと伝わってくる。視線をあげた彼と目が合ったので、背筋を伸ばしてにこっと笑い、小さく手を振った。彼は立ちあがって窓に近づき、ブラインドを閉めた。しばらくして、寝室も向かいあっているのがわかった。彼はその部屋のカーテンも即座に閉めた。

エマの様子を確かめるために電話すると、祖父母と過ごせるうれしさとお菓子とで興奮状態だった。八時頃、リビングルームのソファに座って宙を見つめ、泣きそうになっていると、フェイからメールが来た。

フェイ：大丈夫？

わたし：大丈夫よ。

フェイ：仲間が欲しくない？

わたし：今日は遠慮する。疲れてるから。

フェイ：仲間が欲しくない？
わたし：もう寝てる……。
フェイ：仲間が欲しくない？
わたし：明日ね。
フェイ：じゃあ。
わたし：うん、じゃあね。

最後のメッセージを送信してすぐに玄関のドアを叩く音がしたけれど、驚きはしなかった。あのフェイが簡単にあきらめるはずがないとわかっていたから。わたしが大丈夫と言うときはたいてい大丈夫じゃないってことを、フェイはよく知っている。だけど、ドアの外に大勢立っているのを見たときにはびっくりした。みんな友だちだ。先頭はもちろんフェイで、特大サイズのテキーラのボトルを持っている。

「仲間が欲しくない？」フェイがにやりとした。

パジャマ姿の自分を見おろしたあと、テキーラのボトルに目を戻す。「すごく欲しい」

「目の前でドアを閉められるんじゃないかと本気で思ったよ」キッチンでショットグラスを四つ並べてテキーラを注いでいると、うしろから懐かしい声がした。振り向くと、タナーがコインを空中に放りあげながら、こっちを見ていた。思わず飛びついて抱きしめる。「やあ、リズ」彼はささやき、わたしをぐっと引き寄せた。

タナーは気の置けない笑みを浮かべて抱擁を解いた。ショットグラスをふたつ取りあげ、ひとつを手渡してくれる。わたしたちは同時に飲み干した。彼は残りのふたつも手に取り、わたしたちはそれも空けた。わたしは笑った。「四杯とも自分のために注いだのに」

「わかってるよ。きみの肝臓の負担を軽くしてやろうと思ったのさ」タナーはスティーブンの親友だった。あまりにも仲がいいので、夫を男に取られるのかと心配したこともある。タナーは金髪に漆黒の目の、体格のいい男性だ。父親が病気になったあと、自動車修理工場を継いでいる。スティーブンとは大学一年のときに寮で同室になって以来のつきあいだ。工場を継ぐために一年で学校をやめたあとも、仲のよさは変わらなかった。

タナーはポケットに手を入れ、二五セント硬貨を取り出した。いつもこれを指先でもてあそぶ奇妙な習慣は、わたしたちが出会う前からのものだ。

「まだそのコインを持っているのね」

彼は照れたように笑った。「持たないで出かけることは絶対にない」そう言ってポケットに戻す。

タナーの顔をよく見て、心配になった。本人は気づいていないかもしれないけれど、彼はときおりすごく悲しそうな目をする。「元気だった？」

ひと呼吸置いて彼が答えた。「またきみの顔を見られてうれしいよ。しばらく会えなかったから。きみはあのあと、何も言わずに姿を消して……」そこで言葉を切った。スティーブンの死に触れそうになると、みんなこうやって言葉を濁す。わたしを気遣ってくれているのだろう。

「でも、戻ってきた」わたしはまたグラスを四つ並べて、テキーラを注いだ。「エマと一緒にこの家で暮らすわ。ただ、そうする前にみんなと離れて、傷を舐める時間が必要だっただけ」

「まだあのぼろ車を運転してるのかい？」

「もちろん」勢いよく答えたものの、唇を噛んだ。「だけどこの前、犬をはねちゃって」

タナーが口をあんぐりと開ける。「ひどいな」

「ええ。幸い死なせずにすんだんだけど、あのポンコツがなかなかブレーキに反応しなくて、ぶつかっちゃったときはぞっとしたわ」

「車を調べてやるよ」

肩をすくめて断る。「いいの。この町では、だいたいどこへでも歩いて行けるもの。平気よ」

「冬になったら困るぞ」

「心配しないで、タナー・マイケル・チェイス。大丈夫だから」

彼の唇の端が、今にも笑いだしそうに持ちあがった。「フルネームで呼ばれるのは大嫌いだって知ってるだろう？」

「だからそう呼んだんじゃない」

「とにかく乾杯するか」タナーが言ったところにフェイもやってきて、一緒にグラスを持った。

「テキーラで乾杯するときには、必ず駆けつけるようにしているのよ」フェイはくすくす笑った。「ウォッカのときも、ウィスキーのときも、ラム酒のときも、消毒用のアルコールのときだって……」

わたしは吹き出した。三人でグラスを掲げると、タナーが咳払いをした。

「新たなスタートを切ろうとしている友人に。きみとエマがいなくて寂しかったよ、リズ。戻ってきてくれてうれしい。ここでの生活が順調に行くように願ってる。おれたちがついてるってことを忘れないでくれ」

わたしたちは一気にグラスを空けた。

「ところで、ちょっと教えてほしいの。新たなスタートってことで家じゅうの鍵を替えようと思っているんだけど、誰か頼める人を知らない？」

「それならサムよ」

「サム？」

「覚えてない？　あなたが仕事を探しに来たとき、わたしが首にしようとした男。カフェにいた引っ込み思案の若い子よ。彼は父親の経営している店で、そういう仕事をパートタイムでやってるの」

「ほんと？　それならお願いできそうね」

「もちろん。やらなきゃ首だって言ってやるから」フェイは片目をつぶってみせた。「彼ってすごく変わってるけど、仕事は手際がいいし早いのよ」

「あら、いつから〝早い〟男を評価するようになったのかしら」

「女はね、ときには手早く三〇分以内にリフレッシュする必要があるの。さっとすませる能力を侮っちゃいけないわ」フェイは自分のグラスにもう一杯注ぐと、それを持って踊りながら出ていった。

「すごいね、きみの親友は」タナーが感心したように言う。

「知ってた？　フェイとマッティが――」

「そういう関係だって？　もちろん知ってたさ。きみがこの町を出たあと、彼女は打ち明け話をする相手におれを選んだんだ。女に見えるとでも思ったんだろう。毎日工場に来て話をしてさ――あんなに居心地の悪い思いをしたのは生まれてはじめてだ」

タナーの話に微笑んだまま、ふいに言葉が見つからなくなったのはお酒を飲んだせいかもしれないし、タナーのおかげで幸せだったときの記憶がよみがえったからかもしれない。彼がカウンターの上に飛びのるように座って隣を叩いたので、そこに座った。「それで、エマはどうしてる？」

「あいかわらず生意気よ」娘を思い浮かべて、ため息をつく。

「母親と一緒だな」タナーが笑った。

わたしは彼の肩を小突いて反論した。「言いだしたら聞かないのは父親譲りよ」

「たしかにそうだ。あいつはほんとに譲らないやつだったからな。ハロウィンの晩に三人で繰り出したときのことを覚えているか？　ニンジャのコスチュームを着たあいつが自分は無敵だって言いだしてさ、誰かに出くわすたびに雄叫びをあげたんだ。えせニンジャだから当然、目のまわりに黒いあざをこしらえて、バー三軒から叩き出されたけど」ひどく酔っ払っていたスティーブンを思い出し、わたしたちふたりは顔を見あわせて笑った。

「あなたもいけなかったのよ。いつだって酔っ払っては誰かをあおって、わたしの夫にけしかけていたじゃない。スティーブンはそれでいつも叩きのめされるはめになってたんだわ」

「たしかに。飲みすぎたときのおれは、いいやつとは言えないもんな。だけどスティーブンは、そのへんをちゃんとわかってくれていた。あいつが恋しいよ」タナーはため息をつき、わたしたちは笑みを消した。目が熱く重くなる。きっと彼も同じだろう。わたしたちは黙ったまま、過去に思いをはせた。

しばらくしてタナーが話を変えた。「ところで、ここの庭はひどいな。よければおれが芝を刈ってやるよ。もう少しプライバシーを保てるように、フェンスも仕上げたほうがいいだろう」

「ああ、そのことならかまわないで。全部自分でやろうと思ってるから。当面はパートタイムでしか働けないし、ちゃんとした仕事が見つかるまで時間があるの」

「インテリアデザインの仕事はどうするのか、考えたのか？」

みんながこの質問をしてくる。わたしは肩をすくめた。「この一年、先のことは何も考えられなかったから」

「それもそうだな。じゃあ、本当に手伝いはいらないのか？　たいした手間じゃないよ」

「ええ。これからは自分でなんでもやるようにしなくちゃ」

「わかった。ところで、日曜にうちの工場へ寄ってくれないか。あげたいものがあるんだ」微笑んで尋ねる。「プレゼント？」

「そんなようなものだ」

タナーの肩を肩で軽く突いて、エマが一緒でいいなら木曜の晩に行くと言った。

彼はうなずいたあと、わたしを見つめながら低い声できいた。「リズ、一番きついのはどんなときだ？」

その質問に答えるのは簡単だった。「たまにね、エマが面白いことをすると、無意識にスティーブンを呼んじゃうの。それから、はっと思い出すのよ。彼はもういないんだって」愛する人を亡くして一番つらいのは、それまでの自分も失ってしまうことだ。どうやっても同じ自分ではいられない。「湿っぽい話はやめましょう。あなたはどうなの？　今でもパティとデートしてるの？」

彼はびくっとした。「最近はほとんど話もしない」

そう聞いても驚かなかった。タナーの異性との関わり方は、フェイと同じようなものだ。

「わたしたちふたりとも、寂しいひとり者ってわけね」

タナーは笑うと、テキーラのボトルを持ちあげてもう一杯ずつ注いだ。

「じゃあ、今度はおれたちに乾杯しよう」

残りの夜の記憶はあいまいだ。面白くもないことで笑ったり、悲しくもないことで泣いたりしたのは覚えている。いい夜だった。それは、久しぶりの感覚だった。翌朝、目覚めるとベッドにいた。どうやってたどり着いたのかは覚えていない。あの事故以来、ベッドでは眠っていなかった。スティーブンの枕を取って抱きしめる。コットンの枕カバーのにおいを深く吸い込むと、目が自然に閉じた。まだそんなふうには思えないけれど、わが家に帰ってきたのだ。これからは、スティーブンのいないわが家に慣れていかなければならない。

6

エリザベス

何日かして、サムが鍵を替えに来てくれた。フェイは気味が悪いと言うけれど、彼はすごくやさしいし親切だ。金髪を立たせて、きれいな茶色の目を隠すように四角い眼鏡をかけている。いつも低く感じのいい声で話しかけてきて、こちらの気を悪くするようなことを言ってしまったと思うと——そんなことは一度もないのだが——すぐに自分の言葉を取り消して、口ごもりながら謝ってくる。

「すっかりだめになっているのもあるけど、まったく平気なのもあるよ、エリザベス。それでも全部取り替えたほうがいいのかな？」そうきいて、彼はすぐに質問を撤回した。「ごめん、くだらない質問だった。替えてほしくないなら、来てくれと頼むはずがないよね。悪かった」

「いいのよ。新たなスタートのしるしとして取り替えたいだけなの」

サムは眼鏡を押しあげて、うなずいた。「それもそうだね。二、三時間で終わると思う」

「じゃあ、よろしく」

「おっと！　そういえば見せたいものがあったんだ」彼は車に駆け戻り、何か小さいものを持って戻ってきた。「父さんが、防犯カメラに興味があるならセットで値引きするって。カメラは小さいから見えないように設置できる。二、三台取りつければ万全だと思うよ。小さな女の子とふたりで暮らすきれいな女性には、こういうのがあると安心じゃないかな」

笑顔のまま、慎重に返す。「今のところ必要ないわ。でもありがとう、サム」

「気にしなくていいんだ」彼は笑った。「今までに買ってくれたのはタナーだけだから。この先、父さんが望んでいるほど売れるとは思えないよ」

サムは迅速かつ手際よく作業を進め、あっという間に家じゅうの鍵がぴかぴかの新品になった。「ほかに何か手伝えることはないかな？」

「これでじゅうぶんよ、ありがとう。それに、そろそろ出かけるから。一〇分後にはカフェに着いていたいの。車がもう限界で、歩いて行かなくちゃならないし」

「それなら乗せていくよ」

「大丈夫。歩けるわ」

「でも、小雨が降ってきたよ。濡れるなんてばかばかしいし、たいした手間じゃないから」

鼻にしわを寄せて確認する。「ほんとにいいの？」

「もちろん」サムは助手席のドアを開けてくれた。「さあ、乗って」

車の中で、自分はなぜフェイに嫌われているのかと彼にきかれた。フェイは知りあったばかりの人に好意を持つことはほとんどないのだと、一生懸命に説明した。

「フェイにもうちょっと時間をあげて。だんだんあなたを受け入れるようになるから」

「ぼくには異常者の特徴が全部そろってるって、彼女は言うんだ」サムは冗談めかして言った。

「まったく、そういうことを平気で口にするのよね」

「親友だろ？」

わたしはにっこりした。「最高の親友よ」

そのあとカフェに着くまで、サムは誰かを見かけるたびに、その人についていろんな情報を教えてくれた。みんなが彼を変人だと思って無視するから、かえっていろんな噂話に聞き耳を立てやすいのだろう。「あの子はルーシーっていうんだ」携帯電話で話している少女を指さす。スペリングコンテスト（英単語のつづりを間違えたら抜けていく競技）で五年連続優勝した子だ。あっちはモニカ。父親はアルコール依存症から立ち直ったと思われてるけど、ここだけの話、今でも金曜の夜にはボニー・ディーンの家でこっそり飲んでる。向こうにいるのはジェイソン。何カ月か前に、悪態をついたって言いがかりをつけてぼくの尻を蹴ってきた。あとで謝ってきたけどね。悪いクスリをやっていたらしい」

「すごいわ、町の人たちのこと、本当によく知ってるのね」

サムはうなずいた。「いつか一緒にタウンミーティングへ行かないか？　そうしたら、もっとすごいこともいろいろ教えてあげるよ」

「すてきね」笑顔で応えたが、カフェの近くまで来てふと通りの向かい側を見ると、胃がきゅっと縮んだ。「彼はどう？」トリスタンを指して、サムに尋ねる。走ってきたトリスタンはミスター・ヘンソンの店に着くと、ヘッドホンをはずして中に入った。「何か知ってる？」

「トリスタン？　あいつはいやなやつさ。それに少し頭もどうかしてる」

「頭がどうかしてる？」

「ミスター・ヘンソンのところで働いているからね。頭がどうかしてなきゃ、あんな変人とはつきあえないよ。ミスター・ヘンソンは店の奥でブードゥーの儀式をしてるんだ。気味が悪いだろう？　タナーが立ちのかせようとしているのはいいことだと思うよ」

「それって、なんの話？」

「知らないのかい？　タナーは工場を広げたいと思ってる。そしてミスター・ヘンソンを立ちのかせないとそれができないから、抗議活動をはじめようとしているんだ。誰も来ないような店は場所ふさぎだって」

ミスター・ヘンソンがやっているのは本当はどんな店なのか、トリスタンはなぜあの店で働くことになったのか、わたしは知りたくてたまらなくなった。

カフェで働いているあいだ、向かいのミスター・ヘンソンの店に何度も目が行ってしまった。水晶玉やタロットカードや魔法の杖といった魔術に関わる品物でいっぱいのその店で、トリスタンがあれこれものを動かして立ち働いている。

「ねえ、それで、実際のところはどうなの？　あなたが最後にセックスをしてからずいぶん時間がたってるでしょう？　放っておかれてクモの巣でも張っちゃってるんじゃない？」

　親友の質問を聞いたとたん、物思いから一気に引き戻された。「フェイ！」頬がかっと熱くなり、鋭い声でささやいた。「その質問に答えるつもりはないから」わたしが返事を拒否すると、フェイはエプロンのポケットから小さな黒い手帳を取り出した。彼女がいつも持ち歩いているもので、過去にいろんなトラブルの種になっている。「何をしてるの？」恐る恐るきいてみた。

「今夜あなたの役に立ってくれそうな男を探してるのよ」

「いいこと、フェイ。わたしはまだ、男性とのおつきあいを再開したいと思えるほど立ち直ってはいないの」

「セックスは心じゃなくて体でするものだから」大まじめに言う友人に、どう反論すればいいのかわからなかった。「とにかく、彼ならクモの巣を完全に取っ払ってくれるわ。エドワードっていうんだけど、こういう方面に関してものすごくクリエイティブな才能を持っているの。エドワード・〝シザーハンズ〟と会ってみたくなったら、いつでもセッティングしてあげるから。別の男がよければ、手帳から誰を選んでくれてもいいのよ」

「ひと晩かぎりの情事には興味がないの」

「まあ、いいけど。試してみたくなったら教えて」フェイはにやりとした。「でも本気の話、そろそろデートくらいしてみる気はないの？　深いつきあいじゃなくて、ただ出かけるだけ。

どんどんデートしたほうがいいと思う。このまま男と関わらないで、わびしく生きていくなんてだめよ」

「別にわびしく生きていくつもりはないけど」ちょっと傷ついた。「ただ、娘がいるのにうかつなまねはできないから。それにスティーブンが死んで、まだ一年ちょっとだし」

大丈夫、今わたしは動揺していない。

ふつうの顔で彼の死を口にできて、自分でびっくりした。

「ねえ、悪く取らないでね。あなたが大好きだから言ったの。それにスティーブンがわたしにとっても大切な存在だったのは知ってるでしょう？」

「ええ……」

「でもね、いつだってセックスは元気をくれるものよ」

わたしは笑った。「今すぐには無理だけど、一応心には留めておくわ」

「それならいいけど。この小さな手帳が必要になったときは、ご遠慮なく」

休憩時間になると、どうしても好奇心を抑えられなくなり、ミスター・ヘンソンの店を訪ねた。中に入ると、魔法関連の雑多な品々が目に飛び込んできた。店の半分はコーヒーショップになっていて、小部屋のようにしつらえられた残り半分に、映画で見たことのあるような商品が陳列されている。

入るときにドアの上部のベルが鳴ると、ミスター・ヘンソンとトリスタンがけげんそうに顔を見あわせたあと、こちらを見た。わたしはちっとも気にならないふりをして店の中を見てまわったが、背後の視線はずっと意識していた。

足を止め、一番上の棚にある本を取る。呪文の本だろうか？　糸でかがって綴《と》じてあり、ほこりをかぶっている。もう一冊取った。二冊ともかなり古そうだが、美しい。パパは古書店でこういう宝物みたいな本を見つけるのが好きだった。そんなふうに買い集めて書斎に並べていた本は言語も題材もさまざまで、中にはパパにも何が書かれているかわからないものもあった。ただ、手触りとか見た感じが好きだったのだと思う。

「この二冊でおいくらになるかしら？」ミスター・ヘンソンにきいても、答えは返ってこなかった。眉をあげ、質問を変える。「ごめんなさい。もしかして、お店を開けていなかったとか」トリスタンと目が合い、本を胸に抱えたまま頬を赤らめた。

そのとき、ミスター・ヘンソンがようやく返事をした。

「ああ、いやいや、そんなことはない。店は開けているよ。客なんてなかなか来ないから、驚いただけさ。とくにあんたのようにきれいな客は」ミスター・ヘンソンはカウンターの縁に腰かけた。「名前はなんていうんだね？」

咳払いをして答える。「エリザベスよ。あなたは？」

「ヘンソンだ。こんなに年上で、しかも男性という生き物に魅了されていなかったら、〈バーンハウス〉へ踊りに行かないかってあんたを誘っているところなんだがね」

「踊りに？　わたしみたいな女の子は、どうして踊るのが好きだって思われちゃうのかしら」

ミスター・ヘンソンはうれしそうな顔をしたまま、何も言わなかった。

彼に近づいて隣に座る。「ここはあなたのお店？」

「そうだ。隅から隅までわしのもんだよ。あんたが欲しいと言わないかぎりはな」ミスター・ヘンソンは笑った。「あんたが欲しいと言うなら、隅から隅まであんたのもんになる」

「それは魅力的なお申し出ね。でも、あいにくわたしはスティーヴン・キングの本を全部、それぞれ五回以上は読んでいるのよ。だから〈ニードフル・シングス〉（スティーヴン・キングによるホラー小説の題名）なんて名前のお店をくれると言われたら警戒しなくちゃだめだって、よくわかってるの」

「ここだけの話だがね、本当は〝叶えられた祈り《アンサード・プレイヤーズ》〟（『ニードフル・シングス』に出てくる店の名前）って店名にしようか迷ったんだよ。信心深いたちじゃないんで、やめたが」

これには笑ってしまった。あっちでトリスタンも笑っている。

同じことをおかしいと思ったのがうれしくて彼を見ると、とたんに笑うのをやめた。

そこで本に目を落として尋ねた。「これをいただいて帰ってもかまわない？」

「あんたのもんだ。お代もいらない」

「いいえ、それはだめよ……ちゃんと払いたいわ」

押し問答になったが、わたしが最後まで譲らなかったのでミスター・ヘンソンが折れた。

「だからわしは男だけを相手にするようにしているのさ。女性とは考え方があまりにも似すぎている。また来なさい。無料でタロット占いをしてあげるから」

笑顔で応えた。「面白そう」

ミスター・ヘンソンは立ちあがり、奥の倉庫らしきスペースに向かった。「トリスタン、会計を頼むよ」わたしに向かって一度うなずくと、彼は行ってしまった。

トリスタンがレジの前に行ったので、ついていった。

わたしはカウンターの上にそっと本を置いた。うしろの壁に、セピアと黒の二色の森の写真がフレームに入れて飾られている。「きれいだわ」写真を見つめて言った。

トリスタンは数字を打ち込みながら応じた。「どうも」

「あなたが撮ったの？」

「いや」彼は写真に目を向けた。「木に彫刻したあと、黒のインクで色を加えた」

驚いて、思わず口が開いた。写真に近寄る。そばで見ると、たしかにその〝写真〟は木に彫刻を施したものだった。

「本当にきれい」もう一度、言わずにはいられなかった。トリスタンと目が合うと、緊張で胃がねじれた。「あのあと、どうしてた？」ささやくような声になってしまう。

彼はわたしの言葉を無視して、レジへの打ち込みを終えた。「払うつもりはあるのか？」

わたしが顔をしかめても、彼はまったく気にしていない。「ごめんなさい。もちろん払うわ」お金を出して礼を言い、店を出る前にふたたび彼と目を合わせた。「いつも取りつく島もないのね。でもそんなあなたしか知らない町の人たちと違って、わたしは動物病院の待合室であなたを見てる。ゼウスが大丈夫だとわかったとき、手放しで泣いていたわ。だから、あなたは人の心を持たない怪物なんかじゃないってよくわかってる。わからないのは、なぜそういうふりをしているかよ」

「勘違いだ」

「えっ？」

「おれのことを少しでもわかった気になっているなんて、勘違いもいいところだ」

7

トリスタン

二〇一四年四月二日
永遠の別れまであと五日

父さんとタクシーで病院に乗りつけると、救急救命室まで走った。見覚えのある顔を探してきょろきょろする。「母さん」待合室で呼ぶと、母さんが目をあげた。野球帽を取って駆け寄る。

「ああ、トリスタン」母さんがおれに腕をまわして泣いた。

「ふたりはどうなんだ？　容体は？」

母さんは体を震わせて泣きはじめた。「ジェイミーは……だめだったのよ、トリスタン。ずっと頑張ってたんだけど、けががひどすぎて……」

よろよろとさがって、鼻筋をつまんだ。「だめだったってどういうことだ？　そんなはずない。大丈夫なんだろう？」父さんを見ると、あまりの衝撃に混乱し、顔をゆがめている。「父さん、母さんに言ってやってくれ。ジェイミーは大丈夫だって」

父さんはうなだれた。

体の中が焼けるように熱くなる。

「チャーリーは?」答えを聞きたくないと思いながら尋ねた。

「集中治療室に入っているわ。厳しい状態らしいけど、まだ――」

「生きているのか。あいつは生きているんだな」両手を髪に差し入れた。チャーリーは無事だ。「会えるのか?」そうきくと、母さんはうなずいた。

急いでナースステーションに行って、チャーリーのいる部屋に向かう。だが息子の姿を目にすると、思わず口を手で覆ってしまった。信じられないほどたくさんの機械につながれている。喉に管を通され、両腕に点滴を入れられ、顔はあざや傷だらけだ。

「なんてこった……」

看護師が慎重に微笑んだ。「手を握ってあげてもいいですよ」

「なんで管を通している?ど……どうして喉に管が?」言葉がつかえて、うまくしゃべれない。目の前のチャーリーに意識を集中しようとしているのに、ジェイミーの死がようやく心に迫ってきた。ジェイミーはだめだった。母さんがそう言っていた。死んでしまったのだ。だがどうして?どうしておれを置いて……。

「車の事故で左の肺がつぶれてしまって、うまく息が吸えないんです。呼吸を助けるための管ですよ」

「自力で呼吸できないのか？」

看護師は首を横に振った。

「助かるのか？」目をじっと見てきくと、気まずそうにしている。

「わたしは医師ではありませんので――」

「だけど、わかっているんだろう？　あんたがおれだったらどうだ？　たった今、妻に死なれて――」高ぶった気持ちを必死で抑える。「目の前の息子しか残されていないとしたら、そして息子にはあんたしか残されていないとしたら、どれだけの望みがあるのか知りたいだろう？　どうしたらいいのか誰か教えてくれって、懇願するんじゃないのか？　どうなんだ？」

「そう言われましても――」

「頼む」懇願した。「お願いだ」

看護師は床に視線をいったん落として、おれの目を見た。「わたしなら、手を握ってあげるでしょう」

おれは短くうなずいた。彼女は、おれにはまだ聞く準備ができていないことを伝えてくれたのだ。ベッドの脇に置いてある椅子に座って、チャーリーの手を取る。

「おい、父さんだぞ。ここにいるからな。そばについているから、ひとつ頼みがある。父さんのために頑張ってほしい。できるだろう、チャーリー？」額にキスをすると、涙がこぼれて息子の頬に落ちた。「なんとか息をしろ。おまえが必要なんだ。父さんとふたりで乗り越えよう。みんな子どもには親が必要だって言うだろう？　でもそれは嘘だ。おまえがいないと父さんはだめなんだ。生きていて楽しいと思えなくなってしまう。お願いだから目を開けてくれ。おまえまで失うわけにはいかない。わかるだろう？　戻ってきてくれ……お願いだ、チャーリー……父さんのところに帰ってきてくれ」

チャーリーの胸が大きくふくらんで息を吐き出そうとしたとき、機械の警告音が鳴りだした。医者たちが飛び込んできて、おれの手をチャーリーの手から引き離した。チャーリーの体がけいれんしている。怒鳴り声が飛び交っていたが、何を言っているのか、何をしているのかわからなかった。

「何が起こってるんだ⁉」叫んでも、誰も聞いていない。「どうなってる？　チャーリー！」看護師ふたりに追い出されそうになって、怒鳴った。「医者たちは何をしているんだ？　何が……チャーリー！」押し出されながら、声のかぎりに息子を呼んだ。「チャーリー！」

金曜の夜遅く、おれはダイニングルームのテーブルに座って電話の番号を押した。数えきれないほどかけてきた番号だが、最近はほとんど使っていない。呼び出し音が鳴りはじめたので、電話を耳に当てる。

「はい？」やわらかくなめらかな声が応えた。「トリスタン、あなたなの？」用心深い声の響きに胃がねじれる。「トリスタン、お願いだから何か言って……」母さんがささやいた。

拳で口元を叩いたが、言葉は出てこない。

電話を切った。いつもこうやって電話を切る。おれはそのまま明かりをつけず暗闇に身をゆだね、朝まで身じろぎもしなかった。

8

エリザベス

土曜日の朝、わたしは芝刈り機のエンジンをかけようとして、近所じゅうを起こしてしまいそうな騒音を立てていた。何度やっても数秒ごとにバックファイアの音がするだけで、うまくスタートさせられない。スティーブンはいつもやすやすと使いこなしていたのに、わたしはそんな幸運には恵まれていないようだ。

「お願い」もう一度チェーンを引っ張ってみたが、頼りない音が出ただけで、また止まってしまった。「まったく、どうなってるのよ！」何度も繰り返しているうちに、近所の人たちが表に出てこちらを見ているのが目に入り、頬が熱くなった。

またチェーンを引こうとしたとき、手をつかまれて飛びあがるほど驚いた。

「やめろ」トリスタンだった。眉間にしわを寄せ、目にいらだちを浮かべている。「いったい何をやっているんだ？」

ぎゅっと結んだ彼の唇を見て、わたしは顔をしかめた。「芝を刈ってるの」

「刈ってないじゃないか」

「いいえ、刈ってます」

「いや、刈ってない」

「じゃあ、いったい何をしているというの？」

「世界じゅうの人間を起こしているのさ」彼はうなるように言った。

「イギリスの人たちはすでに起きていると思うけど」

「いいから黙れ」どうやら彼は、朝も昼も夜も機嫌が悪いらしい。そういう人間なのだ。彼は芝刈り機を取りあげた。

「ちょっと、どういうつもり？」

「イギリス以外の世界じゅうの人間を起こすのをやめさせるために、芝刈りをしてやるんだよ」

笑うべきなのか、泣くべきなのかわからない。「うちの芝を刈っていいなんて言ってないわ。それに、その芝刈り機は壊れてるの」トリスタンがチェーンを引くと、すぐにエンジンがかかった。いったいどういうわけなのだろう？　「ちょっと、うちの芝を勝手に刈らないで」

彼は振り向きもせず、黙々と仕事に取りかかった――やってくれと頼んでもいないのに。抗議しようと思ったけれど、この人は鳴き声が気に入らないという理由で猫を殺したという噂を思い出した。仕方なく引きさがる。

「芝刈りがうまいのね」エンジンを切ったトリスタンに声をかけた。「夫は……」言葉を切って、息を吸う。「亡くなった夫は斜めに刈っていたのよ。終わるといつも言ってたわ。〝刈った芝は明日集めるよ。今日はもう疲れた〟って」くすくす笑ってトリスタンに視線を向けたが、もう彼の姿は目に映っていなかった。「そしてそのまま一週間でも二週間でも放置。おかしなものね、よその家の芝を刈るときは完璧に仕上げていたのに」あの刈ったまま放置されていた芝が恋しい……喉が締めつけられ、涙で目が熱くなる。トリスタンに背を向けて、こぼれてしまった涙をぬぐった。「とにかく、あなたも斜めに刈ってくれたのが気に入ったわ」それはたわいもない思い出だった。白い取っ手をつかみ、スクリーンドアを開けようとして、彼の声に立ち止まった。

「たわいない思い出は突然よみがえってくる。そして打ちのめされるんだ」トリスタンはささやいた。愛する者たちに別れのキスをする、ひとりぼっちの魂のように。少ししわがれた声にとげとげしさは消えていたけれど、無防備で傷つきやすい部分が見え隠れしている。

振り返ると、トリスタンは芝刈り機にもたれていた。こんなにも深い感情をあらわにしている彼の目を見るのははじめてだ。傷つき荒れ狂う心がそのまま映し出されている目。わたしはその場にくずおれないように息を吸った。「たわいもない思い出は、大きな思い出よりもたちが悪いと思うことがあるの。彼の誕生日や死んだ日は、心の準備をしてなんとかやり過ごせる。だけど彼がどんなふうに芝を刈ったかとか、新聞は漫画しか読まなかったとか、大晦日には煙草を一本だけ吸っていたとかいうことを不意に思い出すと……」

「彼女がどんなふうに靴のひもを結んだか、水たまりを飛び越えたか、おれの手のひらに指先でハート形を書いてくれたか……」

「あなたも大切な人を亡くしたの？」

「妻だ」

ああ。

「それに息子も」彼が低い声で続けた。

「それは……わたしには想像もつかない……」彼の気持ちを思って、心が痛んだ。トリスタンは目をそらし、刈ったばかりの芝を見つめた。この世でもっとも愛する人とかわいいわが子を同時に失うなんて、とても耐えられない。そんなことになっていたら、生きることを放棄していただろう。

「息子のお祈りの仕方、Rを逆向きに書く癖、おもちゃの車を直してみたくて壊したこと……」トリスタンの声も体も震えていた。彼はもう、わたしに向かって話しているのではない。わたしたちはふたりとも、それぞれのたわいもない思い出の世界にとらわれていた。そして別々の世界にいながらも、心の片隅で目の前の相手のためにも痛みを感じていた。孤独な魂は同じ痛みを持つ魂を見分ける。今日わたしは、もじゃもじゃのひげのうしろに隠れた彼の本当の姿をほんの少し知った。

生々しい感情を目にたたえたまま、トリスタンははっとしたようにヘッドホンを耳に当てた。そしてもうひと言もしゃべろうとせず、刈った草をきれいに集めはじめた。

町の人たちはトリスタンを嫌っているし、その理由もわかる。彼の態度は褒められたものではなく、感情的に不安定で、あらゆる部分が傷つきゆがんでしまっている。でも、彼の冷たい態度を責められない。正直に言うと、まわりの世界を締め出して現実から逃避できる彼がうらやましい。自分だけの世界に閉じこもりたいと毎日思うけれど、エマのためにわたしは正気でいる。

トリスタンは作業を終えて立ち止まった。胸を激しく上下させ、赤い目で振り向く。彼の心はきっと今、どうしようもなく乱れている。彼は額をこすって咳払いをした。

「終わった」

「朝食をとっていかない？」立ちあがって尋ねる。「あなたの分もじゅうぶんにあるけど」

トリスタンは一度だけ瞬きをして、ポーチのほうに芝刈り機を押しやった。「いや、結構だ」彼は自分の家のポーチに向かって歩いていった。ひとりになったわたしは目を閉じた。両手を心臓のあたりに当てる。そしてほんの一瞬だけ、悲しみに身をまかせた。

9

エリザベス

翌日は、タナーの工場に寄ると約束した日だった。あげたいものがあると、週のはじめに言われたのだ。朝からわたしはエマとブッバを連れて、スキップで町に向かった。いつもみたいにエマが好き勝手な歌詞をつけてずっと『アナ雪』を歌い、わたしは心の底からうんざりしたけれど、ものを言わないぬいぐるみであるブッバには心を癒された。

「Tおじちゃん！」車のボンネットを開けてのぞき込んでいるタナーにエマが突進した。振り返った彼は、白いシャツも顔も油のしみだらけだ。

彼はエマを両手で抱きあげると、くるくる振りまわしたあとぎゅっと抱きしめた。

「やあ、おちびちゃん。耳のうしろにあるのはなんだい？」

「そんなとこ、何もないよ！」

「いやいや、あるって」タナーは彼の忠実な相棒である二五セント硬貨をエマの耳のうしろから取り出した。エマが大笑いするので、わたしまで顔がほころぶ。「元気だったかい？」

エマはうれしそうに、今日は自分で服を選ばせてもらえたんだと言った。そして紫色のチュチュ、虹色のソックス、ゾンビのペンギンのついたTシャツといったひとつひとつのアイテムについて、なぜそれを選んだのかという深遠なるストーリーを語りはじめた。

わたしはにこにこしながらふたりを見守った。タナーは心から興味を覚えているかのように、エマをじっと見つめて話を聞いている。ようやく終わると、タナーはエマに何ドルか渡して、従業員のゲイリーと一緒にお菓子の自動販売機に行かせた。すると今度は哀れなゲイリーが、こと細かに服の説明を聞かされるはめになった。

「エマはますますかわいくなったな」タナーは微笑んだ。「きみにそっくりの笑顔だ」

純粋にうれしくなった。わたしはエマの笑顔を見て、スティーブンを思い出すのだけれど。

「じゃあ、さっそくプレゼントを見せよう。こっちだ」奥に連れていかれると、車にシートをかけて置いてある。彼がシートを取ると、驚きのあまりくずおれそうになった。

「信じられない」指先で車体をたどりながら、ジープのまわりを歩いた。スティーブンのジープが新車同然になっている。「めちゃくちゃになっていたのに」

「へこみや傷は直せるからね」

「いくらかかったの？」

タナーは肩をすくめた。「スティーブンは親友だったし、きみは大切な友だちだ。だから、きみたちの幸せな生活の一部だったものを返してあげたかった」

「わたしがいつかは戻るってわかっていたの？」

「おれたちみんな、そうだといいと願っていたよ」タナーは唇を噛んでジープを見つめた。

「今でもおれのせいだと思わずにはいられない。事故の前の週、車の点検をしてやるから工場に来いよって言ったんだ。それなのにあいつは、もう二、三カ月は大丈夫だろうって……。車を見ていたら、調子の悪いところに気づけていたかもしれないのに。おれがボンネットを開けてさえいれば、今でもあいつは……」彼は鼻をつまんで言葉を切った。

「あなたのせいじゃないわ、タナー」

彼は洟《はな》をすすると、ぎこちなく笑った。「そうだよな。ほんのときたま、うじうじ考えるだけさ。さあ、乗ってみてくれ」

わたしは運転席に乗り込んだ。目を閉じて深呼吸をする。そのまま助手席に手を伸ばし、あたたかな手を探した。こんなところで泣いてはだめ、もう大丈夫なはずだと自分に言い聞かせる。そのとき、手がつかまれるのを感じた。目を開けると、エマの小さな手だ。チョコレートだらけの顔でにっこり笑いかけられ、つられて微笑む。

「大丈夫、ママ？」

とにかくまず一回、息を吸うのよ。

「ええ、エマ。ママは大丈夫」

タナーが来て、手にキーをのせてくれた。「きみたちが帰ってきてくれて、うれしいよ。芝刈りとか手伝ってほしいことがあったら、いつでも電話してくれ」

「ティックがもうやってくれたよ！」エマが大声で教える。

タナーが眉をつりあげた。「なんだって？」

「もう人を雇ってやってもらったの。雇ったっていうか、お金は払ってないんだけど。これからお返しをするつもり」

「なんだよ、リズ。おれなら、ただでやってやったのに。誰を雇ったんだ？」

彼は答えが気に入らないだろう。「トリスタンって人……」

「トリスタン・コールか？」タナーは血がのぼった顔を手でこすった。「リズ、あいつはろくでなしだ」

「違うわ」ええ、あなたの言うとおりよ。

「いや、そうだ。それに頭もどうかしてる。ミスター・ヘンソンの店で働いているのは知ってるか？　あいつはまじでいかれてるんだ」

どういうわけか、自分のことを言われているような気がした。「それはちょっと言いすぎよ、タナー」

「いや、トリスタンは正気じゃないし、危険だ。だから……家まわりの仕事はおれにやらせてくれ。あいつがきみの隣に住んでいると思うと、ぞっとする」

「彼はちゃんと仕事をしてくれたもの。騒ぐほどのことじゃないわ」

「いや、きみは甘いね。簡単に人を信用しすぎる。情に流されてはだめだ。ちゃんと頭を使って考えなくちゃ」痛いところを突かれた。「こんなの気に入らないな、リズ。スティーブンだって、そう思っただろう」

「そうね。どっちにしても、そのあと行き来しているわけじゃないから」タナーの非難をかわす。彼の反応にちょっぴり当惑すると同時に、大いに傷ついていた。「わたしだってばかじゃないんだから、自分で対処できるわ」口をつぐみ、笑顔を作る。「とにかく、ジープをありがとう。これがわたしにとってどんなに大きな意味を持っているか、言葉にはできないくらいよ」

ぎこちない表情を見て、タナーはわたしの肩に手を置いた。「ごめん。いやな言い方をした。心配しているだけなんだ。もしきみに何かあったら……」

「大丈夫。危険なんかないわ。絶対に」

「わかった。これ以上余計なことを言わないよ」彼は仲直りするようににやりとした。「エマ、ママの面倒を見てあげるんだぞ、いいな？」

「なんで？ 子どもはあたしよ。ママじゃないもん」エマが生意気に言い返したので、笑ってしまった。エマが一〇〇パーセント正しい。

10

エリザベス

毎週金曜日は、エマを祖父母の家に送っていったあと、ファーマーズマーケットに行く。ダウンタウンの中心にメドウズクリークじゅうの人々が集い、それぞれ持ってきたものを売り買いするのだ。焼きたてのパンの香りや色とりどりの花、それに飛び交う町じゅうの噂話に、思わず毎回足が向いてしまう。

スティーブンが生きていたときは、いつも一緒に花を買いに来ていた。だから今も金曜日になるとバラの切り花が並んでいるところに行って、心の痛みに耐えつつ思い出に浸る。

ファーマーズマーケットに来ると、必ずトリスタンを見かける。芝を刈ってもらったあと、彼とは話していないけれど、あの悲しい目が頭から離れない。彼の妻と息子について、気がつくと考えている。彼はいつふたりを失ったのだろう？　どんなふうに？　彼はもうどれくらいのあいだ、悪夢の中で生きているの？

彼のことをもっと知りたい。

ときどきトリスタンは裏庭にある小屋に入って、何時間もそこで過ごす。出てくるのは鋸台で木を切るときだけ。仕事を終えると中に戻って、また出てこない。

彼とすれ違うと、いつも頬が熱くなる。だから彼なんか見えなかったふりをして、そっぽを向く。本当は見えていても。彼の姿はいつだって目に入ってきてしまうのだ。なぜかはわからないけれど。

誰もがトリスタンを冷淡な男だと言うし、それは正しいと思う。彼はまわりを拒絶して生きている。だけど、みんなの知らない別の面もあるのだ。ゼウスが大丈夫だと知って、彼は手放しで泣いた。妻と息子を失ったことを打ち明けてもくれた。ほとんどの人が気づいていないトリスタンのやさしく弱々しい部分を、わたしは目の当たりにした。

毎週、彼は周囲の人間など存在していないかのように歩きまわり、食べ物と花を買うという目的だけを遂行する。それをすませるとふたたび丘をあがり、途中の橋で必ず足を止めて、買ったばかりの食べ物と花をすべてホームレスの男に与える。見かけるたびに、彼のそんな部分に惹かれていく。

今日は家に戻る途中、すぐそばでその現場を目撃した。近づきながら、わたしは思わずにこにこしてしまったのだけれど、彼は無視して歩きだした。

「こんにちは、トリスタン」

彼は完全に心を閉ざした目を向けてきた。

足を止めようともしない。

最初に会った日に戻ったみたい。わたしは大股で歩く彼に小走りで並んだ。

「とっても親切なのね。あの人、きっと喜んでくれた——」

トリスタンが勢いよく振り向いて詰め寄った。歯を食いしばり、険しい顔をしている。

「いったいどういうつもりだ！」

「なんのこと？」彼の剣幕に口ごもる。

「きみがどんな目でおれを見ているか、気づいていないとでも思っているのか？」

「何を言ってるのかわからないわ」

「はっきり言っておく」トリスタンは低い声で荒々しく言った。瞬きをしたあと、厳しい目をわたしに据える。「きみとはどんな意味でも、どんな形でも関わりたくない。わかったか？うるさくていらいらしたから芝は刈ってやった。それだけのことだ。これ以上はごめんだ。だからそんな目で見るのはやめろ」

「まさか、あなたに気があるとでも思っているの？」ちょうど丘の一番高いところで、わたしは叫んだ。彼は〝ああ、そのとおりだろう〟という目で見ている。「親切な行為だと思ったから、それを伝えたかっただけよ。わかった？　あの人に食べ物をあげたでしょう。あなたを誘ったり、色目を使ったりしているわけじゃない。ただ会話をしようとしただけ」

「なぜおれと会話したがる？」

「知らないわよ！」言葉が口から転がり出た。ころころ態度を変える男となぜ会話したいのか、自分でもわからなかった。ある日つらい心の内を打ち明けてきたかと思うと、翌日には挨拶しただけで怒鳴る。こんな人間とはまともにつきあえるはずがない。「友だちになれると思ったわたしがばかだったわ」

トリスタンが顔をしかめた。「なぜきみの友だちにならなくちゃいけないんだ?」

体がぶるっと震える。弱い風に吹かれたせいなのか、彼に体を寄せられたせいなのか、よくわからない。

「さあ。あなたが寂しそうで、わたしも寂しかったからかしら。それで考えたの――」

「きみは何も考えちゃいない」

「なんでそんなに意地悪なの?」

「なぜいつもおれを見ている?」

答えようと口を開いたものの、何も思いつかなかった。黙って見つめあう。唇も体も、今にも触れそうなくらい近くで。

「町の連中はおれのことを怖がっている。きみは怖くないのか、エリザベス?」ささやく彼の息が唇にかかる。

「怖くないわ」

「どうして?」

「わたしにはあなたが見えるから」

戸惑ったように、冷たかったトリスタンの目が一瞬やわらいだ。でも、本当のことだ。わたしには、彼の目に浮かぶ憎しみの奥にあるものが見える。しかめっ面に隠された心の痛みが見える。わたしと同じで、彼の心は傷つき壊れてしまっているのだ。

トリスタンはそれ以上考えるのをやめ、わたしを抱き寄せて激しく唇を押しつけた。最初に感じた困惑は、彼の舌が唇を割って滑るように入ってくると徐々に消え、わたしもキスを返しはじめた。たぶん、わたしのほうが熱心だったと思う。恋しかった。こんなふうにキスをすることが。ちゃんと受け止めてくれる誰かに、身も心も預ける感覚が。ぬくもりに包まれて、次に吸う息を誰かが吹き込んでくれる感覚が。

誰かに抱きしめられ、触れられ、求められたくてたまらなかった。

スティーブンが恋しかった。

トリスタンのキスは怒りと悲しみに彩られ、謝罪と苦悩に満ちた、生々しい本物のキスだった。

わたしのキスもまったく同じ。

彼の下唇に舌を滑らせた。彼の胸に手を置き、指先を通して速い鼓動を全身で感じる。

何秒かそうしていると、以前の自分に戻った気がした。

満ち足りていて、完璧で、どこか神々しかった自分に。

トリスタンが乱暴にキスを終わらせてそっぽを向いたので、また暗い現実が戻ってきた。

心が壊れ、ぽっかりと空洞が空いた、孤独な自分に戻る。

「きみはおれを知らない。だから知っているような態度を取るのはやめろ」途方に暮れているわたしを残して、彼は歩きだした。

今のキスはなんだったのだろう?

「あなたも感じたんでしょう?」トリスタンの背に向かって問いかけた。「スティーブンが生き返ったような気がしたの。彼がここにいるみたいだった。あなたも奥さんが生き返ったように――」

燃えるような怒りを目にたたえて、彼が振り向いた。「二度と妻のことは口にするな。彼女やおれのことを少しでも知っているみたいに」またさっさと歩きだす。

彼も感じたのだ。

わたしにはわかる。

「そんなふうに行ってしまわないで、トリスタン。わたしたちはお互いに失った人について話せる。お互いに愛していた人を思い出す手助けができるのよ」一番怖いのは、スティーブンを忘れてしまうことだ。

トリスタンは足を止めない。

もう一度、追いかけて並んだ。「それに、そういうのが友だちになるってことでしょう? お互いを知ることが。心を打ち明けることが」動転して、胸が激しく上下した。心が痛くなるようなすばらしいキスを中断して、話を聞こうともせずに行ってしまう彼が信じられなかった。幸せだったときをちらりとよみがえらせておいて、永遠に失われた愛とほんの少しだけ似ている熱情を呼び起こしておいて、勝手に中断して歩み去る彼が憎い。「どうして? なんでそんなに冷たいの? 人の心を持たない怪物みたい」

トリスタンが振り返った。悲嘆と苦悩が見えたと思ったのは一瞬で、すぐにこわばった険しい表情が取って代わる。「きみには近づいてほしくないんだよ、エリザベス」いらだったように両手をあげて、彼が近づいてきた。「金輪際、関わりたくない」彼が足を止めないので、うしろにさがった。「きみの死んだ夫のことなんか話したくないし、おれの死んだ妻のことも話したくない。きみに触りたくない、キスしたくない、舐めたくない」トリスタンがどんどん詰め寄ってくるので、わたしはどんどんさがった。どこまで来るのだろう？「友だちになんか絶対になりたくない。だからもう近づくな。話しかけるのはやめろ！」のしかかるようにしてトリスタンが怒鳴った。体がびりびり震えるような大声に、思わずびくっとする。

そしてさらにあとずさりしようとしたとき、靴のかかとが岩の上で滑って、わたしは丘を転げ落ちた。

けがはしなかった。いくつか打ち身ができて、恥ずかしかっただけで。

けれどもトリスタンはあっという間にそばへ来て、わたしを見おろした。

「しまった。大丈夫か？　さあ、つかまって」彼は手を差し出した。

その手を無視して、自分で立ちあがった。彼の目は心配そうだったけれど、関係ない。またすぐに、同じ目に憎しみが浮かぶかもしれないのだから。

転ぶ直前、話しかけるのはやめろとトリスタンは言った。彼の望みに従い、その言葉どおりにした。脚を引きずりながら家に帰り着くまでひと言もしゃべらず、一度も彼のほうを見なかった。みじめそうな彼の視線は、ずっと意識していた。

「彼に押されて丘を転げ落ちたの？」

電話の向こうでフェイが大声をあげた。トリスタンとの出来事のあと、すぐ彼女に電話した。とにかく親友に、正しいのはわたしだと認めてもらいたかったのだ。悪いのはトリスタンだと。

先にわたしが、彼を人の心を持たない怪物呼ばわりしてしまったのだとしても。

「まあ、ちょっと違うんだけど。彼に怒鳴られて、わたしが勝手につまずいたっていうか」

「キスされたあと？」

「そう」

「なんてひどいの。大嫌いよ、そんな男」

「わたしも」うなずいて同意した。

それは嘘だったけれど、トリスタンに対する本当の気持ちは話せなかった。彼とわたしがどれだけ似ているかなんて、誰にも言えない。自分自身に対しても完全には認められないのに。

「ところで、せっかくこういう話題になったからきくけど……」フェイが舌なめずりする音が聞こえてくるようだった。「彼は、どうだった？　シャツを脱いだの？　胸に顔をうずめてきた？　彼の腹筋に触った？　あのシャープな顎を舐めた？　ああ、もう、ききたいことがありすぎて、うずうずしちゃうわ！」

「もう、あなたって、どうしようもない人ね」思わず苦笑したものの、心の中はまだトリスタンとのキスでいっぱいだった。いったいあのキスにはどんな意味があったんだろう？　別に意味なんかなかったのかもしれないし、あらゆる可能性に満ちていたのかもしれない。

フェイがため息をついた。「いいじゃない、何か教えてよ。彼としている最中なのに、気になって集中できないわ」

「彼としている最中ってどういうこと？」思わず大きな声が出た。「フェイ、あなたって信じられない！　なんで電話に出たのよ！」

「ええと、男より女友だちのほうが大事だから？」笑い声をあげるフェイに、わたしは言葉に詰まった。

「やあ、リズ」マッティが電話の向こうから声をかけてきて、ますます焦った。「来週は三〇時間分、仕事を入れておいたよ」

「もう切るわ」

「やだ、なんで？　時間なら、たっぷりあるのに」

「もうやだ！　あなたったら」どうしよう、わたしの親友は変態だ。

「わかった、じゃあ切るね。だけどリズ、瞑想《めいそう》でもして、じっくり考えを整理したほうがいいわよ」

「で、その瞑想って……？」

「テキーラが必須ね。最高級の、おなかにかあっと来るやつ。失敗したときにはあれが効くのよ」

少なくとも、それだけは正しい気がした。

11

二〇一四年四月三日
永遠の別れまであと四日

トリスタン

実家の裏のポーチに立って、ブランコに雨が降り注ぐのを見つめていた。父さんとおれとでチャーリーに作ってやったものだ。タイヤのブランコが揺れて、木の枠に当たっている。

「なんとか持ちこたえているか？」父さんが横に来てきいた。うしろからゼウスもやってきて座った。横を向いて、自分とうりふたつの顔を見る。違うのは、その目には長く生きてきた歳月と英知が宿っていることだ。

父さんの問いかけには答えずに、雨の庭に顔を戻す。

「おまえが追悼文を書くのに苦労していると、母さんが言っていた。手伝おうか？」

「いや、いい」低い声で、そっけなく断った。自然に拳を握り、手のひらに爪が食い込む。

時間が経っても怒りが消えない。事故をまわりのせいにして責めてしまう。時が過ぎるほど、心が冷たく冷えていく。そんな自分がいやでたまらないが、どうしようもない。「誰も必要ない」

「トリスタン」父さんはため息をついて、おれの肩に手を置いた。

体を引いて、その手を落とす。「ひとりになりたいんだ」

父さんは下を向いて、首のうしろをこすった。「わかった。母さんとおれは中にいる」

そう言ってスクリーンドアを開ける。「だがな、トリスタン、いくらまわりを遠ざけても、おまえはひとりぼっちじゃない。そのことを覚えておくんだ。必要になったら、父さんたちはいつでもここにいる」

スクリーンドアがばたんと閉まった。父さんの言葉に腹が立った。

必要になったら、わたしたちはいつでもここにいる。

だが、〝いつでも〟には期限があるのだ。

ズボンのうしろポケットから、三日間じっと見つめてきた紙を取り出した。ジェイミーの追悼文は今朝早くに仕上げたが、チャーリーの分は名前以外、まだひと言も書けていない。

いったい何を書けばいいのだろう？　息子の人生はまだはじまってもいなかったというのに、どう振り返ればいいのかわからない。

雨がパチパチと紙に当たって、涙がこみあげた。瞬きをして押し戻し、紙をポケットに戻す。

おれは泣かない。

涙なんか絶対に見せない。

いつのまにかポーチの階段をおりていた。あっという間に全身がずぶ濡れになって、激しさを増す嵐に同化した。

ここにいると息が詰まる。ひとりになれる場所が欲しい。とにかく逃げ出したい。

走らなければ。

それ以上何も考えず、裸足のままやみくもに駆けだす。

ゼウスがうしろから追ってきた。「戻ってろ、ゼウス!」同じくらいずぶ濡れになっている犬に怒鳴る。「あっちへ行け!」ひとりになりたくて大声で命令すると、速度をあげて走った。だが、ゼウスはついてきた。限界までスピードを出したので、肺が悲鳴をあげる。とうとう脚が動かなくなり、地面に倒れ込んだ。傷跡のように空を走る稲光を見つめながら、ひたすら泣きじゃくる。

ひとりになりたかったのに、ゼウスはそばにいた。どんなに大声を出して邪険にしてもずっと離れず、悲しみの底をさまようあいだ見守っていてくれた。ゼウスはこの先もけっしておれを見捨てないだろう。こうやって目の前に座り、キスをして、愛を差し出し、誰かにすがりつかずにはいられないときに慰めを与えてくれる。

「わかったよ」ため息をつく。涙はまだ止まらなかったが、あたたかな体を引き寄せた。

ゼウスは自分も傷ついているんだとでもいうように、哀れな声で鳴いた。「わかった」ももう一度言ったあと、頭にキスをして体をこすってやる。

わかったよ、と心の中で繰り返しながら。


裸足で走るのが好きだ。

走るのは得意だ。

足にまかせて、ひたすら走る。

そのうちに足の裏が、コンクリートに繰り返し叩きつけられる衝撃に耐えきれなくなって、血を流しはじめる。

それがいい。

肉体の痛みを通して、自分の罪を思い出したい。

自らを傷つけ、痛みを感じたくてたまらない。

だが、そうやって痛い思いをさせたいのは自分だけだ。おれのせいで誰かが傷つくようなことがあってはならない。そうならないように、みんなから離れている。

だけどエリザベスを傷つけた。そんなつもりはなかったのに。

すまない。

どうやって謝ればいいのかわからない。どんなふうに埋めあわせをすればいいのか見当もつかない。たった一度のキスで、なぜ思い出してしまったのだろう?

おれのせいで、彼女は丘を転げ落ちた。骨を折っていたかもしれない。頭を打ってけがをしていたかもしれない。もしかしたら死んでいたかも……。ジェイミーやチャーリーのように。

本当にすまない。

けがをさせた晩、いつもよりたくさん走った。木々のあいだを抜け、ぐんぐん速度をあげて、限界まで自分を駆りたてた。

もっとだ、トリス、もっと走れ。

足から血が流れた。

心臓が胸の内側で暴れ、泣き叫んでいる。頭がもうろうとして、押し込めていた記憶が浮かびあがり、愛する者たちを奪った死で頭がいっぱいになった。彼女は死んでいたかもしれない。おれのせいだ。彼女を死なせるところだった。

チャーリー。

ジェイミー。

だめだ、耐えられない。

ふたりの思い出を押し戻す。

爆発しそうな肺の痛みに心を集中した。痛みはいい。もっと欲しい。おれは痛みを与えられるべき人間だから。別の誰かじゃない。おれだけだ。

足が痛い。心臓が痛い。どこもかしこも痛い。

本当にすまない、エリザベス。

夜は刻々と暗さを増している。

おれは小屋の中に座り、友だちになってあげなくてはなどと思わせずに、エリザベスに謝る方法を探している。彼女のような人間は、おれみたいな人間と関わって人生を複雑にする必要はない。

おれみたいな人間は、友だちを持つ価値などないのだから。

だけど彼女のキスは……。

あのキスのおかげで思い出がよみがえった。おれは一瞬幸せな思いに浸ったあと、わざとそれをぶち壊した。そうせずにはいられなかった。丘を転げ落ちていったエリザベスの姿が、頭に焼きついて離れない。おれはなんというろくでなしになってしまったんだろう。

こうやって、関わったすべての人間を傷つけてしまうのかもしれない。

だから愛していたものをすべて失ってしまったのだろうか？

だけどおれは彼女を傷つけてしまうのが怖くて、話しかけるのをやめさせようとしたのだ。キスなんかするべきじゃなかった。でも、したかった。どうしてもしなくてはならなかった。自分勝手なくそ野郎だ、おれは。

月が頭上高くのぼった頃、ようやく小屋を出た。すると何かが聞こえた。誰かがくすくす笑っている？

森の中からだ。

放っておくべきだと思った。自分のことだけ考えるべきだと。それなのに、ふらふらと笑い声を追った。エリザベスだ。テキーラのボトルを持ってくすくす笑いながら、危なっかしい足取りで木々のあいだを歩いている。

彼女はかわいかった。かわいさと美しさが共存している。わざとらしくない自然な形で。ゆるく波打っている金髪。彼女のためにあつらえたような黄色いワンピース。彼女を見て、そんなふうに感じてしまった自分にむかつく。ジェイミーも同じだったから。

よろよろ歩いているエリザベスは、まるで踊っているみたいだ。酔っ払いのワルツと言ってもいいかもしれない。

「何をやっているんだ?」呼びかけて注意を引く。

彼女は前のめりにワルツのステップを踏みながら近づいてきて、両手をおれの胸に置いた。

「これはこれは、怖い目のお兄さん」

「これはこれは、茶色い目のお嬢さん」

エリザベスは大笑いした。鼻息が荒い。酔っ払っている。「茶色い目のお嬢さん、ですって。気に入ったわ」おれの鼻をばちんと叩く。「ねえ、何か面白いことして。いつ見ても、まじめくさった顔をしてるんだもの。でも、ほんとは面白くもなれるんでしょう? とりあえず、何か面白いこと言ってよ」

「〝何か面白いこと〟」

エリザベスは笑い転げた。ふつうだったら、いらいらするだろう。だけど笑っているのが彼女だと、まるで腹が立たない。「あなたが好き。なんでかしら、意地悪なのに。あなたにキスされると、夫を思い出すの。ばかみたいよね。まるで似ていないのに。スティーブンはやさしかったもの。いやになっちゃうくらい。いつもすごく大切にしてくれた。そばにいて抱きしめて、心から愛してくれたのよ。中途半端なキスなんかしなかった。キスをやめるのは、次のキスをするため。ずっとキスしてくれた。どうしても離れられないとでもいうように。でもあなたはキスをやめたとたん、汚いものでも見るような目をわたしに向けた。だから泣きたくなった。あんまり意地悪だから」エリザベスがあとずさりした拍子に転びそうになったので、ウエストに腕をまわしてしゃんと立たせる。「あら、今度はちゃんと支えてくれたのね」彼女がにやにやする。

頬にあざと傷ができているのが見えて、胃がねじれた。「きみは酔っ払っている」

「違うわ。楽しんでるだけ。わからないの？　全身で楽しいって言ってるのに。にこにこしてるでしょ、大きな声で笑ってるでしょ、それにお酒を飲んでご機嫌に踊ってる。こういうのを楽しそうって言うんじゃない？」指先でおれの胸をとんと突いて、彼女は言った。「楽しいと踊るものなのよ」

「へえ？」

「そうよ。あなたには理解できないかもしれないけど、い、一応、説明するわね」ろれつがまわっていない。エリザベスは一歩さがってテキーラをぐいと飲み、ふたたび踊りだした。

「どうしてかっていうと、お酒を飲んで踊ってると、ほかのことは全部忘れられるから。くるくるまわってると、空気がだんだん軽くなって、悲しい気持ちが静まっていくの。すべての感覚が麻痺して、愛し愛されていたときのことをしばらく忘れられる」

「踊るのをやめたらどうなる？」

「ああ、それがちょっと困るのよね。踊るのをやめたら——」彼女はぴたりと足を止め、握っていたテキーラのボトルを放した。地面に落ちたボトルが粉々になる。「こんなふうになっちゃうの」

「本当は楽しくなんかないんだろう」

「踊るのをやめたからよ」

涙を流しながら割れたガラスを拾おうとする彼女を止めた。「おれがやる」

「足から血が出てるわ。ガラスで切ったの？」

裸足で走って傷だらけになった足を見おろす。「いや、そうじゃない」

「じゃあ、あなたはたまたま傷だらけの足をしている気の毒な人ってことなのね」その言葉に苦笑しかけたところで、エリザベスの顔が突然ゆがんだ。「なんか気持ち悪い」


そのあとすぐ、エリザベスをおれの家に連れて帰った。耐えられるぎりぎりの熱さの湯で足を洗って戻ると、彼女はリビングルームのソファに座って部屋の中を見まわしていた。家に着くなり嘔吐《おうと》したが、目を見ると、酔いはまだかなり残っているようだ。「あなたのうちって、ほんとに殺風景ね。それに汚いし暗い」

「おれのセンスを気に入ってもらえて何よりだ」

庭をきれいにするのに芝刈り機を貸してあげてもいいわよ」彼女が申し出た。「あなたが美女と出会う前の野獣の城を目指しているのなら、かまわないけど」

「庭がどう見えようと、気にもならないね」

「どうして?」

「ほかのやつらとは違って、まわりの言葉を気にするようなせこせこした男じゃないからだ」

エリザベスはくすくす笑った。「〝せこせこ〟はけちってことじゃない。〝こせこせ〟でしょ?」

「そう言っただろう?」

彼女は笑い続けている。「言ってないわ」

揚げ足を取られていらいらしているのに、彼女の美しさに目を奪われてしまう。

「わかったよ。じゃあ、言い直す。おれはこせこせした男じゃない」

エリザベスは急に語気を荒くして非難した。「嘘つき」

「嘘じゃない」

「いいえ、嘘よ」彼女は唇を嚙んだ。「だって、人がどう思うか気にならない人なんていないもの。本当は誰だって気になる。だからわたしだって、鼻持ちならない隣人をすごく魅力的だと思ってるって親友に言えないのよ。未亡人はそんな感情を持つべきじゃないから。つねに悲しい顔をしていなくちゃだめだから。まわりが居心地悪くなるくらい悲しんでもだめなんだけど。だから誰かとキスしたら体が熱くなって、自分の中の欲望は死に絶えたわけじゃないとわかったりしたら……困ったことになる。みんなが非難するような目で見るから。わたしはそんな目で見られたくない。まわりにどう思われるか気になってしまうの」

彼女に顔を寄せ、けしかける。「無視しろ。隣に住むミスター・ジェンソンを見て体が熱くなったとしても、かまわないじゃないか。かなりのじいさんだが、前庭でヨガをやっているのを見たことがある。だから彼に惹かれるというのもわかるよ。おれだって、彼を見て脚のあいだがむずむずした」

エリザベスはひきつけでも起こしそうなくらい笑った。「わたしの言った隣人は彼じゃないわ」

おれはうなずいた。そんなのはもちろんわかっていた。

彼女は脚を組んで背筋を伸ばした。「ワインはある？」

「おれがワインを買って家に置いておくようなタイプに見えるか？」

「いいえ」彼女は首を横に振った。「あなたはすごく苦いビールを飲むタイプに見える。胸に毛が生えてきちゃうようなやつ」

「そのとおり」

「いいわ、胸毛の生えるビールをちょうだい」

ビールじゃなくて水をグラスに入れて戻る。「ほら、飲めよ」

エリザベスは手を伸ばし、グラスを受け取った。「あなたは今、何歳？」

「三三。きみは？」

「二八よ。息子さんは亡くなったとき……？」

「八歳だった」彼女の口がへの字になるのを眺めながら、冷たい声で答えた。

「ひどいわ。人生って不公平なものね」

「公平だなんて言ったやつはいない」

「ええ……でも、そうであってほしいと誰もが思ってる」エリザベスはグラスを見つめていた。「ときどき、あなたの声が聞こえるのよ。夜眠っているとき、叫び声をあげているのが」

「おれもときどき、きみの泣き声が聞こえる」

「秘密を打ち明けてもいい？」

「ああ」

「町の人たちはみんな、わたしにスティーブンが生きていたときと同じ人間でいてほしいと思っているの。だけど、どうしたらあのときのわたしに戻れるかわからない。死はいろいろ変えてしまうものだから」

「死はすべてを変えてしまう」

「あの……人の心を持たない怪物だなんて言って、ごめんなさい」

「かまわないさ」

「どうして？　どうしてかまわないなんて言えるの？」

「なぜって、死がおれをそういうふうに変えたからだ。人の心を奪った」

引っ張られて、エリザベスの前にひざまずいた。彼女はおれの髪をかきあげ、じっと目を見た。「明日になったら、また意地悪な態度に戻るんでしょうね」

「ああ」

「そうだと思った」

「でも、きみにいやな思いをさせたくて、そうするんじゃない」

「それもわかってる」彼女は指先をおれの頬に滑らせた。「あなたは美しいわ。心が壊れてしまった美しい怪物よ」

あざのできた彼女の顔にそっと触れる。「痛いかい？」

「もっとひどい痛みを経験したから」

「本当にすまない、エリザベス」

「友だちはリズと呼ぶの。でもあなたは、わたしたちは友だちじゃないって言った」

「おれはもう、どうやったら友だちになれるか忘れてしまったんだ」彼女にささやく。

エリザベスは目を閉じて、額を合わせた。「わたしは友だちになるのがうまいの。よければいくつかアドバイスしてあげる」ため息をつき、唇をおれの頬に軽く押し当てる。「トリスタン」

「なんだい？」

「この前わたしにキスしたわね」

「ああ、した」

「どうしてしたの？」

彼女の首のうしろに手を当てて、ゆっくりと引き寄せる。「なぜならきみは美しいからだ。きみは心が壊れてしまった美しい女性だ」

エリザベスはにっこりした。その体にかすかに震えが走る。「トリスタン？」

「なんだ？」

「また吐きそう」


エリザベスがトイレから戻ってきたあと、グラスを手渡した。「少し水を飲んだほうがいい」

彼女は何口か飲んだ。「ふだんは飲んでもこんなふうにならないのに」

「誰だって、こんなふうになることはあるさ」

「少しのあいだでいいから忘れたかっただけなの。頭をからっぽにして」

「わかるよ」彼女と向きあって腰をおろす。「おれだって、酒を飲みすぎたときはいつもそうだから」おれはにやりとした。

「今、笑った？　本当にトリスタン・コールがわたしに向かって笑ったのかしら？」

「たまたまさ」彼女をからかう。

「うーん、残念！　いい感じなのに。でも、今日一番うれしかったのは、その笑顔だわ」

「一番いやだったのは?」

「あなたのしかめっ面」おれの目を見ながら、彼女はため息をついた。「もう行かなくちゃ。酔っ払いを介抱してくれてありがとう」

「すまない」喉に塊がこみあげる。「今日は転ばせてしまって、本当にすまなかった」

彼女は指先を自分の唇に当てた。「いいのよ。とっくに許しているわ」

エリザベスは帰っていった。さっきよりもはるかにしっかりとした足取りだが、それでも少しふらふらしている。彼女が家に入るのを見届けてから、寝室に向かった。彼女もおれもそれぞれの寝室にたどり着き、窓際に立ってしばらく見つめあった。

「あなたも感じたんでしょう?」向こう側から、彼女がささやく。キスのことだ。

答えなかったが、答えはイエスだ。

彼女の言うとおり、おれも感じた。

12

エリザベス

あのあとわたしたちは窓辺を離れ、それぞれのベッドに横たわった。わたしはかすかに酔いの残る頭で、トリスタンと彼の妻を思い浮かべた。彼の妻はどんな人だったのだろう？バラやユリの香りがしたのだろうか？　料理やパンを焼くのが上手だったのかもしれない。彼はどれくらい彼女を愛していたのだろう？　ふたりが一緒にいるところを頭に描き、彼女がひげだらけの彼にキスをして、愛してるとささやいているところを想像した。そしてやさしく彼女の背中を引き寄せる彼の手を感じ、しなだれかかった彼女が彼の名を呼ぶのを聞いた。

トリスタン……。

自分と、スティーブン以外のことに思いを巡らせられたのは久しぶりだった。

わたしは大丈夫。

ちゃんとやっていける。

じゅうぶん立ち直った。

けれども目を開けると、寝室には黒々とした闇が広がっていた。

全然大丈夫じゃない。

いつもスティーブンが寝ていた場所に目を向け、自己嫌悪に襲われた。戸惑った顔をこちらに向けて横たわっている彼が、一瞬見えた。瞬きをして手を伸ばしたけれど、かき消すように消えてしまった。

本当は、一度もそこにいなかったのだ。

ベッドを出てバスルームに行き、シャワーの栓をひねった。バスタブにうずくまる。降り注ぐ湯が、体じゅうにあふれる失望を洗い流してくれることを祈って。だけど、だめだった。次々と顔に落ちる湯が涙とまざっていく。湯がなくなって水に変わっても、わたしは動かなかった。バスタブの中で震えながら目を閉じる。

こんなにひとりぼっちだと感じたのは、生まれてはじめてだった。

13

エリザベス

タナーは反対したけれど、わたしはトリスタンに芝の手入れをまかせ続けた。土曜日になると彼はやってきて芝を刈り、そのあと町に行ってミスター・ヘンソンの店で働く。彼は朝働くことも、夜働くこともあった。酔っ払った晩以来、彼と話をしていなかったけれど、別にそれでかまわなかった。彼が芝を刈っているあいだ、いつもエマは前庭でゼウスと遊び、わたしはポーチに座ってロマンス小説を読んでいる。心が痛みを抱えていても、愛でいっぱいの本を読むと、なんとなく明るい気分になった。いつか大丈夫になれるかもしれない、元気に生きていける日が来るかもしれないと思わせてくれるのだ。

毎週トリスタンにお礼を渡そうとして断られる。食事に誘っても断られる。

ある土曜日、エマがぐずっている最中にトリスタンが来た。彼はわたしたちに近づかず、関わらないようにしていた。

「ママのママの家に戻らなきゃ！　あたしたちがここにいるって、パパにはわかんないんだから！」エマは叫んだ。

「そんなことないわ、エマ。もうちょっとだけ待ってあげましょうよ。パパはゆっくり向かってきてるのよ」

「やだ！　だって全然来てくれないよ。どこにも白い羽根が落ちてないもん。戻らなきゃだめ！」大声でわめくエマを抱きしめようとしたけれど、すり抜けて家の中に駆け込んでしまった。

ため息をついて顔をあげると、トリスタンと目が合った。顔をしかめているので、肩をすくめて苦笑してみせる。「まったく、子どもって」

彼は表情を変えず、自分の家に向かって歩きはじめた。

「どこへ行くの？」

「帰る」

「どうして？」

「ここに座って、きみの子が駄々をこねるのを何時間も聞いているつもりはない」

意地悪トリスタンに逆戻りしている。「本当はいい人だと思おうとしているのに、いつもいやなやつだって見せつけるのね」

彼は何も応えずに、暗い家の中へ消えていった。

「ママ！」翌朝、ベッドの上で飛び跳ねているご機嫌なエマに起こされた。「ママ！　パパだよ！　パパが来たんだよ！」大声で叫びながら、エマが引っ張る。

「なんですって？」眠い目をこすりながら言った。「エマ、日曜はお寝坊の日よ」

「だけどママ！　パパが来たんだってば！」エマが大声をあげる。

芝刈り機の音が聞こえて目が覚めた。スウェットパンツとタンクトップを急いで身につけ、興奮状態の娘のあとから玄関へ向かう。外に出たとたん、ポーチを見て息をのんだ。白い羽根で覆われている。

「ほらね、ママ！　パパはあたしたちを見つけたんだよ！」

両手で口を覆って、ポーチの上を見つめた。羽根が風に舞いあがって漂いはじめる。

「泣かないで、ママ。パパが来たんだから。きっと見つけてくれるってママは言ってたけど、ほんとだったね」

娘に微笑む。「もちろんじゃない、エマ。うれしくて涙が出ちゃっただけ」

エマが羽根を拾いあげ、笑顔で要求した。「写真は？」スティーブンの古いポラロイドカメラを取りに、急いで家の中へ入った。エマはいつも羽根を持ったところを写真に撮らせて、〝パパとあたし〟と名づけた箱に大切にしまうのだ。戻ると、エマは無数の羽根の真ん中に座っていた。

「じゃあ、いくわよ。はい、チーズ！」

「チーーーズ！」エマが叫ぶ。

すぐに出てきた写真をコレクションに加えるために、エマは家の中に駆けていった。

わたしはトリスタンに目を向けた。何も気づいていないふりをして芝を刈り続けている彼に近づき、芝刈り機を止める。「ありがとう」

「なんのことか、さっぱりわからないな」

「トリスタン……とにかく、ありがとう」

彼が空を仰ぐ。「どうして放っておいてくれないんだ」

ふたたびエンジンをスタートさせようとする彼に手を重ねた。あたたかい手だ――ごつごつしているけれど、あたたかい。「ありがとう」

視線が絡みあうと、トリスタンの手の温度があがった気がした。彼がにっこりと心から笑う。そんな笑みを浮かべるなんて、はじめて知った。「たいしたことじゃない。ミスター・ヘンソンの店でたまたま羽根を見つけたんだ。どうってことないさ」一瞬、口をつぐむ。

「いい子だ。本当に。うるさくて面倒くさいけど、いい子だ」エマのいる家のほうを示す。「朝食をとっていく？」わたしはきいた。

彼が首を横に振る。

「じゃあ、お昼に来て」

それも退けられる。

「夕食は？」

トリスタンは唇を噛んだ。視線を落とし、考え込んでいる。目をあげた彼の答えを聞いて、思わずよろけそうになった。「行くよ」

トリスタンに芝を刈ってもらっていることについて、近所の人たちはいろいろ噂している。でも他人にどう思われようと、だんだん気にならなくなっていた。

羽根に囲まれてポーチに座り、トリスタンが仕事を終えるのを待った。エマはゼウスと遊んでいる。

ときどきトリスタンは、笑い方を思い出したように、明るい顔を見せてくれた。


夕食の席で、エマはゼウスがポーチで死んだ虫を見つけて食べたんだと、ぺちゃくちゃしゃべり続けていた。その合間にいつにも増して大きな音を立て、盛大にこぼしながらスパゲッティを食べる。わたしとトリスタンは、エマをはさむようにテーブルの両端に座っていた。ときどき彼はわたしをちらりと見るけれど、だいたいは口の片端を少しあげて微笑みながら、エマのほうを向いていた。

「それでゼウスはパクッて食べちゃったんだよ。すごくおいしいものを見つけたみたいに！

それで歯のあいだに虫のかけらがはさまってるの」

「きみも虫を食べたのかい？」トリスタンがきく。

「うえー！　そんなの食べないよ！　気持ち悪いもん！」

「栄養満点らしいぞ」

「そんなの関係ないってば、ティック！　げえって感じ」エマが吐くまねをしたので、わたしたちは笑った。「うっほほ、うっほほ！」エマが突然、ゴリラ語に切り替える。『ターザン』を観てから、こんなふうにときどきゴリラに変身してしまう。どうやってトリスタンに説明すればいいのか考えているうちに、その必要がなくなった。

「うほ？」トリスタンが返す。「うう？　ほほ！　うほほ！」彼はにやりとした。

その晩、彼を見て何度もどきどきした。自分がそうさせていると、トリスタンはわかっているのだろうか？

「さあ、ジャングルのジェーン、そろそろパジャマに着替えなさい。寝る時間を過ぎているわ」

「えー！」エマが抗議の声をあげる。

「〝えー〟はなし」きっぱりと、部屋から出ていくように促した。

「じゃあ、お部屋で『モンスター・ホテル』観てもいい？」

「先に寝る支度をすませるって約束するならね」

「約束する！」エマはいそいそと出ていった。するとトリスタンが立ちあがったので、わたしもそうした。

彼は小さくうなずいて言った。「今日はごちそうさま」

「どういたしまして。よかったら、ゆっくりしていって。ワインがあるし……」

彼はためらった。

「ビールもあるわ」

これは効いた。いつかトリスタンが夕食をとりに来てくれたらと思って買っておいたのだとは言わなかった。エマをベッドに入れたあと、彼とわたしは飲み物を持って外に出て、家の前のポーチに座った。ゼウスがかたわらに寝そべる。ときどき羽根が風に舞いあがり、ふわふわと漂った。彼はあまりしゃべらなかったけれど、それにはすぐに慣れた。彼と静かに過ごすひとときは心地よかった。

「芝を刈ってもらっているお礼をどうすればいいか、考えているの」

「金はいらない」

「そう言うと思った。そうね……じゃあ、あなたの家を居心地よく変えてあげるっていうのはどう？　つまり内装ってことだけど」インテリアデザインの学校を出ているから、それを生かしてお礼をしたいのだと、わたしは説明した。彼の家はいつ見てもひどく陰気なので、少しでも明るい感じにしてあげたかった。

「必要ない」

「考えてみて」

「いや、いい」

「あなたって、いつもそんなにかたくななの？」

「違う」けれどもトリスタンはちょっと黙ったあと、かすかに微笑んだ。「いや、そうだな」

「きいてもいい？」思わず質問が口をついて出た。彼がわたしを見てうなずく。「いつも何を聞いているの？　ヘッドホンで」

「何も」

「何も？」

「何カ月も前に電池が切れて、そのあと新しいのを入れる勇気がわかないんだ」

「いったい何を聞いていたの？」

彼は親指を上下の歯のあいだに持っていき、そっと噛んだ。「ジェイミーとチャーリーの声。二年くらい前、ふたりが歌声を録音していたんだ。そのテープをずっと聞いていた」

「なぜ電池を取り替えないの？」

トリスタンは低い声で答えた。「もう一度ふたりの声を聞いたら、二度と立ち直れなくなりそうで。今でもこんな状態なのに」

「ごめんなさい、立ち入ったこときいちゃって」

「いや、きみは悪くない」

「ええ……。だけどね、正直に言うとうらやましい。もう一度だけでいい、スティーブンの声が聞きたいの。わたしなら、そのチャンスに飛びつくわ」

「彼のことを教えてくれ」そうささやかれて驚いた。トリスタンは他人の夫に興味を持つタイプには見えない。でもスティーブンについて話をできるなら、なんでもかまわない。まだ彼を覚えていたいから。

わたしたちはそのままポーチで思い出を語りあった。トリスタンはおかしなことばかり言っていつも自分を笑わせていたジェイミーについて話し、わたしは心の中に生き続けているスティーブンを彼に紹介した。ときどき沈黙して、それぞれの過去に浸ったりもしたけれど、そんな時間も心地よかった。トリスタンはわたしと同じように、心がばらばらに砕け散ってしまっていた。わたしよりもひどかったかもしれない。妻と息子の両方を失ったのだから。子どもが親よりも先に死ぬなんて、絶対にあってはならない。そうなったら地獄だ。

「気になってたんだけど、人差し指に彫ってあるタトゥーは何？」

「『ハリー・ポッター』の杖だ。チャーリーが好きな本だった」彼は当然というように答えた。

「そう。あのシリーズは一度も読んでいないわ」

「『ハリー・ポッター』を読んでないのか？」トリスタンが、まさかというように目を丸くした。

その反応に笑ってしまった。「あら、そんなに驚くようなこと？」

彼は戸惑ったようにわたしを見つめながら、どう答えればいいか考えている。

「いや。ただ、いつも本を片手に持っているきみが『ハリー・ポッター』を読んでいないなんて信じられなくて。チャーリーの愛読書だったんだ。世の中には絶対に読んでおくべき本が二冊ある。聖書と『ハリー・ポッター』さ。どっちも生きていくうえで必要なことをすべて教えてくれる」

「本当に？　その二冊だけ？」

「ああ、そうだ。この二冊だけは絶対に読むべきだ。じつを言えば、聖書は読んでいないんだが」彼は小さく笑った。「今こんな暮らし方しかできないのは、そのせいもあるのかもしれないな。だが、いつか読むつもりではいる」

トリスタンが笑うたびに、わたしの一部が息を吹き返す。

「わたしは聖書だけで『ハリー・ポッター』は読んでいないから、お互いに解説付きの要約本でも贈りあったらいいかも」

「聖書は読んだのか」

「ええ」

「全部？」

「ええ。わたしが子どもの頃から、母は次々に男たちとつきあっては別れるというのを繰り返してきたの。その中にジェイソンという人がいて、彼とは結婚するんじゃないかと思ったわ。わたしは彼が大好きだった——いつもお菓子やおもちゃを買ってくれて。すごく信心深い人で、もしわたしが聖書を読んだら新しいパパになってくれるかもしれないって母が言ったのよ。彼はしばらく一緒に暮らしていたから、こっそり何週間もかけて読んだわ。そして最後まで読み終わったとたん、喜び勇んでジェイソンに報告しに行ったの。体が震えるくらいわくわくしてた。死んだ父がもちろん一番好きだったけど、新しいパパも欲しかったのよ。そうなったら、母がもとに戻ってくれると思っていたのかもしれない。父が死んだあと、母は全然違う人間になってしまったから」

「それで、ジェイソンは父親になってくれたのかい？」

顔をしかめて答える。「リビングに行くと、彼が車にスーツケースを積み込んでいるのが窓から見えたの。彼は運命の人じゃなかったから出ていってもらうんだって母は言ったわ。もう腹が立って……泣きわめいた。どうしてって思いながら。なんでいつもめちゃくちゃにしちゃうのって。母はいつもそうなのよ。なんでも台なしにしてしまうの」

トリスタンは肩をすくめた。「きみのことはちゃんと育てたみたいじゃないか」

「『ハリー・ポッター』は読ませなかったけどね」

「きみの母親は、次は魔法使いとデートしたらいいんじゃないかな」

わたしは笑った。「すでに狙いをつけてるかもしれないわ」

午前三時になって彼が腰をあげると、わたしは急いで家の中に入って単三電池を二本取ってきた。彼はためらっていたけれど、結局それをカセットプレーヤーに入れた。ゼウスと一緒に芝生の上を歩きながら、彼は再生ボタンを押し、ヘッドホンを耳に当てた。すぐに崩れ落ちるように膝をついて、両手で顔を覆う。

わたしも床の上に膝をついて、トリスタンが悲しみにのみ込まれるのを見守った。電池を渡したことを一瞬後悔したけれど、やっぱりあげてよかった。だって、彼はまだ息をしている。

愛する人を失って一番つらいのは、ときどきどうやって息をすればいいかわからなくなることだから。

14

二〇一四年四月四日
永遠の別れまであと三日

トリスタン

「耐久性に優れたものをお探しなら、こちらがよろしいかと思います」葬儀会社のハロルドという男が、母さんとおれに棺《ひつぎ》の説明をしている。「銅でできているので、腐食に強いんですよ。ステンレスよりも丈夫ですから、愛する方を安心して眠らせてあげられます」

「いいわね」母さんが応える。おれはまったく興味がなかった。

「あるいはもう少し高級なものをお考えでしたら、ほれぼれするほど美しいこちらなどいかがでしょう」ハロルドはヤギひげを撫でたあと、別の棺の内側を指先で叩いた。「ブロンズは丈夫さも耐久性も最高級の素材なので、愛する方を堂々と送ってさしあげられることと請けあいでございますよ」

彼の説明は続いた。「あとは硬材製の棺もそろえております。先に見たものに比べて丈夫さという点では少し劣りますが、耐衝撃性はじゅうぶんにあります。チェリー、オーク、ホワイトアッシュ、ウォルナットなどですね。個人的に気に入っているのはチェリーですが、お好みでどうぞ」

「なんて気味の悪い野郎なんだ」母さんにしか聞こえないようにささやく。

「トリスタン」母さんがハロルドに背を向けて叱った。「やめなさい」

「お気に入りの棺があるなんて、変態としか思えない」ハロルドに腹が立って仕方がなかった。母さんにも、ジェイミーとチャーリーがおれを置いていってしまったことにも、腹が立った。「さっさと終わらせよう」からっぽの棺を見つめる。もうすぐここにおれのすべてだったものをおさめ、地面の下に埋めるのだ。

おれのところに戻ってきてくれ。

母さんは顔を曇らせたが、おれが必死で目をそむけ続けている手続きをすべて引き受けてくれた。

ハロルドにオフィスへ連れていかれ、不気味な笑顔でくだらないことを延々としゃべられると、いらだちがどんどん募った。「ホリデーシーズン用に、墓石に飾る花輪や花瓶などをご用意しております。寒い季節用には、冷たい地面をあたたかく覆う常緑のアレンジメント《ブランケット》も――」

「ばかばかしい」我慢できなくなって、つぶやいた。おれがハロルドに噛みつくのを止めようと、母さんが肩にそっと手を置く。だが、遅すぎた。耐えられる限界を超えていた。

「あんたにとってはすてきな仕事なんだろうよ、ハロルドさん」おれは両手を組みあわせ、身を乗り出して彼をにらんだ。「他人が愛していた人たちのために、くそみたいな墓地飾りを用意するってのは。悲しみに打ちひしがれた人間につけ込んで、くだらないものに湯水のように金を遣わせるってのはな。地面をあたたかく覆うブランケットだと？　死んだ人間になんの役に立つ！」怒鳴って立ちあがる。「あたたかくしておく必要などない。もう寒さなんか感じないんだから。リースなんて必要ない。もうクリスマスを祝うことはないんだから。花なんか必要ない。そんなものが何になる！」両手を机の上に叩きつけると、書類が舞いあがった。

母さんが立ちあがっておれに手を伸ばしたが、腕を引いてよけた。息がどんどん荒くなり、胸が激しく上下する。狂気じみた目になっているのがわかった。だけど自分を抑えられない。このままでは完全にわれを忘れてしまう。

オフィスを飛び出し、廊下の壁に背中をつけて寄りかかった。母さんがハロルドに謝っているのを聞きながら、拳をうしろの壁に打ちつけた。ひたすら叩きつけて、拳が赤くなる。もうこれ以上は否定できない。認めるしかない。

ふたりは行ってしまった。

二度と戻ってこないのだ。

心が冷えて、かたくなっていく。

母さんが出てきて、おれの前に立った。目が涙でいっぱいだ。

「ブランケットは頼んだのか？」皮肉めかして尋ねる。

「トリスタン」母さんは打ちのめされた声で、静かにおれの名を呼んだ。

「チャーリーには緑、ジェイミーには紫のやつがいい。ふたりが大好きだった色だから……」これ以上しゃべりたくなくて、首を横に振った。母さんから慰められたくない。もう息をしたくない。

はじめてふたりの死を実感した。あと三日で、自分のすべてだったふたりに別れを告げなくてはならないのだ。おれの魂は今、炎に包まれている。その熱さを、痛みを、まざまざと感じた。両手を口に当ててかぶりを振り、悲しみに吠える。

ふたりは行ってしまった。

手の届かないところへ行ってしまった。

ああ、戻ってきてくれ。


「チャーリー！」おれは叫び、ベッドの上で身を起こした。外はまだ真っ暗で、シーツは汗でぐっしょり濡れている。窓から入ってくるかすかな風を感じながら、生々しい悪夢の残滓《ざんし》を振り払った。過去の記憶は、夜になると繰り返し悪夢としてよみがえる。

向かいのエリザベスの寝室の明かりがともった。彼女が窓辺に来て、こっちを見る。おれは明かりをつけず、そのままベッドの縁に座っていた。体がまだ燃えるように熱い。彼女の顔が照らし出されて、唇が動くのが見えた。

「大丈夫?」両腕を体に巻きつけながら、エリザベスはきいた。

彼女は途方もなくきれいで、その事実にいらだつ。

それに毎晩こうやって彼女を起こしているのかもしれないと思うと、いらだちがさらに増した。ジェイミーとチャーリーのそばにいてやれなかった罪悪感を目に宿したまま窓辺に行き、彼女に言う。「寝ろよ」

「わかったわ」

けれどもエリザベスはベッドに戻らず、窓台に腰かけた。それを見て、おれも窓台に寄りかかった。見つめあっていると、だんだん動悸《どうき》が静まった。彼女の目がゆっくりと閉じていく。

心の中でエリザベスに感謝した。ひとりぼっちにしないでくれてありがとう、と。

15

エリザベス

「あの男と寝てるらしいじゃない。噂になってるわよ」悪夢を見たトリスタンと窓越しに見つめあった夜から二日くらい経って、フェイが電話をかけてきた。あれ以来トリスタンとは話していないけれど、ずっと彼のことを考え続けている。

「え、噂になってるの？」

「ほんとはなってない。でもそう言ったほうが、自分以外の男があなたの家の芝を刈ったと知って、タナーがかりかりしてるって言うより面白いから。しかもエドを紹介してあげるっていうわたしの申し出を断ったくせに。まあ、それは冗談だけど、大丈夫なの？　わたしもタナーみたいに心配したほうがいい？」

「心配する必要なんかないわ」

「だって、あのトリスタンってやつは根っからの変人なのよ、リズ」親友の言葉の端々から心配してくれているのがわかって、悲しかった。こんなふうに心配される自分がいやでたまらない。

「彼とは話せるから」静かに返す。「スティーブンのことを、彼となら」

「わたしにも話してくれればいいのに」

「ええ、そうね。でも、あなたに話すのとは違うの。トリスタンは妻と息子を亡くしているのよ」

フェイは一瞬、押し黙った。「知らなかった」

「たぶん誰も知らないわ。みんな、外から見える部分だけで彼を判断しているの」

「聞いて、リズ。ふだんは男女のことに口をはさむなんて野暮なまねはしないのよ。でも、親友だからはっきり言わせてもらう。あなたは聞きたくないかもしれないけど。いい、トリスタンが家族を失ったのは気の毒だと思うわ。だけど、彼を信用できるかどうかは別の問題よ。もし作り話だったらどうするの？」

「ありえないわ、作り話だなんて」

「どうしてわかるのよ？」

だって、彼の目にはわたしと同じ苦しみが浮かんでいる。

「お願い、心配しないで、フェイ」

「でもね……」フェイがため息をついたのが聞こえて、電話を切ってしまいたくなった。そんなまねは一度もしたことがないのに。「あなたはこの町に戻ってまだ一カ月も経ってないし、とうてい立ち直ったとは言えない。それなのにトリスタンって男は本当に意地悪で、どうしようもないやつなの。今の状態でそんな男と関わるべきじゃないわ。どう、セラピーを受けてみたら？」

「いやよ」

「どうして？」

だって、セラピーは先に進むためのものだから。わたしはまだ先に進みたくない。それどころか過去に戻りたくて仕方ないのだ。「ごめん、もう切らなくちゃ。また今度話しましょう」

「リズ――」

「じゃあね、フェイ。愛してるわ」嘘じゃない。今この瞬間は、あまり好きとは言えないけれど。

「わたしもよ」

電話を切って窓辺に行った。外に目をやると、空がみるみるうちに暗くなっていく。嵐が来るのだ。雨が降ると思うと静かな喜びがわきあがった。芝が伸びたら、トリスタンが来てくれる。心が壊れてしまった者同士、ふたたび寄り添えるのだ。

土曜日の夕方遅く、トリスタンが芝生を刈りに来てくれて、うれしくてたまらなかった。わたしは家の前のポーチに座り、すでにすり切れるほど読んでいるラブレターをハート形の缶から取り出して読みながら、彼の姿を眺めていた。ところが手紙を缶に戻してポーチの隅に押しやったとき、タナーの車がやってくるのが見えた。芝を刈っているトリスタンを彼に見られると思うと、なぜか動揺した。

タナーがエンジンを切り、車からおりる。わたしは立ちあがって迎え、引きつった笑顔で声をかけた。「あら、わざわざどうしたの?」彼はすぐにトリスタンに目を留め、険しい表情になった。

「仕事のあとに車に乗って、急にきみとエマを夕食に誘おうって思いついたんだ」

「もうピザを注文してしまったの。エマは『アナ雪』の二回目を観ている最中だし」

タナーは顔をしかめたまま近づいてきた。「見たところ、芝はまだ刈らなくちゃならないほど伸びていないようだが」

「タナー」低い声で警告した。

「まさかあいつに金を渡したりしてないよな、リズ。クスリかなんかに使っちまうのが落ちだ」

「ばかなこと言わないで」

タナーは眉をあげた。「ばかなこと? おれは現実的なだけだ。変わり者のヘンソンのところで働いてるって以外、あいつのことはたいして知らない。だが、見てみろ。異常者か殺人鬼か、はたまたヒトラーかって感じだぜ。鳥肌が立つ」

「そこでやめるなら、中に入ってピザを食べていってもいいわ。でもまだ続けるつもりなら、今日は帰って、タナー」

彼はうなずいた。「中に入ってエマの顔を見たら、おれは消えるよ」むっとしたように両手をジーンズのポケットに突っ込んで家に入っていくタナーを見て、ため息をつく。彼はすぐに戻ってきて、探るような笑みを浮かべながら言った。「きみは変わったな、リズ。どこがどうとは言えないが、戻ってきてからのきみの行動はおかしい。おれにはもう、きみという人間がわからなくなった」

これまで一度だって、わかっていたことがあるのだろうか？

「今度、時間があるときに話しましょう」

タナーはうなずいて車に乗った。「おい」トリスタンに向かって叫ぶ。トリスタンが振り返って目をすがめた。「左のほうを刈り忘れてるぞ」トリスタンは瞬きをしただけで仕事に戻ったので、タナーは車を出した。

トリスタンは作業を終えるとポーチに来て、どこかぎこちない笑みを浮かべた。

「エリザベス？」

「何？」

「できれば……」そう言いかけ、咳払いをしてひげをかいた。階段をあがって近づいてくる。髪の生え際から額に汗が伝ったのが見えて、ぬぐってあげたくなった。

「できれば何？」ささやきながら、彼の唇を一瞬見つめてしまった。

トリスタンがじりじりとあいだを詰めたので、どきどきしてきた。息を止めて彼を見つめる。今度は彼の目がわたしの唇に向けられるのを、首をかしげて見守った。

「できれば……」彼がまたささやいた。

「できれば……」その言葉をなぞる。

「もしよければ……」

トリスタンが視線を合わせたので、心臓がどきんと飛び跳ねた。「もしよければ、シャワーを使わせてもらえないか。うちのはお湯がなくなってしまったんだ」

ふっと息を吐いて、わたしはうなずいた。「いいわ。シャワーね。もちろんどうぞ。スティーブンの服も貸すわ。そうすれば着替えを取りに戻る手間が省けるでしょ?」

「そこまでしてくれなくてもいい」

「いいえ、ぜひそうして」彼と家の中に入り、寝室から無地の白いTシャツとスウェットパンツを取ってくる。体を洗うタオルとバスタオルも用意した。「じゃあ、これ。シャンプーとせっけんはバスルームに置いてあるわ。いかにも女性用ってにおいのものだけど」

トリスタンが低い声で笑った。「今のおれのにおいよりましだ」

彼が声を立てて笑うのをはじめて聞いて、うれしくなった。「それならいいけど。ほかに何か必要だったら、シンクの下を適当に探して。じゃあ、ごゆっくり」

「ありがとう」

「いつでもどうぞ」心から言った。

彼は頬の内側を噛んで一度うなずくと、バスルームのドアを閉めた。わたしはふうっと息を吐き、エマを寝かしつけに向かった。トリスタンがシャワーを終えて出てくるまで、気を紛らわすために。

廊下を戻ると、バスルームのドアが開いていた。トリスタンはわたしの貸したスウェットパンツだけはいて、シンクの前に立っている。

彼は濡れた長髪を指ですいて、頭の上にまとめた。そしてかみそりの刃を唇の上に当てたので、わたしはたじろいだ。「剃っちゃうの？」

彼は一瞬手を止めてちらりと目を向けたが、すぐに口の上のひげを剃り落とした。続けて顎ひげをほとんど見えない程度にまで刈り込む。

「本当に剃っちゃったのね」ため息をついて、別人のようになったトリスタンを見つめた。唇は前よりもふっくらと、目は色が明るく見える。

トリスタンは視線をはずして、ひげのなくなった顔を鏡で調べはじめた。「連続殺人鬼にも、いやらしいヒトラーにも見られたくないから」

胃がすとんと落ちた。「タナーの言ったこと、聞いてたのね」

彼は答えなかった。

「ヒトラーになんか見えなかったわ」そっと言うとトリスタンが振り向いたので、間抜けな顔で見つめていたのがばれてしまった。焦っているのをごまかそうとして、しゃべり続ける。

「タナーが言っていたことはめちゃくちゃよ。全然筋が通っていなかったわ。だってヒトラーは――」言葉を切り、指を鼻の下に当てる。「ちょびひげでしょ。でも、あなたは――」両手で顎を包む。「顎まで全部ひげが生えていたもの。タナーは……なんていうか……わたしを守ろうとしているだけなの。兄みたいなものだから。でも、あんな言い方はするべきじゃなかったわ。言いすぎよ」

表情を変えないまま、トリスタンが探るような視線を向けてきた。がっしりした体に目を奪われていると、彼はTシャツを取りあげて頭からかぶり、わたしの肩をかすめるようにバスルームを出た。「シャワーを使わせてくれてありがとう」

「またいつでもどうぞ」

「彼の服を着たおれを見るのはきついか？」

「ええ。でも、抱きしめたくもなる。彼を抱きしめているような気分になれそうで」

「そいつは変だな」トリスタンは笑みを浮かべ、からかうように言った。

「わたしって変なの」

すると彼はわたしを両腕で包んでくれた。ゆっくりと体の力を抜く。驚いたことに、悲しみはちっともわいてこなかった。トリスタンがやさしく背中を撫でて頭の上にそっと顎をのせてくれると、久しく感じていなかった安らぎが心を満たした。こんなふうに彼にしがみつくのは自分勝手だとわかっている。でも、ひとりぼっちじゃないという感覚はなかなか手放せなかった。トリスタンに抱きしめられていると、寂しさを忘れられる。ずっと求めていたぬくもりを感じられた。

親指で目の下をぬぐわれるまで、自分が泣いていることに気づかなかった。Tシャツをぎゅっとつかむと、トリスタンは両手に力を入れて、さらにきつく引き寄せてくれた。どちらからともなく口を開いて、互いの息で呼吸する。やがて彼が目をつぶると、わたしもゆっくりと目を閉じた。そのままじっと寄り添っているうちに、いつのまにか唇を合わせていた。キスではなく、ただ唇を触れあわせ、互いの肺に息を吹き込み、それぞれの闇に落ちていかないように支えあった。

わたしが吐き出した息を、トリスタンが吸う。

「ほんとは、うちのお湯はなくなっていないんだ」彼が静かに言った。

「そうなの？」

「ああ、そうだ」

目をあげると、荒々しい光を放つトリスタンの目にかすかなぬくもりが見えた。鼓動が速くなり、彼が離れていかないようにしがみついた。

「もう帰らないと」彼が言う。

「そうよね」わたしは返した。「でも、まだいてくれてもいいのよ」

「そうだな、まだいてもいいかもしれない」

彼の腕の中で、ため息をついた。「一緒にいてほしい。そうすると心が休まるの。求められていたときの感覚を思い出せるから。わたしはただ――」自分の言葉に当惑して、うなだれる。「誰かに大切にされる感覚が恋しいの」

トリスタンがさらに体を寄せ、わたしの耳に唇をつけてささやく。「おれが手伝ってやる。きみが彼を忘れないように。彼との思い出をとどめておけるように。彼の代わりに大切にしてやる」

「愛する人を覚えていられるように、お互いに助けあうのね？」

「きみがそう望むなら」

「最高のアイデアよ。これ以上ないくらい」

「おれはまだ、毎日ジェイミーが恋しい。こうやってきみを抱いていると、彼女を抱いていたときのことを思い出す」トリスタンがわたしの下唇の上で舌を躍らせた。

「あなたの鼓動を感じると、彼の鼓動を思い出すわ」彼の胸に手を当てる。

「きみの髪に指を通すと、彼女の姿が思い浮かぶんだ」彼がわたしの髪に手を差し入れて握りしめたので、思わずあえいでしまう。

「こうやってあなたの肌に触れると、彼の肌を思い出すの」ゆっくりとTシャツを持ちあげた。首を左に傾けてトリスタンの顔の骨格をしげしげと見つめ、シャープな顎の線や目尻のかすかなしわを目でたどる。彼が息を吸って、また吐いた。町のみんなは、彼がいつも走っているのは過去から逃れるためだと思っている。だけど事実は反対だ。トリスタンは毎日、必死で過去にしがみついている。ランナーとして走りを追求しているわけじゃない。もしそうなら、あんなにつらそうな目はしていないだろう。「もうしばらく、こうやってふりを続けない？」トリスタンにゆっくりと唇をこすりつけて懇願する。「彼の記憶をよみがえらせるのを手伝って」少し気おくれしながら、ささやいた。

わたしと目を合わせたまま、トリスタンが腰を押しつけてきた。右手で抱き寄せられると腿のあいだにかたいものを感じて、ゆっくりと腰をまわす。体を寄せあったまま近くの壁際に移動すると、彼は頭上の壁に左の拳を当てて眉根を寄せ、重く深いため息をついた。「こんなことは……」

いいえ、この感覚を求めていたのよ。

今度は自分から口を開いて彼の下唇をそっと噛み、手をおろしてスウェットパンツの上から彼に触れた。かたくなった部分の先端を親指で円を描くようになぞる。彼は低くうめき声をもらし、わたしの背中に置いた手に力をこめた。そしてゆっくりと舌を出してわたしの首を舐めたので、体の内側が震えた。ああ、お願い、もう一度。

スカートの下から入ってきた彼の手が内腿を撫であげ、下着まで到達すると、心臓が早鐘のように打ちはじめた。お願い、もっと続けて……。

下着を脇に寄せて潤った部分に指を差し入れられると、うめき声がもれてしまった。わたしたちはぶつかるように唇を合わせた。彼が名前をささやいたけれど、誰の名前かわからない。わたしも名前をささやいたけれど、彼の名前かわからない。彼のキスは貪欲《どんよく》だった。舌で口の中を隅々まで征服していく。彼はわたしの中にもう一本指を入れ、親指で敏感な突起を刺激した。「ああ、きみはすごい……」濡れそぼった部分が指を締めつけると、彼はうなった。

彼の下着の中に手を入れて、そそり立ったものを軽く握る。その手を上下に動かした。

「ああ、なんて気持ちいいんだ」目を閉じて、彼がとぎれとぎれに言った。呼吸が浅く速くなっていく。「そのまま続けてくれ」

こんなことをしてもいいのだろうか？

でも、どうしてもやめられない。

わたしの手の動きが速くなると、彼の指が出入りするスピードもあがった。息を切らしながら、わたしたちは自分を見失ってふたたび見つけ、愛する人を失ってふたたび見つけた。今この瞬間、わたしはトリスタンを愛していた。なぜならスティーブンを愛しているような気分に浸れたから。そして同時にトリスタンを憎んでもいた。なぜならすべては嘘だったから。だけど彼に触れるのをやめられなかった。彼を求め、必要とせずにはいられない。

ふたりで助けあうなんて、そもそも間違っていた。わたしたちはどちらも不安定で、心が壊れていて、その事実はどうやっても変えられなかった。彼は雷で、わたしは稲光。そんなふたりが一緒になれば、嵐になるのも当然だ。

「ママ」うしろで小さな声がして、あわててトリスタンから飛びのいた。彼の指がわたしの中から引き抜かれる。焦って服を撫でつけ、廊下に目を向けると、ブッバを連れたエマがあくびをしながら立っていた。

「まあ、エマ、どうしたの？」手で唇をぬぐい、急いで娘のそばに行く。

「眠れないの。ブッバとあたしと寝てくれる？」

「もちろんよ。すぐに行くわ。それでいい?」

エマはうなずいて、足を引きずりながら子ども部屋に戻った。トリスタンを見ると、彼は罪悪感を目に浮かべてスウェットパンツを直していた。

「帰るよ」彼がささやく。

わたしはうなずいた。「そうね」

16

トリスタン

あの晩、おれたちはやめておくべきだった。スティーブンとジェイミーを思い出すのにお互いを利用するなんて、正気の沙汰とは思えない。おれたちはふたりとも、タイマーがすでに動きだしている時限爆弾のようなものだ。今に必ず爆発する。

なのにふたりとも、そんなことは気にしなかった。

その後も毎日のようにエリザベスはやってきて、おれにキスをする。

彼女は夫のお気に入りの色を教えてくれた。緑だ。

おれはジェイミーの好きな食べ物を教えた。パスタだ。

おれが窓を抜けて彼女の寝室に行くこともあれば、エリザベスがおれのベッドにもぐり込んでくることもある。おれが行くと、彼女はベッドのシーツをめくって迎え入れてはくれない。夫がいつも眠っていたところにはなるべく入れまいとしているのだ。その気持ちは誰よりもよくわかる。

エリザベスはおれの服を脱がせて、彼女の過去と愛しあう。おれは彼女の中に入って、おれの亡霊と愛しあう。正しい行為とは言えないが、それでうまくまわっていた。彼女の魂は傷を負い、おれの魂は焼けただれている。だがふたりでいると、恐ろしい痛みが少しやわらいだ。ふたりでいると、過去を思い出すのがそれほどつらくない。ふたりでいると、ひとりぼっちだと感じずにすむ。

なんとかやり過ごせる日も結構ある。痛みが心の奥深くにひそみ、表には出てこない日が。けれどもそんな日が続いたあと、とくにつらい思い出に満ちた日がやってくる。たとえばジェイミーの誕生日。今年もその日はやってきて、夜になると逃げ場がなくなった。ふだんは魂の奥底に押し込めている過去という悪魔が、ゆっくりと這《は》い出してくる。そこにエリザベスがやってきた。彼女を無理にでも帰らせるべきだった。闇におれをむさぼらせてやればよかったのだ。

だが、彼女に手を伸ばさずにはいられなかった。

ベッドの上でエリザベスを見おろすと、互いに対する気遣いとやさしさが行き交った。彼女の目がおれを揺さぶる――いつもそうだ。枕の上に彼女の髪が広がっている。

「なんてきれいなんだ」思わずささやき、彼女の頭を持ちあげて唇を重ねた。イチゴの味のするリップクリームに酔いしれる。

その夜、エリザベスは蜃気楼《しんきろう》のような喜びの世界に連れていってくれた。一糸まとわぬ体を組み敷いて首筋に唇をさまよわせると、彼女の背中が弓なりになった。

「なんて美しい目なんだ」上半身を起こしてささやく。

彼女が浮かべた微笑みも、本当に美しかった。指先で体をたどり、すべての曲線を記憶する。

「ありふれた茶色の目よ」髪を指ですきながら、エリザベスは応えた。

違う、ありふれてなんかいない。毎晩彼女を抱きしめるたびに、その思いは強くなった。近くで見ると彼女の目は、虹彩のまわりに金色のかけらが散らばっている。

「いや、きみの目は本当に美しい」美しくない部分なんてどこにもない。

かたくとがった胸の頂に舌を当てると、エリザベスは身を震わせた。おれに触れてほしいと思っているのが全身から伝わってくる。心の底に巣くっている恐れも、どこまでも甘美な体も、すべてを隅々まで探ってほしいと懇願しているようだ。彼女の背中を起こし、向かいあって座る。きれいな目を見つめながら脚を押し広げると、うなずいて中に入る許可を与えてくれた。そもそも彼女はこのために来たのだ。

ナイトテーブルからコンドームを取って装着する。「どんなふうにしてほしい?」

「どんなふうって?」

唇を合わせ、彼女の肺に息を吹き込みながらささやく。「荒っぽくも、やさしくもできる。叫ばせることも、泣かせることもできる。足腰が立たなくなるくらい激しくもできるし、愛されていた過去に浸れるくらいゆっくりもできる。だから、どうしてほしいか言ってくれ。主導権はきみにある」指先で背中の下のほうに円を描く。どうするか彼女に決めてほしい。状況をコントロールしてもらいたいのだ。なぜならおれはもう、現実に踏みとどまれなくなってきている。

「そうね、あなたは紳士よね?」

答える代わりに眉をあげてみせる。

目を合わせないまま、彼女はため息をついて言った。「ゆっくりとやさしくして……わたしを愛しているみたいに」切実に願っていることを悟られまいとしている。

口には出さなかったが、おれもそうしたかった。

ジェイミーを彼女の誕生日に愛するのなら、そんなふうにしたいから。

ああ、もう頭の中がぐちゃぐちゃだ。

エリザベスの考えることは、ぞっとするほどおれと似ている。

こんなふうに心が壊れている者同士が、相手を支えられるものなのだろうか?

ゆっくりとエリザベスの中に入って、どう反応するか見守った。深く入っていくにつれて、彼女のまぶたがさがり、唇のあいだからかすかなうめきがもれた。その下唇に舌を走らせて、イチゴの香りがする彼女を味わう。

手が震えていたが、エリザベスの目を見つめるとおさまった。彼女は息を止め、一瞬胸に手を当てた。おれたちは、この先二度と会えないとでもいうように見つめあっていた。ようやく手にしたわずかな安らぎを失うのが怖くてたまらなかったのだ。

おれを見つめながら、エリザベスは夫を見ているのだろうか？　夫の目を思い出しているのか？

彼女の心臓がおれの心臓と同じくらい激しく打ち、必死に動いているのがわかる。

「朝までここにいてもいい？」エリザベスの腿を持ちあげて上半身をヘッドボードに倒すと、彼女がささやいた。

「もちろん、いいさ」息を吐くように答えながら彼女の耳を舐め、胸を愛撫する。泊まらせるべきじゃないとわかっているが、帰らせたくない。ひとりで思い出と格闘しなければならないのはいやだ。「朝までふりを続けよう」

エリザベスをここにいさせてはだめだ、と理性の声が言った。いったい何をやっているんだ、と。

もっと激しくしよう。おれたちにはこうしていることが必要なのだ。互いから目をそらせないまま同じリズムで腰を動かし、相手が押せば引き、相手が引けば押す。

「ああ、すごい」息を切らして、彼女がつぶやいた。こうやって体をつなぎあわせていると、鼓動がどんどん速くなっていく。きつく締めあげてくる部分に押し入るたびに、彼女が背中をそらして応える。

「スティーブン」エリザベスが彼の名を呼んでも、気にならない。

「ジェイミー……」おれがつぶやいても、彼女は気にしない。

ふたりとも正気じゃなかった。

もっと奥まで入りたい。どちらも相手の髪を握りしめていた。一瞬ごとに、荒々しく、激しく、たがはずれていく。「くそっ」息を吐き出すように言った。エリザベスの中はとてつもなく気持ちがいい。彼女は汗が体を伝うさままで美しい。ひとつになっていると頭が真っ白になるくらい気持ちがよくて、安心できる。

どんどん速く動いて、彼女のすべてを感じたい。誰よりも深くエリザベスの中に身をうずめ、おれがどんなふうに現実を忘れさせたかを彼女の心に刻みたい。愛しあっているという幻想に浸りながら、互いをむさぼるのだ。

彼女の右脚を持ちあげて肩にのせた。もっと激しく愛してと懇願する彼女が、おれのすべてを感じられるように。エリザベスはわかっているのだろうか？ 自分が〝愛〟という言葉を使ったことを。そういうふりをする、とたしかにふたりとも同意した。けれども彼女がその言葉を使うのを聞いて、何もかもがあいまいになった。

おれは彼じゃない。

エリザベスは彼女じゃない。

だけど、ああ、嘘に身をゆだねるのはなんて心地いいんだろう。

エリザベスの息が荒い。頭をうしろに倒してヘッドボードに当てているのを見ると、喜びがこみあげてくる。しがみつくように爪を立てられるとうれしくなる。彼女が瞬きをした。目が開くと、涙が浮かんでいる。こぼれ落ちそうな涙を抑えて、エリザベスは息を吸った。

だめだ、もっとゆっくりしなくては。本当に泊まっていってもいいのかと、彼女がもう一度確認する。心変わりしたおれに叩き出され、本当はひとりぼっちなのだという現実に直面させられるのを心配しているのだろう。エリザベスの目には警戒するような光がある。だけどそんなことはしないと、すでに約束したのだ。もっとやさしくしなければ。彼女の茶色い目に、おれと同じ思いが浮かんでいる。ひとりきりであれこれ考えてしまうのはいやだという思いが。

おれたちは同じものをたくさん抱えている。

エリザベスを横たわらせ、動きをゆるめた。「やっぱりやめよう」そう言うと、彼女の目から涙がこぼれ落ちた。

「やめないで」彼女はかぶりを振って懇願した。幻が消えていくのを押しとどめようとするかのように、おれの背中にきつく爪を食い込ませる。

これはただの幻想だ。

「おれたちは幻想にしがみついているだけだよ、エリザベス。現実じゃないんだ」

彼女が腰を押しつけてくる。「いいえ。お願いだから続けて」

涙をぬぐってやったが、もう続ける気は失せていた。

こんなのは間違っている。

彼女もおれも、こんなにも心が壊れてしまっているのだから。

あたたかい彼女の中から出てベッドの端に座り、両手でマットレスの縁を握りしめた。うしろで動く気配がして、シーツがよじれる。エリザベスも反対の端に座り、同じようにマットレスの縁を握りしめた。背中を向けているのに、彼女の鼓動の音を感じる。

「わたしたち、どこか壊れちゃってるのかしら」彼女がささやく。

こめかみに軽く指先を当て、ため息をついて答えた。「ああ、どこもかしこもね」

「今日はとくにつらい思い出のある日だったの？」

彼女には見えないとわかっていたけれど、うなずいた。「ジェイミーの誕生日だった」

エリザベスが低い声で笑った。振り返ると、涙をぬぐっている。「そうだと思った」彼女は立ちあがって下着をつけた。

「どうしてわかった？」

彼女はベッドをまわり込んでおれの脚のあいだに立ち、探るように目をのぞいた。乱れた髪を指ですいてくれたあと、片手をおれの胸に置き、速くなっている鼓動を探り当てた。唇をそっと合わせ、キスするのではなく、おれの呼吸をじっと感じている。

「あなたがどんなにせつなく彼女を求めているか、伝わってきたからよ。わたしが彼女じゃなくてがっかりしているのが、荒れ狂うその目に映し出されてた」

「エリザベス」罪悪感に襲われた。

彼女はかぶりを振って、おれから離れた。「いいの」Tシャツを拾いあげて頭からかぶり、小柄な体を包む。そして寝巻用のショートパンツをはくと窓辺に向かった。「わたしだって、あなたが彼じゃなくてがっかりしたもの。あなたにもわかったでしょう？」

「もうこんなことはやめたほうがいいのかもしれない」窓を抜け、自分の寝室へと向かう彼女に言葉をかけた。

エリザベスは髪をポニーテールにまとめながら微笑んだ。「そうね」家の中におり立つと、振り返っていたずらっぽく笑った。「だけどやめないかもしれない。だってわたしたちはふたりとも、まるで中毒みたいに過去にとらわれているもの」

おれはベッドの上に体を倒してうめいた。彼女の言うとおりだ。

17

エリザベス

「ねえ、トリスタン・コールって男とつきあっているの？」読書会の集まりで、メリベスが突然きいてきた。

わたしは『若草物語』を手にしたまま硬直して、眉をあげた。「なんですって？」

「あら、恥ずかしがらなくてもいいじゃない。あなたたちふたりが一緒にいるところを、こらへんの人たちはみんな見かけているのよ。安心して打ち明けて、わたしたち口はかたいから」スーザンが請けあう。

そうでしょうとも。あなたたちの口のかたさは折り紙付きだわ。

「芝生の手入れに来てもらっているだけよ。つきあってるだなんて、とんでもない」

「じゃあ、このあいだ夜中の一時に彼の寝室の窓から出てきたのは、芝刈りの打ちあわせってわけ？」一度も話したことのない女性が質問した。

「ごめんなさい、どなたかしら？」

「わたしはダナよ。越してきたばかりなの」

天井を仰ぎたくなるのをこらえた。彼女なら、この地域に苦もなくなじめるだろう。

「それで、今の話は本当？　彼の寝室の窓から出てきたって。ダナにはとても信じられないって言ったのよ。夫を亡くしたばかりのあなたがこんなに早く新しい恋人を作るなんて、彼の思い出を汚すようなものですもの」メリベスがまくしたてた。「そんなの、結婚に対する冒瀆《ぼうとく》よ。祭壇の前での誓いは口先だけのものだったってことだわ」

胃がねじれ、かたくこわばった。「ねえ、本の話をしましょうよ」弱々しく提案する。けれどもみんなは耳を貸そうともせず、答えられない質問を次々に繰り出してきた。時間はスローモーションのように遅々として進まず、ようやく帰る時刻になるとほっとした。

「じゃあ、またね！」エマとわたしが外に出ると、スーザンは手を振った。「今度は二週間後よ。『フィフティ・シェイズ・オブ・グレイ』を読んでおいてね！　気づいたことをメモしてきて！」

わたしは手を振り返した。結局この日は、『若草物語』について誰も何も話しあおうとしなかった。彼女たちにさんざんつつきまわされるはめになったのは、主人公の四姉妹ではなく、わたしだったのだ。

八月二三日。

ほとんどの人たちにとって、この日付はなんの意味も持たないだろう。でも、わたしにとっては違う。

スティーブンの誕生日なのだ。

忘れられない思い出に満ちた日。

こういうひときわ輝く大きな思い出は、心の準備をしておけるからまだましだと思っていた。不意に襲ってくるささいな思い出のほうがつらい、と。

裏庭の木の幹に寄りかかって空を見あげると、明るい光が満ちていた。エマはわたしの買ってあげたプラスチックのプールで、ゼウスと一緒に遊んでいる。トリスタンは庭に立つ小屋の外で、ダイニングルームに置くテーブルを作っているのが見えた。

突然、どこからともなく白い羽根が漂ってきた。するとその小さな羽根を見たとたんに心臓が早鐘を打ちはじめ、喪失感に一気にのみ込まれた。どうしようもなくなり、両手で頭を抱える。怒濤《どとう》のように押し寄せるスティーブンとの思い出に胸が締めつけられ、息ができない。何も考えられなくなって、ずるずるとくずおれた。体が震えだす。「ごめんなさい」幻覚のように浮かぶスティーブンに向かってささやいた。「ごめんなさい。わたし……」絞り出すように言って、目を閉じる。

突然肩に手が置かれて、飛びあがった。「大丈夫、おれだよ、エリザベス」トリスタンだった。わたしの前にひざまずいて、抱きしめてくれる。「おれがついてるから」

彼のTシャツにしがみついて、ひたすら泣きじゃくった。「助けてあげられなかった。彼を助けてあげられなかった」Tシャツに涙が染み込んでいく。「彼はわたしのすべてだったた。いろいろな思いが絡みあって、かたく縮んだ心から吐き出せない。

「もういい、エリザベス。おれがついてる。ここにいるから」悲しみのあまりばらばらになってしまったわたしを、トリスタンがなだめた。こんなふうになるのは久しぶりだった。たしかな感触を求めて、必死ですがりつく。

彼は腕に力をこめ、しっかりと支えてくれた。

そこに小さな手が加わった。エマだ。一生懸命、抱きしめてくれている。

「ごめんね、エマ」震えながらささやいた。「しっかりしなくちゃね」

「いいよ、ママ。大丈夫だよ」エマはそう言ってくれた。

だけどエマは間違っている。

全然大丈夫じゃない。

そしていつか大丈夫になる日が来るのかも、わたしにはわからなかった。


その晩、雨が降りだした。ナイトガウンを着て座り、地面を叩く土砂降りの雨を見つめていると、涙があとからあとからわいてきた。エマは自分の部屋で、トリスタンが預けていってくれたゼウスと一緒に眠っている。

あまりにも心が痛くて、もう耐えられなくなった。どうすればこの痛みを消せるのだろう？

窓から這い出して、トリスタンの寝室に向かう。あっという間にずぶ濡れになったけれど、気にもならなかった。窓を叩くと、彼が近づいてきた。上半身には何も着ておらず、窓台の縁をつかんでいる両腕がたくましい。

「今晩はだめだ」低い声で、彼は拒否した。「戻るんだ、エリザベス」

ずっと泣いていたので、目が腫れぼったくて熱い。彼が恋しくて、どうしようもなくつらかった。「お願いだから入れて」

「だめだ」

それでもみるみるびしょ濡れになるわたしを見かねて、窓を開けてくれた。「早く入るんだ」

彼の寝室におり立つと、足元に水たまりができた。身も心も凍えていて、ぶるぶると体が震える。「今夜はどんなふうにしてほしいかきいて」

「だめだ」目を合わせずに、トリスタンはかたい声で言った。

「わたしを愛しているみたいにしてほしいの」

「エリザベス――」

「あなたが望むなら、激しくしてくれてもいいわ」

「やめるんだ」

「わたしを見て、トリスタン」

「いやだ」

「どうして？」近づくと、彼は背を向けた。「わたしが欲しくないの？」

「答えはわかっているはずだ」

首を横に振る。「わたしはきれいじゃないの？　彼女ほどかわいくない？　彼女ほどよくない――」

トリスタンが振り向いて、わたしの肩に手を置いた。「やめろ、エリザベス」

「抱いて……」必死に訴えて、彼の胸に指先を走らせた。「お願いだから、わたしを愛して」

「できない」

彼の胸を叩いた。「どうしてできないの？」涙がこみあげ、視界がぼやけた。「どうして？あなたがつらくてたまらなかったあの夜は一緒にいたじゃない。彼女の代わりに、わたしに触れさせてあげたでしょう？　それなのに……」言葉が出てこなくなり、すすり泣いた。

「それなのに……どうして……」

怒りにまかせてまたトリスタンの胸を叩くと、拳をつかまれた。「どうしてかって？　それはきみがぼろぼろだからだ。いつもより、もっと」

「ただ愛してくれればいいの」

「だめだ」

「どうして？」

「できないから」

「答えになってないわ」

「なってるさ」

「なってない。男らしく、はっきり言って。どうしてだめなの?」

「なぜなら、おれはきみの夫じゃないからだ!」突然の大声に体が震えた。「おれはスティーブンじゃないんだ、エリザベス。きみが求めているのはおれじゃない」

「でも、なれるわ。あなたはスティーブンになれるもの」

「いや」彼の声は取りつく島もなかった。「なれない」

彼の胸をどんと叩く。「大っ嫌い!」喉がひりひりするのもかまわずに叫ぶと、涙が唇に落ちた。「大っ嫌いよ!」もう、わたしの目に映るのはトリスタンではなくなっていた。「わたしを置いていってしまうなんて! わたしをひとりぼっちにするなんて。このままじゃ息が吸えない。ひとりじゃ無理なの」トリスタンの腕の中にくずおれる。

ここまで完全に自分を失ってしまったのは、はじめてだった。

震えながら泣き叫んで、わたしの一部が死んだ。

だけどトリスタンはずっとそばにいて、残りの部分まで消えてしまわないように抱きしめてくれていた。

18

エリザベス

それから二週間というもの、トリスタンと顔を合わせる勇気が出なかった。あんなふうに彼の部屋に押しかけたうえにすっかり自分を失ってしまったところを見せて、恥ずかしいしきまりが悪かった。

でも彼が家の改装について話しあいたいと電話をかけてきて、こそこそ避け続けているわけにいかなくなった。

「大丈夫かい？　ぼうっとしているみたいだけど」エマとわたしを家の中に通しながら、トリスタンがきいた。わたしはまだこの前のことを引きずっていて、彼を直視できなかった。

「なんでもないわ。家の感じを見ていただけ」作り笑いを浮かべてみせたが、もちろん彼にはばれていたと思う。

「それならいいが。とにかく、家の中はどう変えてくれてもかまわない。リビング、ダイニング、バスルーム、寝室、キッチンはね。だが、書斎は散らかったままにしておいてほしい」

書斎に入ると箱がいくつも積み重ねられていて、机の上にはごちゃごちゃとものが置いてあった。彼はエマとゼウスを連れてすぐに部屋を出たが、そのあとに続こうとして足が止まった。書類の下から領収書がのぞいている。

白い羽根五〇〇〇枚。

翌日配送。

机の上に積まれている箱をひとつ開けてみて、どきっとした。白い羽根の入った袋がいくつも入っている。トリスタンはミスター・ヘンソンの店でたまたま見つけたと言っていたけれど、本当はわざわざ注文してくれたのだ。しかも何千枚も。エマががっかりしないようにという、それだけの理由で。

トリスタン……。

「来ないのか、エリザベス?」彼が呼んでいるのが聞こえた。わたしは箱を閉めて、急いで部屋を出た。

「ごめんなさい」咳払いをして笑みを浮かべ、彼に歩み寄った。「庭の小屋はどうする? やってあげてもいいけど」

「いや、あそこには入らないでくれ……」彼は何か言いかけて顔をしかめた。「とにかく、入らないでほしい」

それ以上彼が言わなくても伝わった。「わかったわ……もうじゅうぶん見たと思う。いくつか案を作ってみるわね。生地や色見本も用意するから、一緒に検討しましょう。今日はもう帰るわ」

「ずいぶん急いでいるんだな」トリスタンが近寄ってきて、低い声できいた。「怒っているのか？　この前の晩のこと」

「いいえ」ため息をつく。「自分に腹が立っているだけ。あなたは悪くないわ」

「本当に？」

「ええ、本当よ、トリスタン。あなたはわたしが一番必要としているときに支えてくれたんだもの」笑みを浮かべる。「だけど、お互いを愛する人の代わりにするのは、もうやめたほうがよさそうね……。あなたはともかく、わたしは歯止めがきかなくなっちゃうから」

彼はがっかりしたように下を向いたが、すぐに顔をあげて照れたように笑った。

「きみとエマに見せたいものがあるんだ。少しだけ時間をくれないか」

トリスタンは裏口に行ってドアを開けた。夜の庭からおしゃべりをしているような虫の声が聞こえてくる。耳を澄ましていると、なぜか心が安らいだ。

「いったいどこへ行くの？」

彼は黙って暗い森のほうを示し、戸口に置いてあった懐中電灯を手に取った。わたしもそれ以上はきかず、エマの手を握ってトリスタンに並んだ。

満天の星の下に出ると、しっとりした甘い春の空気に包まれた。黒々とした木々の影に出たり入ったりしながら、枝を押しのけて揺らしながら進んでいく。

「もうすぐだよ」トリスタンが声をかけた。

もうすぐ、なんなの？

そこに着いたとたん、彼がわたしたちを連れてきたかったのはここだとすぐにわかった。夢のように美しい場所だったのだ。思わず声をあげてしまいそうになり、あわてて両手を口に当てた。少しでも音を立てたら目の前の光景が一瞬で消えてしまいそうで怖かった。小さな川が流れている。さざなみに乗って旅してきたものたちがひっそりと休んでいるような、静かな流れだ。石造りの古い橋がかかっていて、石の隙間から草が伸び花が咲いているさまが、月明かりに照らされて一幅の絵のようだった。

「ゼウスと一緒にここを見つけたんだ」トリスタンが橋まで行って、腰をおろした。「頭の中がぐちゃぐちゃになると、心を落ち着けるためにここへ来る」

彼の隣に座って靴を脱ぎ、冷たい水に足を浸した。エマとゼウスは流れの中に入って、のびのびと楽しそうに遊んでいる。

トリスタンがこちらを向いて笑ったので、つられて微笑む。こんなふうに笑顔を向けられると元気が出てくる。もっとひんぱんに笑ってくれればいいのに。

「ここに越してきたとき、いつも腹が立っていた。息子や妻が恋しくて。両親が憎かったよ。理不尽な感情だとはわかっていたけど。息子や妻が死んだ責任をふたりにかぶせると、耐えがたいつらさがほんの少し軽くなるような気がしたんだ。悲しくて仕方がないと認めるより、両親を憎むほうが簡単だったのさ。そんなおれが怒りを忘れられたのは、ここに来て木々と一緒に呼吸するときだけだった」

彼は心の中の思いを打ち明けてくれている。

お願い、そのまま続けて。

「ほんの少しでも安らぎを感じられるものを見つけられて、よかったわね」

トリスタンはわたしをちらりと見て、そうなんだというように笑った。

「ああ、そう思うよ」あっという間に伸びてきたひげが気になるのか、指で触れている。

「もうお互いを慰めにはできないわけだから、よければきみもここに来るといい。気持ちを落ち着かせたいときに」

彼に笑みを向ける。「ありがとう」

トリスタンは黙ってうなずいた。

エマが川の中でジャンプして盛大に水をはねあげたので、全員びしょ濡れになった。叱らなくてはと思ったけれど、うれしそうなエマの顔とゼウスの興奮した様子に幸せな気持ちになった。

「連れてきてくれてありがとう、ティック！　すごく気に入ったよ！」じっとしていられずに両手をあげて、エマが叫ぶ。

「どういたしまして」トリスタンが微笑んだ。

「娘があなたを好きみたいでよかったわ。そうでなければ、あなたとは二度と口をきかなかったかもしれないもの」

彼は声をあげて笑った。「うちの犬がきみを好きみたいでよかったよ。そうでなければ、きみのことを頭のどうかしたやつだと思うところだった。飼い主はペットの本能に従うべきだからね。犬は人間よりも、人の性質を見分けるのがうまい」

「本当に？」

「ああ」彼は髪を指ですいた。「ところで、きみの娘はなんでいつもおれをティックって呼ぶんだろう？」

「ええと……あなたとはじめて会った日に、わたしが〝ディック〟って呼んだのを覚えてる？　あのあと娘にディックって何ときかれて、親として失格だと痛感したわ。それで〝ディック〟じゃなくて〝ティック〟と言ったんだって、ごまかしたの。ティックっていうのは虫の名前だと説明して」

「じゃあ、きみの娘はおれが哺乳類の血を吸って生きている虫だと思っているのか？」

「正確に言うと、哺乳類の体の中じゃなくて外側に取りついて生きている外部寄生虫よ。一部の両生類にも寄生しているわ」

トリスタンはおかしそうに笑った。「それを聞いて、ちょっと元気が出たよ」

「でしょう？」ふふっとわたしも笑う。

「エリザベス？」

「なあに？」

「前みたいな関係を続けられないのはわかっているが、友だちにはなれないか？」彼はためらいながら尋ねた。

「友だちになる方法がわからないって言ってたくせに」

「そうだ」ため息をつく。「でも、きみを見て学んでいけばいいかと思って」

「どうしてわたしと？」

「きみは心が傷ついてぼろぼろになっていても、この世界のいい部分を信じている。だけど今のおれは、いい部分なんてまったく見つけられないんだ」

それを聞いて悲しくなった。「トリスタン、あなたが最後にうれしかったり楽しかったりしたのはいつ？」

彼は答えなかった。

「いいわ、もちろん友だちになりましょう」

誰にだって、最低ひとりは友だちが必要だ。秘密や恐れ、罪の意識や幸せな気持ちを打ち明けられる友だちが。目を合わせて、〝きみはきみでいい。そのままで完璧だ。傷も何もかもひっくるめて〟と言ってくれる友だちが。とくにトリスタンには。あれほどの悲しみや心の痛みを目に宿しているのだから。わたしが彼を抱きしめて、そのままでいいんだと教えてあげたい。

同情しているから友だちになりたいわけじゃない。そうではなくて、彼はみんなと違ってわたしが大丈夫なふりをしているだけだと見抜き、〝いいんだよ、エリザベス。きみはそのままでいい……傷も何もかもひっくるめて〟と目で伝えてくれるからだ。

トリスタンははじめてわたしを見るように、真剣な顔で見つめている。わたしはこの先二度と会えないのだというように、一心に見つめ返した。互いに瞬きもせずに見つめあっているると、あまりにも張りつめた雰囲気に耐えられなくなってきた。ふたりとも咳払いをする。

「なんか、照れちゃうわね」トリスタンに声をかけた。

「ああ、本当に。話を変えよう」彼は両手で髪を撫でつけた。「このあいだ芝生の手入れに行ったとき、きみは『フィフティ・シェイズ・オブ・グレイ』を読んでいた」

頬が熱くなって、彼を押した。「わたしの好みだと思わないで。読書会のために読んでいたのよ。それに意外とよかったわ」

「興味本位できいたわけじゃない。いや、まあ、少しはそうかな。でも、ほんの少しだけだ」

「試しもしないでだめだと決めつけるなって言うでしょう?」彼に反論する。

「へえ? じゃあ、きみは本の内容をどれくらい試してみたんだ?」にやにやしながら見つめられて、頬が燃えるように熱くなった。

つんとして、家に戻ろうと歩きだした。「あなたって、ほんとむかつく」そうつぶやいたあと、娘を呼ぶ。「いらっしゃい、エマ。もう行くわよ」

「そっちじゃないよ」トリスタンがうしろから言った。

立ち止まって向きを変え、彼の横をかすめて反対の方向に歩きだす。

「ほんとにむかつく人ね」そう言いながら、トリスタンに向かって笑った。彼も笑って横に並ぶと、エマとゼウスがあとから続いた。

翌日、エマは友だちの家のお泊まり会に出かけていた。久しぶりのひとりの夜にくつろぎ、うとうとしていると、夜の一〇時半に、玄関のドアを叩く音で目が覚めた。ベッドを出て玄関に行き、ドアを開けると、腕組みをしたスーザンがエマを連れて立っていた。エマはパジャマ姿で、お泊まり道具を入れたバッグとブッバを持っている。

「スーザン、いったいどうしたの？」ただならぬ様子に、あわてて問いかけた。「エマ、大丈夫？」エマは下を向いて黙ったまま、何かをじっとこらえている。そこで、あらためてスーザンにきいた。「何があったの？」

「何があったかですって？」スーザンは逆上している。「あなたの娘は平気な顔でゾンビの話なんかして、みんなを怖がらせたのよ！　わたしの家では今も一〇人の女の子たちが、怖い夢を見るのがいやで眠れないっておびえきっているんだから！」

事情がわかって顔をしかめた。「ごめんなさい。でも、怖がらせるつもりはなかったと思うわ。よければわたしがあなたの家に行って、みんなに説明しましょうか？　ちょっとした誤解ですもの」

「誤解ですって？」スーザンは引かない。「あなたの娘は死人が墓から起きあがったまねをして歩き、脳みそが食べたいって言ったのよ！　スティーブンの死がトラウマになってはいないって言ってたくせに」

「トラウマになんかなっていないわ」おなかの底から怒りがこみあげた。見おろすと、エマが大粒の涙を流している。しゃがんで抱き寄せた。「大丈夫よ、エマ」

「どう見ても大丈夫じゃないわね。あなたの娘には専門家の助けが必要よ」

「エマ、今すぐ両手で耳をふさぎなさい」娘が言われたとおりにするのを確かめてから立ちあがり、全身に力をこめてスーザンと向きあう。「これから言うことをよく聞いて。全部本気だから。いい、これ以上娘のことをとやかく言うようなら、お尻を蹴っ飛ばして、髪のエクステを全部引っこ抜いてやるわよ。それから食料品店のレジの男の子と寝てるって、ご主人に教えるわ」

「よくもそんなことを！」パニックに陥って、スーザンが叫んだ。

「よくもですって？　あなたこそ、よくもこんなふうにわたしの家まで来て、失礼極まりない態度で娘についてあれこれ言えたわね。さっさと帰ってちょうだい」

「もちろん帰りますとも！　読書会にも、もう顔を出さないでほしいわ。あなたみたいにあり余る活力を持てあまして乱れた生活を送っている人とは、とてもおつきあいできないから。うちのレイチェルにあなたの子を二度と近づけないで」スーザンは高飛車に言って、向きを変えた。

「ご心配なく！　もちろんそうしますから」彼女の背中に向かって叫んだ。子どもを悪く言われると、どんなに正気な人間でもわれを忘れることがある。野性の本能が目覚め、オオカミのように襲いかかるものから子どもを守るために、なりふりかまわず戦ってしまうのだ。

スーザンに投げつけた言葉は、けっして褒められたものではない。でも、一言一句本気だった。

エマとリビングルームに行って、一緒に座った。「ママ、みんながあたしのこと変人だって。ゾンビやミイラが好きだから。あたし、変人になりたくない」

「あなたは変人じゃないわ」娘を抱き寄せて断言する。「そのままでいいのよ」

「じゃあ、なんでみんなは変人って言ったの？」

「それはね……」ため息をついて言葉を探した。「人はそれぞれ違ったものが好きだって、理解できない人たちもいるからよ。あなたも本当はゾンビなんかいないってわかっているのよね？」エマはうなずいた。「それに、ほかの子たちを怖がらせようとしたわけじゃないわよね？」

「もちろんだよ！」エマは急いで言った。「みんなと一緒に『モンスター・ホテル』ごっこがしたかっただけだもん。怖がらせようとしたんじゃない。みんなと友だちになりたかったの」

娘が不憫《ふびん》でたまらなかった。

「ママと遊ぼうか？」

エマは首を横に振った。「ううん」

「じゃあ、ふたりでお泊まり会をするっていうのはどう？」

エマがうれしそうにうなずいて泣きやんだ。「『アベンジャーズ』を観てもいい？」父親似のエマはスーパーヒーローに目がない。

「もちろんいいわよ」

ハルクが登場する頃には、エマはぐっすり眠っていた。ベッドに寝かせて額にキスをすると、娘は眠りながら笑みを浮かべた。わたしは自分のベッドに向かった。ひとりぼっちで夢を見るために。

19

エリザベス

「トリスタン」わたしはつぶやいた。空気が重く、息が乱れる。

彼がわたしの頬に手を滑らせた。「しゃぶって。ゆっくりと」親指で下唇をなぞりながらトリスタンは命令し、唇のあいだに指を一本差し入れた。浅く深く出入りする指にそっと舌を絡めて吸っていると、彼は濡れた指を引き抜いてわたしの首を撫でおろした。ブラジャーの肩ひもを過ぎ、胸の谷間までたどられて、胸の先端が立ちあがる。彼に触れられたくて、口をつけてもらいたくて、そこがうずいた。

「きれいだ」トリスタンが言った。「すごくきれいだよ」

「こんなこと、しちゃいけないのに……」かたくなった彼のものを下着越しに感じて、思わずうめいた。これでいいのよ、と心の中で声がする。「もうやめるはずだったのに……」息が苦しい。トリスタンに入ってきてほしい。体の奥に彼を感じたい。わたしを仰向けにして脚を持ちあげ、激しく突いてほしい。そんな思いに応えるように、彼はわたしの抗議を無視して髪をぐっとつかむと、もう一方の手で体を撫でおろした。黒いレースのパンティまで行って、その手が止まる。

「濡れてる」トリスタンは身をかがめてわたしの頬に舌をつけ、そのまま滑らせて口を重ねた。舌を唇のあいだから差し入れてささやく。「きみのすべてを味わいたい」彼は荒く息をつきながら、パンティに触れた。繊細な生地の上から敏感な突起を親指で撫でられて、息ができなくなった。

「お願い」懇願して体を押しつけた。邪魔な布きれを取り去ってほしい。

「ここじゃだめだ」トリスタンはわたしの背中を起こして座らせると、パンティを左に寄せて潤った部分に舌をつけた。腰が自然に持ちあがり、彼の髪に指を差し入れる。しばらくして彼はようやく顔をあげ、唇を重ねてわたしに自分の味を確かめさせた。「きみに見せたいものがある」唇を触れあわせたまま、彼がささやく。

いいわ。なんでも見せて。

ボクサーショーツの下の高まりを見て、思わず顔がほころんでしまった。彼にベッドからおろされ、近くのドアに押しつけられる。「どれくらいおれが欲しい？」すごく、すごく欲しいわ。舌がこわばって、心の中で答えた。激しく打ち続ける心臓がこのまま止まってしまうのではないかと心配になる。激しい欲望に、渇望に、耐えられるのだろうか？　彼を求めるあまり、破裂してしまうかもしれない。頭が真っ白になるまで揺さぶってほしい。屹立《きつりつ》したものを突き入れ、強く腰を打ちつけてほしい。

「きみに部屋を見せたい」トリスタンが耳元でささやいた。戯れるように舌で舐め、耳たぶをしゃぶる。

うめき声で応え、抱きあげられて廊下を進むと、左側に部屋があった。来たときには気づかなかった。「ここは……？」

彼がわたしの口に手を当てて黙らせた。「緑の部屋だ」ささやいてドアを開ける。

「緑の部屋？」答えを待たずに中をのぞくと、緑色のものばかりが置かれた部屋が目に飛び込んできた。緑の鞭《むち》や緑の張り形など、すべてが緑色だ。「ここはいったい……」言葉が続かず、ひたすら見まわす。「ずいぶん変わった部屋ね……」

「まあね」低く響く声に振り返ると、喉が裂けるかと思うような悲鳴が出た。自分を抱いている巨大な緑の男から、どうしても視線をそらせない。目をらんらんと緑色に光らせた男はわたしを宙に差しあげた。「超人ハルクさまがおまえを床に叩きつけてやる！」

「なんなの、今の夢は！」わたしは叫び、恐ろしく奇妙な悪夢の残滓を振り払おうとした。

トリスタンが起き出して、向こうの窓辺からこちらを見ている。

「大丈夫か？」

自分を見おろすと、ノーブラで白いタンクトップとパンティしか身につけていない。もう一度悲鳴をあげて、胸を毛布で覆った。「やだ、もう！　あっちへ行って！」焦って金切り声になる。

「ごめん。きみが叫ぶのが聞こえたから……」彼は言葉を切って眉をあげ、目を合わせた。「もしかして、いやらしい夢でも見たのか？」手で口を覆い、くすくすと笑いだす。「そうだ、いやらしい夢を見たんだ」

「あっちに行ってってたら！」ベッドから飛び出して、窓のカーテンを閉める。

「わかった、わかった。だけど、あんな本を読むからさ」

わたしは熱い頬のままベッドに倒れ込み、上掛けを頭の上までかぶった。

いまいましい超人ハルク。いまいましいトリスタン・コール。

20

エリザベス

「今日は一日じゅう、目を合わせようとしないじゃないか」〈ニードフル・シングス〉で、トリスタンが商品を並べ替えながら言った。わたしはカウンターに座って、ミスター・ヘンソンがハーブティーミックスを作ってくれているのを眺めていた。エマとゼウスは店にあるものを適当に選んで、宝探しごっこをしている。最近はこんなふうにエマを連れて週に一回はミスター・ヘンソンの店を訪れ、お茶やココアを飲んだり、ときにはタロット占いをしてもらったりしている。いつのまにか、ここがすっかり気に入っていた。「あのことなら、恥ずかしがる必要はないさ。誰にだってある」トリスタンが言葉を継いだ。

「いったいなんの話？　あなたを避けてなんかいないわ。それに、あのことって何？　何が誰にでもあるのか、さっぱりわからない。わたしには何も起こっていないもの」視線が合わないようにしながら、噛みつくように言い返した。トリスタンを見るたびに、超人ハルクに変身してシャツがびりびりに裂けたところを思い出して、赤くなってしまう。

「いやらしい夢を見たんだろう？」トリスタンがささやく。

「見てないってば！」声を張りあげたけれど、うしろめたさがにじんでしまった。

トリスタンはうれしそうな顔をしてミスター・ヘンソンに説明した。「昨日の晩に、エリザベスが見た夢が……」

「黙りなさいよ、トリスタン！」大声で叫び、両手をテーブルに叩きつけた。顔から火が出そうだ。

そんなわたしを見て、ミスター・ヘンソンは作りかけていたお茶にハーブを何種類か足した。「夢を見るのはふつうのことさ」

「で、その夢だけど、結構よかったのかい？」トリスタンがしつこくからかい続ける。彼を叩きのめすあらゆる方法が、頭の中をぐるぐるまわった。

そんな夢は見ていないと否定しようとしたけれど、言葉が出てこない。両手を頬に当てて、大きく息を吐いた。「その話をするつもりはないわ」

「いいじゃないか、教えてくれても」トリスタンが近づいてきて、隣のスツールに座った。

スツールをまわして、彼に背を向ける。

彼がわたしのスツールをまわして、彼に背を向ける。自分のほうを向かせた。

「ああ、こいつはまいった」彼の目に理解の色が広がった。

「もう黙って、トリスタン！」そう言ったけれど、やっぱり目は合わせられなかった。

「おれと一緒にいる夢だったんだろう？」

わたしはスツールから飛びおりて、ミスター・ヘンソンに声をかけた。「お茶はテイクアウトにしてもらえる?」

「なんだよ、エリザベス。もっと細かいところを教えてほしいのに!」人を困らせて喜んでいるトリスタンは無視して、テイクアウト用のカップを受け取る。

「あなたと話をするつもりはないから」そう言い捨てて出口に向かった。「いらっしゃい、エマ。帰るわよ」

「ちょっとでいいから教えてくれよ!」ドアを開けても、彼はしつこく食いさがってきた。ため息をついて振り返る。「あなたはわたしを緑の部屋に連れていって、緑の怪物に変身したの。そしてわたしを部屋じゅうに叩きつけてまわったのよ。言っておくけど、〝叩きつけて〟っていうのは、そのまんまの意味だから」

トリスタンもミスター・ヘンソンもあっけに取られ、何がなんだかわからないという顔をしている。「もう一度、言ってくれないか」

困り果てたトリスタンの様子に、思わず吹き出しそうになった。「あなたが教えてって言ったんでしょう?」

「まったく、きみって人は変わってる」

ミスター・ヘンソンが微笑んだ。「そういえば同じことがあったよ。一九七六年の夏だったっけな」

「あなたがそんな夢を?」びっくりして彼に尋ねた。

彼の言葉はそのままの意味だとわかっていても、勝手に深読みして、わたしは赤面した。

「あとで芝生を刈りに寄るよ」トリスタンが言った。

「じゃあ、もう帰るわね。お茶をありがとう、ミスター・ヘンソン」

メドウズクリークに戻ってきてから、言葉に詰まることが何度となくある。

「夢？　そうじゃない。緑の部屋で追いまわされ、あちこちに叩きつけられたって話だ」


その日の午後、トリスタンの家の内装のデザインと色を選ぶのに、フェイが手伝いに来てくれた。彼女はそういうことに関してたしかな目を持っている。

でも試案を三つ用意してポーチに座ったのに、フェイの目は芝生を刈っているハンサムな男に釘づけだった。エマは彼の足の上にのって、芝刈り機を押すのを手伝っている。自分のほうが彼よりもうまいと思い込んでいるのだ。いちいちやり方にけちをつけ、文句を言い続けている。それに対して、トリスタンは笑顔で言い返していた。あまりの変わりようにフェイは目を奪われ、ひたすら彼を見つめている。ひげを剃り落として力強い骨格をあらわにしてから、一度も会っていなかったのだ。それに彼の笑顔を見るのもはじめてだと思う。ひげがまた伸びはじめていたけれど、わたしとしては大歓迎だった。彼の笑顔と同じくらい、ひげのある顔も好きだから。

「信じられない」フェイがため息をついた。「あの感じの悪いひげもじゃのむさくるしいヒッピーが、じつはこんなに……セクシーだったなんて」

「誰にでも、多少は感じの悪いときがあるものよ」

フェイが振り向いてにやにやする。「ちょっと、まさか。彼が好きなのね」

「何言ってるの、違うわ。芝を刈りに来てもらってるだけよ」

フェイが大声で言った――声をひそめるということを知らないのだ。

「芝を刈ってもらってるだけ？　クモの巣の張ったあそこの手入れもしてもらってるんじゃない？」

「フェイ！　黙って！」

「彼の仕事ぶりはどう？　隅から隅まできれいにしてくれた？」

「そういうことを話すつもりはないから」赤い顔で親友をいなす。「別の件であなたの意見が必要なのよ。リビングとダイニングはどの案が一番いいと思う？　トリスタンは木でいろいろ作るから、その作品を生かそうと思っているんだけど……」

「あなたは彼が好きなのね。一目瞭然だわ」

「絶対に違う」

「いいえ、好きなのよ」

友人の言葉に胃がひっくり返った。トリスタンに目を向けると、彼も見つめ返してきた。

「ええ、彼が好きなの」

「まったく。リズ、こんなのめったにないんだからね。ろくでなしを好きになったと思ったら、その人がじつは『レジェンド・オブ・フォール／果てしなき想い』のブラッド・ピットみたいだった、なんて。わかってるの？」フェイは微笑んだ。「あの映画の主人公の名前はトリスタンじゃなかったっけ？」

「すごい記憶力」

「信じられない偶然よね」

思わず声をあげて笑った。「ほんとに」

フェイが身を乗り出して、わたしの顔をまじまじと見る。「それは何？」

「何って何が？」

「そのばかみたいなにやにや笑いよ——わかった！　思い出し笑いでしょう！　彼と寝たのね！」

「やだ。違う……」

「その方面ではエキスパートのわたしをごまかそうとしても無駄よ、リズ。彼を食べちゃったわけね！」

ファーストキスをしたばかりの女の子みたいにもじもじした。「そう、食べちゃったの」

「やっぱり！　わかってたのよ！」フェイは立ちあがり、ポーチの上で歌いだした。「ヤッホー！　とうとう日照りが終わったわ！」

トリスタンがこちらを見て眉をあげた。「きみたち、どうかしたのか？」

わたしはフェイを引っ張りおろして、くすくす笑った。「なんでもないわ」

「彼がすてきなお尻をしているという以外はね」フェイがにやりとして言う。「で、どうだった？」

わたしは言った。「トリスタンとの関係が本当はどういうものか、聞きたい？　教えてあげてもいいわよ、怒らないなら」

「絶対に怒らない」

「わたしたちはセックスを通して、スティーブンとジェイミーを思い出しているの。愛する人といたときの気分を味わっているのよ」

「それって、トリスタンとしているときにスティーブンを思い浮かべてるってこと？」

「ええ。でも、もうやめたわ。わたしがあまりにも感情的になって、収拾がつかなくなっちゃったから」

「つまり、今は彼を彼として好きなわけね」

「そう。間抜けでしょう。彼はわたしといても、ジェイミーしか見ていないのに」

フェイがトリスタンに視線を向ける。「くだらない」

「なんですって？」

「彼はちゃんとあなたを見ているわよ、リズ」

「何を言いだすの？」

「わたしが男と寝るほとんどのときは、チャニング・テイタム（2012年、米ピープル誌で「もっともセクシーな男」に選ばれた俳優）を思い浮かべていたわ。だから、あなたのことを考えている男と別の女を思い浮かべている男の区別くらい簡単につく。彼があなたを見つめている様子を見なさいよ」

トリスタンに目を向けると、彼はまたわたしを見ていた。本当に彼は一緒にいるとき、わたしをわたしとして見てくれているのだろうか？

そうかもしれないと思うだけでうれしいのはなぜだろう？　トリスタンとのあいだに起こりつつあることとちゃんと向きあう覚悟ができなくて、わたしは頭を振った。

「それで、マッティとは最近どうなの？　うまくいってる？」

「だめ」手で頬をぴしゃりと叩いて、フェイはため息をついた。「彼とは終わりにしなくちゃ」

「えっ？　どうして？」

「だって彼に恋しちゃったみたいなんだもの。まるで負け犬よ」

わたしはうれしくなった。「彼に恋してるんだ」

「そうなの、ひどいでしょ。毎晩飲んで忘れようとしているの。とにかく、わたしの話はもうやめ。トリスタンの家の話に戻りましょうよ」

わたしは微笑み、それから二時間以上かけてフェイとざっくばらんな話しあいをしたのち、ようやく彼の家のすべての部屋について色とデザインを決定した。

21

エリザベス

　それから何日か経った金曜日、サムが一緒に出かけないかと電話をかけてきた。町を案内すると言ってから何カ月も音沙汰がなく、忘れているのかと思っていたけれど、行動に移すのに時間がかかる人間もいるのだろう。夜、彼は実家の仕事用のトラックで迎えに来た。リビングルームの窓から見ていると、車から飛びおりたあと蝶ネクタイをまっすぐに直している。それから玄関に向かって歩きだしたが、すぐに足を止めてあとずさりした。彼はこれを五回ほど繰り返してからようやくポーチにあがり、ドアを叩くかどうかふたたび迷いはじめた。

　トリスタンがうしろから身を乗り出して、サムの動きを見守った。「ああ、今日はお熱いデートか」ここ何日かトリスタンの家はペンキ塗りの作業中で、彼はうちに泊まっている。今日もさっきまでわたしの作ったイメージボードを見ながら、彼と内装の案を検討していた。彼はあまり興味がなさそうだったけれど、わたしは大好きな仕事をまたできてうれしかった。

「デートじゃないのよ。町を案内しながら、いろんな人たちのいろんな話を教えてくれるんですって。わたしを家から引っ張り出そうとして、誘ってくれたんだと思うわ」そう説明したが、トリスタンは冷やかすような表情を変えなかった。「何よ？　出かけちゃいけない？」

「わかっているんだろう？　あいつのほうはデートだと思ってるって」

「そんなわけないでしょう。絶対に違うわ。家にこもってばかりいるのはよくないって、気遣ってくれているだけよ」トリスタンが〝わかってないな、デートに決まってるじゃないか〟という目で見る。「もう、勘繰らないで！」

「ストーカーのサムが今晩の外出をきみと同じように見なしているかは疑問だ、とだけ言っておくよ」

「ちょっと、それってどういう意味？　ストーカーのサムって何よ？」急に心細くなる。トリスタンはいたずらっぽく笑っただけで、行ってしまおうとした。「トリスタン！　教えてったら！」

「あいつはこの町に越してきてから、何度か行きすぎた行動を取っている。それだけさ。おれも走っているときに、女の子をつけまわしているあいつを見かけたよ。きみをどこに連れていくつもりか言っていたかい？」

「ええ、デートで行くような場所じゃないわ。だからきっとあなたの取り越し苦労よ」

「町のホールで開かれるタウンミーティングだろう？」

「そうよ」トリスタンがわかっていてほっとした。「デートなら、タウンミーティングになんか行くはずないもの」ところが彼は、笑いをこらえるように口元に力を入れている。「いいかげんにしてよ！」そのときドアを叩く音がした。「まさか彼、デートだなんて思ってないわよね？」

「じゃあ、賭けよう。ジョンソン保安官がお祭りの話をはじめたとたんにストーカーのサムが身を寄せてきて、このあと〈バーンハウス〉に行かないかって誘うほうに一〇ドル。魚のフライが食べられるし、ダンスやカラオケもできるからって」

「一〇ドル失いたくないでしょう？」

「もちろんさ。だけど関係ない。絶対に勝つから」トリスタンは自信満々だ。「ストーカーのサムは必ずきみに言い寄るよ」

二度目のノック。

「ストーカーのサムって言い方はやめて！」心臓がどきどきしてきた。「〈バーンハウス〉に誘うはずないわ」

「賭けるかい？」彼が手を差し出す。

その手を握って振った。「いいわ。デートじゃないってほうに一〇ドル」

「こんなに楽勝な賭けははじめてだよ、リジー」

手を引っ込めながら、トリスタンが何気なく口にした愛称にどれだけ胸が弾んだか必死で隠そうとした。

三度目のノック。

「どうかしたのか？」

「今、リジーって呼んだでしょう」わけがわからないという顔で、トリスタンが眉をひそめる。「今までスティーブンにしか、そう呼ばれたことがなかったから」

「すまない」そうかというようにうなずき、彼が謝った。「何も考えていなかった」

「いいえ、いいのよ。気に入ってるもの」そう呼ばれていたときが恋しかった。ぎこちない笑顔を作る。わたしたちはその場に立ち、じっと見つめあった。わたしはすぐに息苦しくなって視線をはずし、トリスタンの左手にある小さな未完成のタトゥーに移した。これも、息子に好きな本にちなんで入れるつもりだったのだろうか。「ほんとよ」

「じゃあ、これからもそう呼ぼう」

四度目のノック。

「そろそろ出たほうが……」トリスタンは頭を傾けてドアを示した。わたしはうなずき、急いで玄関のドアを開けてサムを迎えた。彼はすごくうれしそうな笑みを浮かべ、大きな花束を抱えている。

「やあ、エリザベス」サムは花束を差し出した。「すごいな、今日のきみはきれいだね。これ、きみに。ここまで来てから何も用意していなかったことに気づいて、家の前で摘んだんだ」彼は一メートルほど離れて立っているトリスタンに目をやった。「なんでくそ野郎がここにいるんだ？」

「まあ、サム。彼はトリスタンよ。トリスタン、彼はサム」ふたりを引きあわせる。「トリスタンの家は今、ペンキ塗りの最中なの。それで二、三日、ここにいてもらっているのよ」

トリスタンはめったに見せない笑顔で、サムに手を差し出した。「会えてうれしいよ、サム」

「こちらこそ、トリスタン」サムがうさんくさげに返す。

トリスタンはサムの背中をぽんと叩いて、愛想よく言った。「そんなにかしこまった呼び方をしなくていいさ。くそ野郎でかまわないって」

思わず忍び笑いをもらしてしまった。トリスタンったら、なんて人が悪いのかしら。

サムは咳払いをした。「とにかく、花のことはごめん。町で買ってくるべきだったんだけど――」

「そんなこと気にするな」トリスタンはサムから花を受け取った。自分が彼にひどく居心地の悪い思いをさせていると承知しているのだ。「中に入って、リビングでくつろいでいてくれよ。エリザベスと一緒に、この花を入れる花瓶を探してくるから」

「ああ、そうだな。そうさせてもらうよ」サムは言った。「花を扱うときは注意して。とげがあるから」

「大丈夫よ、サム。ありがとう。座っていて。すぐに戻るから」

キッチンに行くと、トリスタンが得意そうな笑いを向けてきた。「その顔をやめないとぶつわよ、トリスタン。花をくれたからってデートとはかぎらないわ」彼が鼻で笑ったので、わたしは目を細めた。「デートじゃないってば！」

「あいつはきみの家の前に咲いている花を盗んだ。事態は思っていたよりも深刻だな。きみを愛しているんだ。〝ボニーとクライド（大恐慌時代のアメリカで銀行強盗や殺人を繰り返した男女）〟張りに」

「あなたって、どうしようもないわ」トリスタンが花瓶に水を入れはじめた。彼に花を渡そうとしたら、指にとげが刺さって血が出てきた。「ああ、もう」

トリスタンは花を花瓶に投げ入れると、わたしの手を取って調べた。「そんなにひどくはないな」そう言って、布を指に当ててくれる。いきなり手をつかまれて、胸がどきどきした。おなかの中で蝶が飛びまわっているみたいに落ち着かない。なんとか無視しようとしたけれど、本当はこんなふうにやさしく触れられるのはうれしかった。大事にされている感じがする。「ストーカーのサムは、ひとつだけちゃんとしたことを言った」トリスタンが指から目をあげずに言った。

「それって何？」

「きみはほんとにきれいだ」わたしの手を握ったまま、彼は近づいた。こんなふうに彼と身を寄せあっているのが好きだ。とても。彼の息遣いが乱れる。「リジー？」

「なあに？」

「キスしたら怒るか？　ジェイミーを思い出すためじゃなく、きみにキスしたくてしたら」

わたしの唇を見つめながら、トリスタンはさらに体を寄せた。おくれ毛をやさしく耳のうしろにかけてくれる。一瞬見つめあったあと、彼は咳払いをして、わたしから離れた。きまり悪そうにしている。「すまない。忘れてくれ」わたしは何度か瞬きをして気持ちを落ち着けようとしたけれど、だめだった。彼は首のうしろで両手を組んだ。「デートのお相手のところに戻ったほうがいい」

「デートじゃないって――」トリスタンの口の両端がわずかにさがるのが見えて、言葉を切る。「じゃあ、行ってくるわね」

彼がうなずいた。「楽しんできてくれ、リジー」

タナーが演台に立ち、〈ニードフル・シングス〉を閉店させるべき理由をとうとうと述べている。彼がミスター・ヘンソンを悪く言うのを聞いているのは気分が悪かった。けれども何列かうしろにいるミスター・ヘンソンに動じている様子はなく、笑みを浮かべて静かに座っている。

タナーの冷徹な経営者としての側面を目の当たりにするのは、はじめてだった。やさしい老人を犠牲にしてでも、自らの利を追求しようとしている彼を見るのは。

ひどくいやな気分だ。

「タナーがミスター・ヘンソンに閉店を迫るのも無理ないよ。誰も来ないような店があると、あの場所を有効に活用できないって言ってた」

「わたしはすてきなお店だと思うわ」

サムが眉をあげた。「あの店に入ったことがあるの？」

「何度も」

「いぼができたりしなかったかい？　ミスター・ヘンソンは奥でブードゥーの儀式をやってるらしいよ。クリントンの猫のモリーがいなくなったときにわかったんだ。モリーがあの店に入っていくのを見た人がいるんだけど、出てきたときにはピットブルに変身していたんだって。モリーって呼んだら反応したらしい。ぞっとするよね」

たわいもない話に吹き出した。「まさか、そんなの信じていないでしょう？」

「もちろん信じてるさ。あんな店に入って、きみに三つ目の目ができちゃわなかったのが不思議なくらいだ」

「あら、気づかなかった？　お化粧で隠しているのよ」

サムはぷっと笑った。「エリザベス、面白いね、きみは。そういうところが好きだ」彼は目を合わせ、思わせぶりな視線を送ってきた。これはまさか……。

急いで目をそらして、別の人を指さした。「ねえ、あの人はどう？　何か面白い話はない？」

けれどもサムが口を開く前に、ジョンソン保安官が演台にあがった。

保安官がお祭りについて話そうとマイクの前に立った瞬間、わたしは一〇ドルを失ったことを悟った。まるで合図を受けたかのように、サムが体を寄せて耳元でささやいたのだ。

「このあと魚のフライを食べに行かないか？　結構いけるし、ダンスなんかもできるんだ。きっと楽しいよ」

仕方なく笑みを作る。期待に満ちたサムの表情を見ると、どうやって断ればいいのかわからなかった。「そうね……」彼の目が興奮の色を浮かべて丸くなる。「ぜひ行きたいわ」

彼は野球帽を頭から取って、膝に叩きつけた。「ワオ！ やった、やった、やった！」

サムがいつまでもにやにやしているので、行くと答えたのは大きな間違いだったという気がしてならなかった。それに一〇ドル払わなければならない。まったく、最低だ。


サムとわたしは椅子に座り、酔っ払って楽しそうに踊っている人々を眺めていた。サムは彼らひとりひとりについて、さまざまな逸話を次から次へと披露し続けている。しばらくして、ようやく彼がわたしに目を向けた。「楽しんでもらえているといいんだけど」

「楽しいわ」わたしは微笑んだ。

「よかったら、今度またデートしないか？」

わたしは顎に力を入れ、きっぱりと断った。「サム、あなたはとてもいい人よ。でもわたしはまだ、デートなんて当分考えられない。わかってもらえるかしら。今は人生を立て直すので精いっぱいなの」

彼は気圧《けお》されたように小さく笑うと、うなずいた。「そうだよね……」両手を膝に置き、わたしを見る。「でも、とにかく試してみなくちゃと思ったんだ。誘ってみなくちゃって」

「誘ってもらえて、うれしかったわ」彼の肩に軽く体をぶつけてきく。「ほんとにフロアに出て踊りたくないの？」

サムは両手の指を揉みあわせ、下を向いた。「ダンスはうまくないから。人を観察するほうが得意なんだ」

「行きましょうよ。きっと楽しいわ」彼に手を差し伸べる。

彼はそれでも迷っていたが、ようやくわたしの手を取った。フロアに出ると、サムの体がガチガチにこわばった。テニスシューズの先に目を据えたままだし、頭の中でステップのカウントを取り続けているのがわかる。

いち、に、さん。

いち、に、さん。

「目を合わせると踊りやすいわよ」声をかけても何も応えない。焦ってどんどん顔を赤くしながら、ひたすら頭の中で数えている。「ねえ、喉が渇いちゃったわ」仕方なくそう言うと、サムはうれしそうに笑った。

「じゃあ、水を取ってくるよ」踊らなくてよくなり、心底ほっとしているようだ。席で待っていると、彼はすぐに水を持って戻り、わたしに渡して座った。「楽しいね」

「ええ」

サムは咳払いをすると、また人々を指さしながら、先ほどの続きをはじめた。

「彼女はスージー。町のお祭りで、もう何年もホットドッグの大食い競争のチャンピオンの座を守ってる。それからあっちは――」

「ねえ、あなたの話もしてよ、サム。なんでもいいから教えて」

彼はあいまいな表情を浮かべ、瞬きして肩をすくめた。「面白いことは何もないよ」

「そんなはずないわ。たとえば、どうしてお父さまのところでフルタイムで働けるのにカフェで働いているの？」まじまじと見つめてくるサムの目を見つめ返した。すごくきれいな目なのに、今はとても居心地が悪そうだ。

彼が視線をそらした。「父さんは家の仕事を継がせたがっているけど、ぼくはいやなんだ」

「じゃあ、何をやりたいの？」

「料理人さ。料理学校に行く金を貯めるまでのあいだカフェで働ければ、ちょっとは料理について学べるかと思ったんだよ。だけど、ちっとも厨房に入らせてもらえないから、失敗だった」

「ときどき厨房にも入れてもらえるように、マッティに話をしてあげるわ」

サムはうれしそうに笑ってありがとうと言ったけれど、自分でなんとかするつもりだからいいと断って、勢いよく立ちあがった。「いやだな。これじゃあ、ドクター・フィル（人気テレビ番組の司会も務める米国の有名な心理学者、精神科医）の人生相談みたいだ。ちょっと行って、ナマズのフライをもっと取ってくる。きみも何かいるかい？」わたしはかぶりを振って断り、彼のうしろ姿を見送った。

「ああ、ほっとした。どうやら、まだ無事に生きているみたいじゃないか」隣でつぶやく声がした。振り向くと、トリスタンがサムの席に座ろうとしている。

「ここで何をしているの？」彼を見たとたん、うれしさがこみあげた。トリスタンが近くに来ると、いつもこんなふうに感じる。

キスしてもいいかと、もう一度きいてほしい。

「何って——」彼が説明する。「友だちがストーカーのサムとデートに出かけたら、大丈夫かどうかチェックするのが義務だと思ったんだ」

友だち!

わたしは友だちに分類されているのだ。そうじゃなくて、キスしていいかきいてほしい。

どうか、お願い。

「いつからそんなふうに、友だちとしての責任感に目覚めたの?」来てくれてうれしくてたまらないのに、平静を装って尋ねた。

「そうだな、うーん……」トリスタンは右腕を出して、ありもしない腕時計を見るふりをした。「五秒ほど前かな。ここに来て、きみとサムが嚙みあわないデートを繰り広げているのを見るのも面白いかと思って」彼は目を合わせようとせず、指先を膝に打ちつけている。

まさかこれは……。

焼きもちを焼いているのだろうか?

でも、からかうのはやめておくことにした。「踊る?」代わりにそうきく。

トリスタンに手を差し出されて、どきっとした。手をのせると、彼はダンスフロアにわたしを連れていって、一回くるりとまわしてから引き寄せた。見つめあいながら踊っていると息が乱れる。長身の彼は、わたしがどんな動きをしてもしっかり支えてくれる。でもまわりじゅうから見つめられ、あれこれささやかれながら踊っているうちに、いたたまれなくなってきた。

どんどん視線がさがり、とうとう床まで落ちてしまう。するとトリスタンはわたしの顎をくいっと持ちあげた。もう一度目を合わせると、気持ちが落ち着いた。こんなふうに彼を見つめ、彼に見つめられるのが好きだ。その事実が何を意味するのか、はっきりとはわからないけれど。

「わたしに嘘をついたでしょう」彼に言う。

「一度もついてない」

「ついたわ」

「おれは嘘つきじゃない」

「でも、嘘をついたわ」

「どんな？」

「白い羽根よ。領収書を見たの。ミスター・ヘンソンの店で見つけたと言ってたのに」

トリスタンは低い声で笑ったあと、顔をしかめた。「そのことでは嘘をついたかもしれないな」

彼に体を寄せる。もうちょっと近づけばキスができる。彼は彼として、わたしはわたしとしてする、はじめてのキスが。

トリスタンの胸に両手を置くと、心臓の鼓動が伝わってくる。目をのぞくと、心の底までのぞける気がした。曲が終わっても、わたしたちは離れなかった。呼吸がそろっていく。互いを意識して、だんだん息が荒くなった。わくわくすると同時に、怖くてたまらない。彼が親指でわたしの首を撫でおろし、一歩近づいた。こんなふうに彼が近くにいるのがうれしい。怖くもあるけれど。彼がわずかに頭を傾け、ゆがんだ笑いを浮かべた。二度と目をそらさないと約束するように、わたしをじっと見つめる。

誰もが、トリスタンはやめておけと警告した。あんなやつと関わるんじゃない、と。〝ろくでもないやつだ。めちゃくちゃで、どっか壊れているんだ〟ってみんなが言う。〝今の彼は過去の彼の抜け殻にすぎない〟と彼らなら言うだろう。

だけど、彼らには見えていない――あえて無視しようとしている事実がある。わたしだって、ちょっぴりめちゃくちゃで、少し頭がどうかなっていて、昔のわたしが砕け散ったあとの残骸だってことだ。

今のわたしは以前のわたしと同じじゃない。

だけどトリスタンと一緒にいると、少なくとも、どうやって息をすればいいか思い出せる。

「パートナーを交換しないか？」突然聞き慣れた声がして、トリスタンとふたりきりの世界から引き戻された。目をあげると、フェイを腕に抱いたタナーがこっちを見て笑っていた。

本当は邪魔されたくなかったけれど、笑顔を向ける。「いいわよ」

タナーがわたしの手を取り、トリスタンがフェイの手を取った。二、三歩離れただけで、もう彼が恋しくてたまらなくなった。

「そんなにがっかりした顔をするなよ」タナーがわたしを引き寄せて言う。「ステップを踏むのが苦手なのは認めるけど、腰の動きはなかなかのもんなんだぜ」

「そういえば昔、ホリデーパーティーで〝ワーストダンサー〟に選ばれてなかった？」

タナーは鼻の頭にしわを寄せた。「おれの〝ショッピングカートダンス〟はベストダンサー賞に選ばれるべきだったんだ。きみの夫が審査員だったから、だめだと思ったけど」

わたしは笑った。「ショッピングカートね。どんなダンスだったっけ？」

タナーは二歩さがり、ショッピングカートを押すまねをはじめた。次々と棚から商品を取って入れたあと、今度はレジのカウンターの上に見えない商品を取り出し、スキャンして袋に詰めていく。見ているとおかしくて、笑いが止まらなかった。彼は得意げににやりとすると戻ってきて、わたしたちはゆったりとしたふつうの簡単なダンスに戻った。

「完璧よ。あなたがベストダンサー賞を取るべきだったって、わたしも思うわ」

「そうだろう？」タナーは唇を噛んだ。「あいつにやられた」

「まあ、いいじゃない。これから数々のホリデーパーティーで栄冠を勝ち取れるわよ」

彼はうなずき、わたしの髪を耳のうしろにかけた。「きみがいなくて寂しかったよ、リズ」

「わたしも寂しかったわ。あなたたちみんなが恋しかった。こんなふうにまた笑えるようになって、自分でもほっとしているの……」

「ああ、おれたちは生きているんだ。前に進んでいかなくちゃならない。だから勇気を出して、きみを誘うことにした。今度おれと夕食を一緒にどうだい？」

「夕食？」驚いて、思わずきき返した。「デートするみたいに？」トリスタンがフェイと踊っているのがちらりと見える。

「そうだな、〝みたいに〟じゃなくて、ちゃんとしたデートだ。おれときみとで。ちょっと変な感じがするかもしれないけど――」

「今、つきあってると言えなくもない人がいるのよ、タナー」

彼の口があんぐりと開いた。何を言われたのかわからないという目をしている。

「つきあってると言えなくもない人？」タナーは姿勢を正して、わたしの言葉を理解しようと試みた。「つまりサムかい？　今日ここにあいつと来たのは知っているが、きみのタイプじゃないだろう？　だいたい――」

「サムじゃないわ」

「違うのか？」きょろきょろと定まっていなかったタナーの視線が、トリスタンとフェイのところで止まった。目を戻した彼の顔からは、さっきまでの楽しく陽気な表情が跡形もなく消えている。血の気が失せ、いらだちが取って代わっていた。「トリスタン・コールか？　トリスタン・コールとつきあっているのか？」高く鋭いささやきに体がすくんだ。正確にはトリスタンとつきあっているわけじゃないし、彼がわたしをどう思っているのかもわからない。でもわたしの中で、彼を恋しく思う気持ちが無視できないほど大きくなっているのはたしかだ。

「やっと戻ってきたと思ったら、最低の男を選んでデートをはじめたわけだ」

「みんなが思っているほどひどい人じゃないわ」

「いや、あいつはみんなが思っている以上にひどいよ」

「タナー」両手を彼の胸の上に置いた。「なんでこうなったのかわからない。どうして彼にこんな気持ちを持つようになったのか、自分でもわからないのよ。でも、そういうものでしょう？　頭で考えて、どうこうできることではないもの」

「いや、どうにかできるはずだ。トリスタンやミスター・ヘンソンは、きみがつきあいたいと思うような種類の人間じゃない」

「そもそも、どうしてそんなにミスター・ヘンソンの店を目の敵にしているの？　あの人はとても親切な人よ」

タナーは鼻筋をつまんだ。「きみはわかっていないんだよ、リズ。トリスタンがきみを傷つけやしないか心配なんだ」

「彼はそんなことしないわ」タナーは信じなかった。トリスタンとつきあうなんて愚の骨頂だと頭から思い込んでいる。町のみんなと同じように。「タナー、彼はそんな人じゃない。もうやめましょう」こわばった彼の体を引き寄せる。「楽しく踊りましょうよ。友だちでしょう。そんなに心配しないで」

「でも、きみが傷つくんじゃないかと思うと、心配せずにはいられないんだ。スティーブンが死んだとき、あんなに打ちのめされていたじゃないか。またあんなふうになってほしくない」

やさしいタナー。

「そんなことにはならないって約束するから」

22

トリスタン

「まだちゃんと自己紹介をしていなかったわね」ふたりで踊りながら、フェイが言う。「わたしの親友にちょっかいを出してるのはあなたね」

まあ、そういう言い方もできるだろう。「で、まともじゃない親友というのがきみだな」

フェイがにっこりした。「そのとおり。これだけは言っておくわ。リズを傷つけるようなことがあったら、命はないと思っておいて」

思わず吹き出した。「おれたちはただの友だちだよ」

「それって冗談のつもり？ まったく、あなたたちはどこまでおばかさんなのかしら。わたしの親友があなたに夢中だってこともわからないの？」

「えっ？」

「ほら、見てみなさいよ！」フェイがエリザベスのほうにちらりと目をやる。「彼女がこっちから目を離せずにいるのは、あなたがわたしを笑わせるんじゃないかと気が気ではないからよ。しかも、わたしがあなたの体を必要以上に撫でたり、風が吹いた拍子にうっかり抱きあったりするんじゃないかと気を揉んでいるのよ」

「ちょっと待ってくれ、なんの話だ？」

「まったくもう、いちいち説明しないとわからないわけ？　彼女は嫉妬してるのよ、トリスタン！」

「おれたちに？」

「あなたを見ているすべての人によ」フェイが真顔になる。「彼女にやさしくしてあげて。わかったわね？　絶対に悲しませないで。ただでさえ、ぼろぼろに傷ついているんだから」

「その心配はないよ」おれは肩をすくめてみせた。「こっちだって同じなんだ」

そのとき、鋭い目つきでこちらを見ているタナーと視線が合った。

「じゃあ、あいつは？　彼も嫉妬しているのか？　もしかして、おれにひそかな恋心を抱いているとか？」

フェイが嫌悪感をにじませた目でタナーを見た。「違うわ。単にあなたのことが気に食わないだけよ」

「なぜ？」

「どういうわけか、リズが彼ではなくて、あなたを選んだから。秘密は守れるほう？」

「いや、たぶん無理だな」

フェイは笑みを浮かべた。「そうね、きっとわたしもよ。実際、今からあなたにしゃべろうとしているぐらいだし。あのね、リズとスティーブンが結婚する前の晩、タナーがぐでんぐでんに酔っ払ってリズの家を訪ねてきたの。彼女は寝ていたから、幸いわたしが応対したんだけど、彼ったらこう言ったのよ。リズは大きな過ちを犯そうとしている、スティーブンではなく、このおれと結婚するべきだって」

「あいつはその頃からずっと、彼女のことが好きなのか？」

「愛情なのか、欲望なのかはわからないわ。手に入らないからこそ求めるってこともあるんじゃない？　とにかく、タナーにとっては耐えがたいことでしょうね。ようやくリズがこの町に戻ってきたっていうのに、彼女は彼のことなんて見向きもしないんだから。タナーは今度こそリズを手に入れようと思っていたはずよ。それなのに、彼女は町一番の変わり者を選んだ。相当なショックを受けているんじゃないかしら」フェイはひと呼吸置いてから、にやりとした。「気を悪くしないでね」

「平気だよ」

音楽に合わせ、フェイをくるりとまわらせ、自分のほうに引き寄せた。「でも、一応伝えておくわ」彼女は満面の笑顔になって言った。「あなたは思っていたほど変わり者じゃないみたい。だから、数週間後に開く予定のリズの誕生日パーティーに招待してあげる。パーティーといっても、彼女をバーカウンターの上で踊らせるようなたぐいのものだけど。少しのあいだだけでも、心に取りついた悪魔からリズを解放してあげたいの。その夜は、彼女に触れることを許可するわ」

おれはまたしても吹き出した。「それはありがたい」

「それが何よりでしょう？」フェイがにやりとする。「わたしはまっとうな友だちなのよ」

フェイとのダンスを終えると、部屋の奥の隅に席を見つけて腰をおろし、フェイに言われたことをじっくり考えようとした。エリザベスが近づいてきたとたんに鼓動が速まったのは事実だ。

「あなたとフェイはどうやら気が合うようね」エリザベスが隣に腰をおろす。

「きみとタナーもそうみたいだな」

「それは違うわ。タナーとは、ただの友だちだもの。それで……彼女にセックスしようと誘われた？　きっとイエスと答えたんでしょうね。でも、やめておいたほうがいいと思う。面倒が増えるだけだから」エリザベスが唇を噛む。「ところで、本当に誘われたの？」

彼女が思わせぶりな表情をしたので、おれは片方の眉をあげた。「本気できいているのか？」

フェイの言うとおりだ。エリザベスの顔つきを見ているうちに確信が強まってくる。彼女は顔を赤らめ、腿のあたりをさすり続けていた。ふたりの視線が合う。おれは椅子に座ったまま身を寄せ、彼女の両脚を自分の腿ではさみ込んだ。小声で言う。「わかったぞ」

ふたりの距離が縮まると、エリザベスの唇からため息がもれた。「何がわかったの？」

「嫉妬してるんだろう」

彼女が大きく息を吐き出し、笑い声を立てる。「嫉妬ですって？　くだらない。うぬぼれないでよ」

彼女の手を取り、セラピストみたいに穏やかな口調で言った。「照れなくてもいいさ。隣人に特別な感情を抱くのは別に珍しいことじゃない。どうしてくだらないなんて思うんだ？」

エリザベスは手を引きはがした。彼女が笑いだしたりせずに、頬を上気させているのが何よりの証拠だ。「どうしてかって？　すべてのことに理由が必要なの？　ええと、そうね、まずあなたは木こりみたいにひげを伸ばしっぱなしで、むさくるしいからよ。つばのない帽子に濃いひげとくれば、あとは格子柄のシャツを着たら、どこから見ても木こりそのもの。シャワーは浴びているの？」

「ああ。きみさえよければ、おれの家で一緒にシャワーを浴びよう。水の節約になる」

「環境活動家にでもなったの？」

「いや。ただ、きみを濡れさせるのが好きなだけだ」そばかすのあるエリザベスの頬が真っ赤になる。彼女はすごくきれいだ。「それに――」自分も彼女と同じ気持ちだという事実を、どうにか頭から振り払おうとした。「きみの携帯電話にランバーとかいう出会い系のアプリが入っているのを見たぞ。木こり《ランバー》みたいにワイルドな男が好みだってことを隠さなくてもいいじゃないか。誰にとやかく言われるわけでもないんだし。せいぜい目配せを交わしながら、ひそひそ噂されるだけで、それだってたいした問題じゃないさ」

「あれはフェイスブックに〝おすすめのアプリ〟として表示されていたのよ！　フェイに教

えてもらって、ちょっと面白そうだと思っただけ！」エリザベスの顔がますます赤みを増していく。接近しているせいで、おれの体まで反応しだした。火照った彼女の頬を両手で包み、そのぬくもりを感じたい。彼女の胸に手を当て、鼓動を実感したい。そして唇を味わい……。

「タナーとはどうなっているんだ？」もう一度きいた。

「ただの友だちだって言ったでしょう」

「あいつの触れ方はそんなふうには見えなかったぞ」

彼女はうつむき、くすくす笑った。「嫉妬しているのはどっちなの？」

「おれのほうだ」

「えっ？」頭をあげてこちらを見つめる。

「おれが嫉妬していると言ったんだよ。あいつがきみの背中に手を当てていたのが妬ましいし、きみを笑わせていたのも気に食わない。あいつの言葉がきみの耳に入るのもいやだし、あんなふうにきみの瞳を見つめていたのも我慢がならない。きみのことが気になって、はらはらしながら見守っていたんだ」

「ねえ、どうしちゃったの？」彼女の息遣いが荒くなっている。戸惑っているようだ。ふたりの唇がすぐ近くにあった。彼女の両手がおれのジーンズに置かれ、おれの手が彼女の指を包み込んでいる。彼女が膝にのりそうなほどふたりは密着していた。彼女の胸の高鳴りまで聞こえてくる。

室内はあいかわらず騒がしい。まわりの連中は飲んだり食べたりしながら、くだらないことをべらべらとしゃべっている。ところがおれは……エリザベスの口元にじっと視線を注いでいる。その唇に、肌の色に。彼女だけに。

「だめよ、トリスタン」かすれた声で言いながらも、エリザベスがさらに身を寄せてくる。彼女も混乱しているのだ。心の声にそむいて、体が反応してしまうのだろう。

「やめろと言ってくれ」頼むから拒絶してくれ。

「それは……わたし……」彼女は口ごもりながら、おれの唇を見つめた。声が震えている。戸惑っているのが手に取るようにわかった。だがそうした不安や疑念の中にも、かすかな希望のようなものが見え隠れしている。できることなら手放したくなかった。彼女が心の奥底にしまい込んでいる希望を感じてみたい。「トリスタン……あのね……」エリザベスはぎこちなく笑いながら、指で自分の額をさすった。「わたしのことをどう思ってる？　つまり、その……」言いよどんだあと黙り込んだ。緊張のあまり、支離滅裂になっているようだ。

「わたしと友だち以上の関係になりたいと思ったことはある？」答えを見いだそうとするみたいに、こちらをのぞき込む。心の中まで見透かされている気分だ。問いかけるようなまなざしが謎めいた雰囲気をかもし出し、彼女の美しさにしとやかさが加わった感じがした。

おれは目をしばたたいた。「ああ。毎日、毎時間、毎分、毎秒、思ってるよ」

彼女はうなずき、目を閉じた。「わたしもよ。毎日、毎時間、毎分、毎秒、思ってるわ」

やめるんだ、トリスタン。

やめるんだ、トリスタン。

やめろ、トリス……。

「リジー」彼女を引き寄せた。「きみにキスしたい。本来のきみに。悲しみに打ちのめされているきみに」

「何かが変わってしまうかもしれない」

エリザベスの言うとおりだ。ふたりは目に見えない一線を越えようとしている。これまでにもキスはしたが、あれはまったく違う種類のもので、彼女に惹かれはじめる前のことだ。だが、今はすっかり心を奪われている。いつのまにか止めていた息を吐き出すと、彼女も同じようにしたのがわかった。「じゃあ、キスをしなかったらどうなる？」

「あなたをちょっとだけ嫌いになりそう」彼女はそっとささやいた。互いの唇が今にも触れそうだ。「ううん、大っ嫌いになるわ」

次の瞬間、エリザベスの唇にキスをした。彼女が背中をそらし、おれのTシャツをつかんで自分のほうに引き寄せる。舌を絡めると、彼女の口から甘いため息がこぼれた。エリザベスはさらに身を寄せて膝の上にのり、すべてを与えるかのように情熱的に唇を重ねてきた。エリザベスを抱きあげてすぐさま家に連れ帰り、体の隅々まで愛撫したくてたまらなかった。ぎゅっと抱きあいながら、彼女の中に身を沈めたい。下唇を口で軽く噛んで引っ張ると、彼女もやさしくキスを返してから唇を引き離した。「本当のあなたを知りたいの、トリスタン。彼が必死に隠そうとしている心の闇を見てみたいの。わたしのお願いを聞いてくれる？」

「ああ、なんでも」

彼女はおれの胸に両手を当て、そこが規則正しく上下するさまをじっと眺めた。

「あなたが誰にも見せないようにしている部分を見せてほしい。一番傷ついている部分を。あなたの心の中を知りたいのよ」

23

エリザベス

トリスタンが例の小屋に連れていってくれた。

あそこには何があるのだろうと、ずっと不思議に思っていた場所だ。彼が鍵を開け、両開きのドアを開け放つ。中は暗くて何も見えなかったが、やがてトリスタンがひもを引いて照明をつけた。室内がぱっと明るくなると、彼はわたしを中へと導いた。

「チャーリーの……」周囲を見まわしてつぶやく。室内はさながら小さな図書室のようだった。本棚には小説がぎっしり詰まっている。『アラバマ物語』も、膨大なスティーヴン・キングの作品もあり、『ナルニア国物語』や『かいじゅうたちのいるところ』、『ボックスカー・チルドレン』『不思議の国のアリス』といったたくさんの子ども向けの本から、古典までそろっているようだ。本棚は手作りらしく、トリスタンが自分で作ったのだと察しがついた。

さらに、棚のひとつには恐竜や自動車や兵隊といったおもちゃだけが並んでいる。

でも何より心を揺さぶられたのは、おもちゃや本棚ではない。わたしは木の壁を見つめ、そこに刻まれた文字を読みふけった。壁じゅうが、短い手紙や思い出、そして謝罪の言葉で埋め尽くされている。

「息子が恋しくなるたびに……あいつのことを思い出すたびに、ここに刻んでいたんだ」わたしは彼の悲痛な言葉に指を走らせた。自分自身と対話するには、こうするしかなかったのだろう。今までずっと。

〝おまえを置いていって悪かった〟

〝そばにいてやれなくてごめん〟

〝もっと本を読ませてやるんだったな〟

〝一度も釣りに連れていけなかったよ〟

〝恋も知らないままだなんて、あんまりじゃないか〟

〝忘れられたらいいのに〟

〝おまえに会いたいよ……〟

「それに――」トリスタンがかすれた声で言う。「ジェイミーに書庫を作ってほしいと頼まれていたのに、明日でいいや、といつも先延ばしにしていたんだ。時間なんかいくらでもあると思っていた。でも、その〝明日〟が二度と訪れなくなって、自分だけが思い出とともに取り残されることもあるんだな」

彼は瞬きをして、必死に感情を抑えようとしている。心に抱えている苦しみや悲しみは、いまだに生々しいのだ。わたしは彼のほうに歩み寄った。「ふたりが亡くなったのはあなたのせいじゃないわ、トリスタン」

彼が首を横に振る。「いや、おれのせいだ。くだらない事業なんかのためにあちこち駆けずりまわったりしなければ、一緒にいてやれた。そうすれば、死なせずにすんだんだ」

「いったい何があったの？　ふたりに何が起こったの？」

トリスタンはうつむいた。「それは言えない。あの日のことは話したくない」

わたしは彼の顔をあげさせ、目をのぞき込んだ。「いいのよ。わかるわ。でも、あなたのせいじゃないのよ、トリスタン。それだけはわかってほしい。あなたは父親としても夫としても、最善を尽くしたはずだもの」彼の目が、そんなはずはないと言っている。いつかそう思える日が来ればいいと願わずにはいられない。「ふたりを失って、一番つらかったときは？　最初の一週間で、どん底まで落ちた瞬間はいつだった？」

トリスタンは少しためらってから口を開いた。「葬儀の前日、おれはふたりのあとを追おうとした」声がひどくざらついている。「両親の家のバスルームで死のうとしたんだ」

ああ、トリスタン……。

「結局命を絶つことはなかったが、鏡に映る自分の姿を見て、ふたりと一緒に自分の心も死んでしまったと思ったのは覚えている。それ以来、おれは死んだも同然だった。別にそれでかまわなかった。とにかく死にたくて仕方がなかったし、そのほうが楽になれると思っていた。不愉快で無神経なやつになろうと、どうでもよかったんだ。人に気に入られる資格なんかないと思っていたから。おれは亡霊みたいになって、両親さえも遠ざけていた。でもそんなとき、きみが目の前に現れて、この世にいるということをだんだん思い出すようになった」彼が唇を重ねてきたとたん、鼓動が速まった。声を聞くだけでぞくぞくする。「エリザベス」

「ん？」

「きみと一緒だと楽になるんだ」彼の手がわたしの腰を探し当て、ふたりの体がゆっくりとひとつになった。首筋を撫でられ、目を閉じる。トリスタンはわたしの心に向かって静かに語りかけているようだった。「生きることが」

大きく息を吸い込んだ。「あなたはすばらしい人だわ、トリス。本当にすばらしいのよ。あなた自身が、自分は価値のない人間だと思っていたときでさえ」

「今度はきみの心の中を見せてくれないか？」わたしはおずおずとうなずいた。そして彼を自分の家に連れていった。

「ラブレターかい？」ハート形の缶を開けると、ソファに座っていたトリスタンが尋ねた。

「ええ」

「スティーブンからもらったもの？」

わたしはかぶりを振った。「わたしの両親が出会ってから、毎日のように送りあっていたものなの。父が亡くなったあと、わたしは毎日これを読んでいたわ。父を思い出すために。

でもある日、母はすべて処分してしまった。それをわたしが見つけて……今でもしょっちゅう読み返しているのよ」

トリスタンはうなずくと、一通を手に取って読みあげた。「〝今、あなたはわたしの隣で眠っている。一秒ごとに愛が深まっていくわ――HBより〟」

読むたびに、ついつい微笑んでしまう内容だった。手紙を全部読んでみて、はじめてわかったこともある。「だけど父と母は、そんなふうに幸せなときばかりではなかったみたい」わたしは缶の中からある手紙を引っ張り出した。

「たとえばこれがそう。〝きみが女性としての自信を失っていることはわかってる。医者に言われたことを気にして自分を責めているんだろう。そして自分の体のせいで、ふたりの大切なものを失ったと思っているんだろう。でも、それは違うよ。きみは強くて聡明《そうめい》で、打たれ強い女性だ。人並みはずれてすばらしい女性なんだ。きみほど美しい女性はいないし、ぼくみたいに平凡な男がきみを女神と呼べるなんて、ぼくは本当に幸せ者だ――KBより〟わたしが生まれる前に、父と母が子どもを失っていたことさえ知らなかったの。何も聞かされていなくて……」かたい笑みを向けると、トリスタンはすべてを理解したようだった。「とにかく、はじめて真実の愛というものを知ったのは両親からだった。わたしもスティーブンと手紙のやりとりをしておけばよかったわ。すてきだったでしょうね」

「それが残っていないとしたら、さぞかし無念だろう」トリスタンが言った。

わたしはうなずいた。本当に無念でならなかった。

缶の蓋を閉め、彼のほうに近づく。

「きみのお母さんは、お父さんを失った悲しみをどうやって乗り越えたんだ？」

「乗り越えられなかったわ。次々と恋人を作って忘れようとしたの。母は父を失ったその日に、自分自身まで見失ったのよ。娘としては悲しいことだった。昔の母を恋しく思ってしまう」

「おれも両親が恋しいよ。ジェイミーとチャーリーが亡くなったあと、彼らに慰められて逃げ出したんだ。そんな資格なんかないと思ったから」

「電話してみたら？」

「それはどうかな……」低い声で言う。「まだ自信がない」

「そのうち、きっとできるはず」

「ああ、そうかもしれない。それで――」トリスタンは話題を変えた。「最初の一週間で、きみが一番つらかったときは？　どん底まで落ちた瞬間は？」

「そうね、エマに伝えたときかしら。すぐに知らせることさえできなかった。最初の晩、あの子を抱きしめながらベッドで横になっていると、パパはいつ帰ってくるのときかれて、思わず泣き崩れてしまったの。その瞬間、これは現実に起きたことなんだって悟ったわ。人生がすっかり変わってしまったんだって」トリスタンが両手を伸ばし、親指でわたしの涙をぬぐう。自分でも気づかないうちに涙がこぼれていた。「大丈夫よ、わたしは平気」

トリスタンが首を横に振る。「平気なはずがないだろう」

「平気よ。わたしは大丈夫」

彼は目を細めた。「四六時中、強がっている必要なんかないんだぞ。ときには悲しんだり、暗闇をさまようみたいに途方に暮れたりしていいんだ。悪い日があるからこそ、いい日がいっそうよく思えるんだから」

わたしはトリスタンの髪に手を差し入れ、唇を近づけた。「キスして」小声で言うと、彼の胸に手を当て、心臓の鼓動を指で感じた。

彼がためらいを見せた。「ここでキスしたら、おれたちはもう引き返せなくなる。今、きみにキスしたら……もう止められそうにないんだ」

わたしは舌でゆっくりと彼の下唇をなぞりながら口を開かせ、そっとささやきかけた。「キスしてほしいの」

トリスタンがわたしの腰に手をかけて引き寄せ、円を描くように撫ではじめた。あまりにぴったりと体を寄せあっているせいで、ふたりが別々の人間なのか、それともひとりの人間が内なる情熱に気づいただけなのかもわからなかった。

「本当にいいのか?」

「キスして」

「リジー……」

かすかな笑みを浮かべ、彼の唇に人差し指を当てる。「何度も同じことを言わせないで、トリスタン。わたしにキ――」

今度は最後まで言う必要はなかった。どうやって寝室まで運ばれたのかも、ほとんど覚えていなかった。

ドレッサーに寄りかかり、トリスタンに動きを封じられていた。しっかりとウエストをつかまれ、何度も唇を重ねた。彼の唇がわたしの唇をじっくりと探っていくうちに、キスが激しさを増していく。指で背中をなぞられた瞬間、背筋に電流が走った。彼がさらに身を乗り出し、舌でわたしの唇を開くと、わたしも喜んで舌を絡めた。きつく抱きしめられ、彼の背中に指を食い込ませてしがみつく。一番の宝物を抱きしめるように。実際、そのとおりだった。首を横に傾け、彼の髪に指を絡めて、またキスを求めた。もっと濃厚で、荒々しく、奪うようなキスを。

「トリスタン……」わたしが熱い息をこぼすと、彼も低くうめいた。トリスタンのシャツを引きあげ、その下に隠れている引きしまった体に触れてみる。彼の感じ方も、味わうようなキスの仕方もたまらなく好きだった。彼に恋しているという、この気分も。

こんなことはもうないと思っていた。粉々に壊れた心が、愛を求めてふたたび動きだすなんて。

トリスタンがわたしのヒップを抱えて持ちあげ、ベッドの端に座らせる。彼の息遣いが荒くなっている。気持ちが高ぶっているのだ。「きみが欲しくてたまらない、リジー」ため息まじりにそう言うと、わたしの耳に吸いつき、舌で顎をなぞってからまた唇を重ねた。彼の舌が、わたしを味わい尽くすかのように絡みついてくる。あえぎ声をもらすと、トリスタンの手がワンピースの中に滑り込んできた。脱がされたパンティが部屋の向こう側に放り投げられるのを、ただ眺めていた。彼のほうに引き寄せられ、脚を開かれたかと思うと、かたいものを押し当てられた。その飢えたような目つきを見て微笑みがもれる。そして、その瞬間に確信した——この人はこれからもずっとわたしを笑顔にしてくれる。

トリスタンはワンピースの裾をつかんで引きあげ、わたしの体を隅々までじっくりと眺めた。「ほら、腕を」つっけんどんな調子で命じられて両腕をあげると、ワンピースを脱がされ、彼がそれをまた部屋の隅に放った。「きれいだ」トリスタンはぼそりと言い、身をかがめて首筋にキスをした。彼の唇が肌に触れるたびに、胸がどきどきする。彼はブラジャーの曲線に舌を這わせながら、背中に手をやって留め金をはずし、また投げ捨てた。かたくとがった胸の先端を親指で円を描くように撫でられた瞬間、体に震えが走った。

彼のシャツを引きあげ、鍛えられた腹筋をあらわにする。「ほら、腕を」今度はわたしが命じる番だった。彼が両腕をあげる。わたしは散乱した服の上に、彼のシャツを放り投げた。胸元にまたキスをする時間ももどかしいとばかりに、彼はすぐさま胸のふくらみに舌を走らせ、執拗《しつよう》に責めたてた。胸がどんどん張ってくるにつれ、欲望も高まってくる。彼に触れてもらいたい。わたしを味わってほしい。「トリスタン……ああ、もう」彼の巧みな愛撫から逃れるように首をのけぞらせる。

「横になるんだ」またもや命じられた。言われたとおりにすると、わたしは目を閉じて胸元に指を滑らせた。期待のあまり、緊張しながらもぞくぞくする。次はいつ、どこに触れてくるの？

そのとき、トリスタンの舌を腿の内側に感じて、自然に腰が持ちあがった。

「きみを味わいたいんだ、リジー。きみのすべてを」ささやき声が聞こえたかと思うと、彼がわたしのヒップを自分のほうに引き寄せ、舌を滑り込ませる。ゆっくりと念入りに刺激され、彼の腕の中で身を震わせた。さらに強く激しく苛《さいな》まれているうちに、ますます欲求が募ってくる。じらすように舌でもてあそばれ、トリスタンの髪に指を絡めた。彼は熱く潤った部分に舌を這わせながら、二本の指をそっと差し入れてきた。ああ、早く迎え入れたくてたまらない。

「トリスタン……お願い」懇願しながら思わず腰をくねらせる。「あなたが欲しいの……」

トリスタンが身を離して立ちあがり、ジーンズのファスナーをおろしはじめる。

「どんなふうにしてほしいんだ？　どうやっておれに抱かれたい？」わたしの目を見つめたまま尋ねる。

「やさしくしなくていい」息を切らしながら、ようやく答えた。彼がジーンズを脱ぐあいだ、ボクサーショーツを突きあげているものから目が離せなかった。ボクサーショーツの縁に指を引っかけ、さっと引きおろす。「あなたが夜も眠れないほど苦しんでいる心の闇をわたしに見せて。その闇で、わたしにキスして」

トリスタンはベッドからわたしを抱きあげ、ドレッサーのほうを向いて立たせた。わたしは引き出しに両手をついた。彼はためらいがちにジーンズのポケットから財布を抜いてコンドームを取り出すと、包みを破り、自分のものに装着した。次の瞬間、背後に立った彼が全裸のわたしに体を押しつけてきた。指がわたしの背中をなぞりながらおりてきて、ヒップをつかむ。「リジー」彼の息遣いが、わたしのそれと重なった。「きみを傷つけるつもりはないよ」そう言うと、彼はわたしの左脚を持って抱えあげた。

わかっているわ、トリスタン。ええ、わかってる。

一気に押し入られて、わたしは声をあげ、背中を弓なりにした。彼は左手でわたしの左脚を抱えたまま、右手で胸を揉みしだいた。

荒い息を吐きながら言う。「すごくいいよ、リジー……ああ、すごい……」言葉は途中でとぎれたが、それでもわたしの体を満たし続けた。トリスタンの存在をものすごく身近に感じる。体だけではなく、闇を抱えた心のずっと奥のほうでも。目頭が熱くなってくる。彼はすてきで、恐ろしくて、生々しかった。

これは夢じゃない。現実なんだわ。

トリスタンが体を離し、わたしに前を向かせる。

そしてわたしを持ちあげ、両脚を自分の腰に巻きつけさせた。落ちないように、彼にしがみつく。彼がもう一度わたしの体を満たし、ふたりで額を寄せあった。「目を閉じないでくれ」彼の目に浮かんでいるのは欲望と情熱と……愛だろうか？

もしかすると、トリスタンに対するわたしの愛情が映し出されているだけかもしれない。

どちらにせよ、そういう気持ちになれたのがうれしかった。彼は荒々しく腰を突きあげては、じらすようにゆっくりと引いている。わたしの快感の源がうずきはじめた。目を閉じてしまいそうだ。だめ、ちゃんと目を開けておくのよ。彼を見つめていなくちゃ。

ああ、もうだめだわ……。

歓喜の瞬間が近づいている。めくるめく快感にわれを忘れてしまいそうだ。わたしは今、トリスタン・コールと深くつながっている。「もうだめ……」低くつぶやいた次の瞬間、体の芯から震えがのぼってきて、高みにのぼりつめた。言葉が出ない。目を閉じていると、彼が唇を重ねてくるのがわかった。わたしは彼の腕の中で身を震わせた。

「すてきだよ、リジー。おれに抱かれて、きみがわれを忘れる瞬間がたまらなく好きだ」わたしが熱い息をこぼすと、トリスタンが唇を寄せて微笑んだ。

「あなたのすべてが欲しいの。お願いよ」

「おれはきみのものだ」

その晩、わたしたちは互いの腕の中で眠りに落ちた。真夜中に目を覚ますと、ふたたび体を重ね、ふたりがひとつになっていることを確かめあいながら、同時にわれを忘れた。翌朝、また体に触れあった。わたしの中に入ってくるたびに、彼は何かに詫《わ》びているようだった。唇を重ねるたびに、わたしの許しを請うているようだった。彼が瞬きをするたびに、心の中を見せてくれているのがわかった。

24

エリザベス

目が覚めて寝返りを打ち、隣にトリスタンがいないことに気づいた。前夜の出来事は夢だったのかもしれないと心のどこかで思いながら手を伸ばすと、指先に何かが触れた。隣の枕の上に手紙が置いてある。

〝いびきをかいているきみもきれいだよ――TCより〟

その手紙を胸に抱えて何度も読み返した。しばらくして芝刈り機の音が聞こえてきたとき、ようやく手紙を読むのをやめ、ショートパンツとタンクトップにすばやく着替えた。トリスタンがわが家の芝生を刈る姿を見たかったし、そっとキスをしたかった。ところがポーチに出たとたん、その場に立ちすくんだ。

トリスタンはわが家の芝生を刈っているのではなかった。

彼は自分の庭の芝生を刈っていた。

他人から見れば、自宅の庭の芝を刈っているからといって、別に大騒ぎすることではないだろう。でも、これはものすごく意味のあることなのだ。トリスタン・コールは何カ月ものあいだ、夢遊病者のように無自覚に生きてきた。それがついに今日、ゆっくりと目覚めようとしている。

トリスタンとわたしは短い手紙を付箋紙に書き、お互いの家のどこかに貼りつけておくようになった。わたしたちの手紙は、パパとママが送りあっていたようなロマンティックなものとは違う。内容はだいたいたわいのないものだけれど、わたしはそのほうが気に入っていた。

〝あなたはかわいいお尻をしてるわね——EBより〟

〝おれが芝を刈っているあいだに、きみがポーチに座っていかがわしい本を読んでいるとき、物語が佳境に入ると、顔が真っ赤になってるぞ。さては、ミスター・ダーシーがエリザベスの体にちょっかいを出しているんだな——TCより〟

〝あなたが『高慢と偏見』の登場人物の名前を知っているだなんて、心配するべきなのか喜ぶべきなのか悩ましいわ――EBより〟

〝「超」がつくほど、きれいだ、きみは――TCより〟

〝トントン――EBより〟

〝誰だ?――TCより〟

〝わたしよ。今夜、真夜中に会いに来て。抱きしめてもらいたいの――EBより〟

〝悪夢と夢の狭間にある例の場所を知っているね? あそこでは、明日も来なければ、昨日に苦しめられることもないだろう? きみとおれの鼓動がぴったりと合うだろう? あそこには時間が存在しないから、楽に呼吸ができるだろう? おれはきみと一緒にあの場所で生きたいんだ――TCより〟

25

エリザベス

それから数週間が経った頃には、トリスタンはわたしにキスしているとき以外は、エマと舌戦を繰り広げるようになっていた。ふたりはどうでもいいようなことで言い争いをはじめるのに、最後にはいつも一緒に笑い転げている。

「だから『アベンジャーズ』の中で一番すごいのは、アイアンマンだって言ってるだろう」トリスタンはそう言うと、テーブルをはさんで向かいに座っているエマに向かってフライドポテトを投げつけた。

「嘘だ！　アイアンマンはキャプテン・アメリカみたいに、かっこいい盾《シールド》を持ってないもん！　ティックはなんにもわかってない！」

「おれにはなんでもわかるんだよ、これでも食らえ！」彼がエマに向かって舌を突き出すと、エマもげらげら笑いながら、ぺろっと舌を出した。

「なーんにもわかってないの！」

ふたりのやりとりは毎晩こんなふうにしてはじまる。わたしはこの新しい習慣を楽しむようになっていた。

ある晩、エマを寝かしつけたあと、トリスタンとわたしはリビングルームの床に寝そべり、それぞれ本を読むことにした。わたしは『ハリー・ポッター』の本をしっかりとつかみ、彼は聖書に視線を注いでいた。ときおりトリスタンのほうにちらりと目をやると、彼はかすかに微笑んでこちらを見つめ返し、また聖書に視線を戻した。

「さてと」本を膝に置いて、わたしは言った。「聖書を途中まで読んでみた感想は？」

トリスタンが笑いながらうなずく。「考えさせられる内容だな。いろんなことをもっと知りたくなるよ」

「だけど？」そのあとに〝だけど〟が続くことは予想がついた。

「だけど……九六パーセントはちんぷんかんぷんだ」彼はくすくす笑いながら本を置いた。

「あなたは何になりたいの、トリスタン？」

意味がわからないと言いたげに、彼が目を細めてこちらを見る。「うん？」

「何になりたいの？」もう一度きいた。「こういう話は一度もしたことがなかったから、ちょっと興味があるのよ」

トリスタンが鼻筋をこすりながら肩をすくめる。答えに困っているようだ。

「さあ、どうだろう。以前は父親であり、夫だった。でも今は……さっぱりわからないな」

わたしは小さなため息をつき、顔を曇らせた。「わたしの目に映っているあなたの姿を、見せてあげられたらいいんだけど」

「どんなふうに映っているんだ？」

「やる気にあふれた人よ。頼もしくて勇敢で。深い愛情を持っている人。面倒なことから逃げ出さない人。わたしには無限の可能性が見えるわ。あなたは頭がよくて才能ある人なのよ、トリスタン」彼が身をすくめたので、わたしは首を横に振った。「本当にそうなの。あなたなら、どんなことだってできるわ。全力で取り組めばどんなことでも。木工の技術もすばらしいじゃない。その技術を生かして、何かはじめられるかもしれないわよ」

「以前ならね。父とふたりで事業をはじめようとしていて、あの事故の日も飛行機でニューヨークへ向かうところだった。ビジネスパートナーになることに興味を示してくれた人たちと会うことになっていたんだ」

「それは実を結ばなかったの？」

トリスタンはかぶりを振った。「ニューヨークにさえたどり着けなかった。乗り継ぎのためにデトロイトに着陸して携帯電話の電源を入れたとたん、ジェイミーとチャーリーのことを知らせるメールが山のように届いたんだ」

「それが……」

「人生最悪の日になった」

言葉を返そうとしたそのとき、廊下を走ってくる足音が聞こえた。

「ママ！　ママ！　ねえ、見て！」エマが言った。片手に自分のポラロイドカメラを、もう一方の手には白い羽根を二枚持っている。

「ちゃんと寝なきゃだめでしょう」

娘は不満の声をあげた。「わかってる。でも、ママ、これ見て！　白い羽根が二枚も落ちてたの！」

「あら、パパがあなたに二度もキスしてくれているのね」

エマは首を横に振った。「違うよ、ママ。これはパパの羽根じゃないの」トリスタンのもとに行き、二枚の羽根を手渡す。「これはトリスタンの家族から」

「おれの？」彼の声は震えていた。

エマはうなずき、秘密めかしてささやいた。「これはね、愛してるってことなんだよ」カメラを持ちあげる。「ねえ、写真を撮ろうよ。ママも入って！」わたしたちは言われるままにレンズにおさまった。エマが出てきた写真をトリスタンに手渡すと、彼は何度も礼を述べた。

「さあ、もう寝る時間よ。眠くなるまで本を読んであげましょうか？」

「トリスタンに読んでもらってもいい？」あくびをしながらエマが尋ねる。

探るような目を向けると、彼はうなずいて立ちあがった。「ああ、もちろん。さあ、何を読む？」トリスタンが問いかけ、眠たげなエマを抱きあげる。

「『キャット・イン・ザ・ハット』がいい」とエマ。「でも、ゾンビみたいに読んでよね」

トリスタンがにんまりする。ふたりが廊下を歩いていくと、彼の声が聞こえてきた。

「まかせとけ。おれはうまいんだぞ」

エマの寝室の前で、わたしは廊下の壁にもたれて座りながら、トリスタンがエマに本を読み聞かせる声に耳を澄まし、お粗末なゾンビの口調にくすくす笑う娘の声に聞き入った。エマは幸せそうだ。それだけで人生がぱっと明るくなった気がしてくる。親として、わが子の笑顔に勝るものは何もない。エマを笑顔にしてくれたトリスタンには、どんなに感謝しても足りないぐらいだ。

「ねえ、ティック」大きなあくびとともにエマが言う。

「なんだい、お嬢さん？」

「家族のこと、かわいそうね」

「大丈夫だよ。パパのこと、かわいそうだったな」

部屋をのぞき込んでみた。トリスタンが本を胸に抱えながら、エマのベッドのかたわらに横たわっていた。ゼウスはエマの足元にぴったりとくっついている。エマがまたあくびをした。「パパに会いたいな」

「パパもきっとそう思ってるよ」

エマが目を閉じ、体を丸めた。眠りに落ちようとしているようだ。「ねえ、ティック」まどろみの中で、エマがささやいた。

「なんだい？」

「ティックもゼウスも大好き。でも、ゾンビの声はへたくそ」

トリスタンは鼻筋を押さえて洟をすすると、立ちあがってエマに上掛けをかけた。そして彼女の腕の中にそっとブッバを滑り込ませる。「おれも大好きだよ、エマ」部屋を出ようとして向きを変えたとき、彼がわたしの視線に気づいて微笑んだ。わたしも笑みを返す。「さあ、行くぞ、ゼウス」呼びかけると、ゼウスは尻尾を振るものの、その場を動こうとしない。トリスタンが眉をあげた。「ゼウス、来るんだ。家に帰るぞ」

犬はくんくんと哀れっぽく鳴き、さらにエマに身を寄せて体を丸めた。

わたしは吹き出した。「とんだ裏切り者を飼っているのね」

「仕方がないな。今夜はこいつを泊めてもらっていいか？」

「ええ、もちろん。あなたとゼウスがここで数日を過ごしてから、ゼウスはエマと一緒にいるのにすっかり慣れたみたい」

トリスタンがドアに寄りかかって様子をうかがっていると、ゼウスはエマの腕の中にいるブッバのもとにすり寄っていった。エマが夢の中で微笑みながら、ゼウスをぎゅっと抱きしめる。トリスタンが腕組みをした。「おれとは違って、きみが完全に理性を失わずにすんだ理由がわかったよ。エマがいたからなんだな。この子は……本当にすばらしい。この世界のいいものをすべて集めたような子だ」

「ええ」わたしはうなずいた。彼の言うとおりだった。

一一月の二週目、メドウズクリークは激しい豪雨に見舞われていた。わたしはポーチに座り、猛烈な勢いで芝生に打ちつける雨を見つめていた。まだ初雪が降っていないのは意外だったが、この数週間のうちに一面が真っ白な雪に覆われるだろう。

空がみるみる暗くなってきて、大きな稲妻が走った次の瞬間、雷鳴がとどろいた。エマは家の中でぐっすり寝ている。眠りの深い子でよかった。そうでなければ、今頃は怖がっているはずだ。わたしの隣にはゼウスが座っていて、目を開けたり閉じたりしながら雨粒を眺めている。気だるさと必死に闘っているようだが、どうやら負け戦《いくさ》に終わりそうだった。

「エリザベス！」トリスタンが大声で叫びながら、自分の家の裏手から走ってきた。彼が近づいてくるにつれ、全身が熱くなってくる。トリスタンは全身ずぶ濡れになってポーチの階段の一番下まで来ると、手のひらを膝に置き、雨に打たれながら息を整えた。

「どうしたの？」声が震える。彼はひどく興奮しているようだ。階段をおりて雨に濡れながらそばまで行くと、身を起こした彼の胸に両手を当てた。「大丈夫？」

「いや」

「何があったの？」

「小屋にいたら、きみのことが心に浮かんだんだ」トリスタンが指を絡めてきて、自分のほうに引き寄せた。胸が激しく高鳴り、一気に緊張が高まる。彼の口から出てくる言葉を一言一句聞き逃すまいと、唇をじっと見つめた。「そうしたらいてもたってもいられなくなって、走ってきた。きみのことを思い浮かべるのをやめようとしたんだ。頭から振り払おうとした。でもどうしても頭から離れなくて、胸がどきどきしてくるんだ。つまり、その……」トリスタンは身を寄せ、顔を近づけてきたかと思うと、わたしの下唇にそっとキスをした。彼の体から発せられる熱が伝わってきたとたん、雨の冷たさがかき消される。いつのまにか彼はわたしにとって、過去の苦しみや悲しみを追い払ってくれるあたたかな毛布のような存在になっていた。トリスタンが震える声で続ける。「つまり、どうやらおれは、きみに恋してしまったみたいなんだ」

「トリスタン……」

彼がうなずく。「大丈夫なんかじゃないだろう？」

「ええと……」

トリスタンはわたしの下唇を舌でなぞり、やさしく口に含んだ。「どうしようもないんだ。だから、リジー……いやなら、今すぐそう言ってくれ。おれはここを離れて、きみへの想いを断ち切るから。迷惑に思うなら、おれを突き放してくれ。きみが別れたいなら、おれは従う。だけど少しでもその気があるなら――こんなおれを受け入れる気持ちがほんのちょっとでもあるなら、抱き寄せてくれないか」

胃の中に罪悪感のようなものが居座っていた。地面に視線を落とす。「なんて答えればいいのか、今はまだ……」

彼が指先でわたしの顎を持ちあげた。「いいんだ」低い声で言う。「おれがちゃんと愛しているからいいんだ」

わたしは目を閉じた。呼吸をするたびに、これまでにないほど気分が落ち着いてくる。男性から愛の言葉をささやかれる日が、また訪れるとは思ってもみなかった。相手がトリスタンでよかった。ようやく立ち直れたような気がする。

彼の熱い息がわたしの唇にかかっている。彼の息遣いに心が癒された。わたしたちはそれから少しのあいだ、雨の中に立っていた。そしてふたり一緒に、あたたかな家の中へ入った。

26

トリスタン

「おたくの犬の散歩をさせてもらえないかしら」わが家のポーチに突っ立ったまま、フェイが言った。彼女は全身黒ずくめで、布製の手袋と帽子まで真っ黒だ。夜はもうふけていて、おれはミスター・ヘンソンの店での仕事を終えて、ちょうど帰宅したところだった。

おれは眉をつりあげた。「はあ?」

フェイはため息をつき、手のひらで自分の顔をぴしゃりと叩いた。「あのね、いつもは何かあったら、リズのところに行くのよ。でも今頃はきっとエマを寝かしつけたりして、何かと忙しいはずなの。だから彼女の恋人のところに行って、直接頼んでみようと思ったわけ」

ぽかんとしていると、フェイがにやりとした。

「いいからつきあって。本気で言ってるのよ」

ゼウスにリードをつけて近所を歩きまわるのは、これでもう四周目だった。そのあいだ、フェイはあれこれと自分の意見を披露した。

「それにしてもゼウスだなんて、ずいぶんごたいそうな名前を犬につけたのね。どうかしてるとしか思えないわ」

おれは作り笑いを浮かべた。「息子のチャーリーがつけたんだ。『パーシー・ジャクソンとオリンポスの神々』シリーズの『盗まれた雷撃』を読んで以来、ギリシア神話の世界にすっかり夢中になってね。その本を読んでから、ギリシア神話の神々について何カ月も一緒に調べたほどだ。ゼウスっていう名前もすごく気に入っていた。そんなとき、保護施設にいた犬にも心を奪われて、犬なんかにそんな偉大な名前はふさわしくないと言い聞かせたんだが、あいつはこう言ったんだ。〝大きさなんか関係ないよ、パパ。こいつはやっぱりゼウスなんだ〟」

ほんの一瞬フェイは顔を曇らせたが、すぐにまた例の冗談めかした調子に戻って目をぐるりとまわした。「まったくもう、亡くなった息子さんの話を持ち出して、わたしの気分をめいらせようって魂胆なの？」

おれは笑い声をあげた。彼女がいたずらっぽい目をしていたからだ。「そうかもな」

「悪趣味ね」フェイはぼそりと言うと、涙をぬぐうところを見られないように向きを変えた。

おれは見て見ぬふりをした。

「でも、なんでこんなことにつきあわなきゃならないんだ？」

「全部あいつの——マッティのせいなのよ！」そう叫んだ声はかすれていた。「何かしていないと腹の虫がおさまらないし、悲しくなってきちゃうのよ。悲しんだりしたら、あいつの勝ちを認めることになっちゃうじゃない。今夜あいつから電話がかかってきて、前の奥さんとよりを戻すことになったって聞かされて、じつは最初から主導権を握っていたのは向こうだったんだと気づいたことになっちゃうのよ。それって、わたしがあのくそったれに恋してて、信じていたのに裏切られて、傷ついたことになるわ。わたしは恋なんかしないの！　絶対に傷ついたりしないんだから！」

目に涙があふれてきたが、フェイは瞬きをしようとしなかった。涙がこぼれ落ちてしまうからだ。彼女にとって、涙は弱さのしるしであり、自分の弱さを感じることだけは何があっても避けたいことなのだ。

「でも、今は心が壊れちゃいそうなの。身も心もぼろぼろになりそうなのに、親友のところに行って話を聞いてもらうこともできない。だって、その親友はすごく好きだった夫を亡くして、とんでもなくつらい一年を過ごしたのよ。あなたのところにも来るべきじゃないってわかってた。あなただって、つらい一年を過ごしてたみたいだから。だけど、どうすればいいのかわからないの！　胸が張り裂けちゃいそうなのよ！　だいたい、なんでなの？　こんな気持ちを味わうかもしれないのに、どうしてみんな恋なんかするのよ？　人間はどうかしてるんじゃない？　人間なんてめんどくさくて、もううんざりよ！　だって、すごくいい気分になるでしょう？　恋をすると幸せな気分になるのよ」彼女は身を震わせ、息もつけないほど次々と涙をこぼしていた。「けれど魔法のじゅうたんが取り払われたとたん、うれしくて幸せな気持ちまで一緒になくなっちゃうの。そしたら心はどうなるの？　ただ傷つくだけじゃない。なんの断りもなく壊れちゃうのよ。ただ途方に暮れながら、粉々に砕け散った心のかけらをぼんやりと見つめるしかないの。だって、それまで持っていたはずの意思も常識も消え去ってしまったんだから。愛なんてくだらないもののためにすべてを手放したら、ぼろぼろになるだけなのよ」

おれはすかさずフェイの体を両腕で包み込んだ。彼女が嗚咽をもらしたので、腕にさらに力をこめる。ふたりでしばらく街角に突っ立ったまま、おれは泣きじゃくるフェイの頭の上に顎をのせていた。

「結局あいつはわたしのことなんて、愛してなかったってことよね？　口ではそう言ってたけど、要はセックスがしたかっただけなのよ。奥さんとは別れたと言ってたくせに、わたしがメールで呼び出されるのは、いつも深夜の三時頃だった」

「ろくでもないやつだな」

フェイがうなずく。「なぜかそういう人ばかり好きになっちゃうのよね。両想いの相手に出会うってどんな感じなのかしら。ほら、お互いが好きでたまらなくて、微笑みながら見つめあったりするような関係ってあるじゃない」

「最低な男だとわかっていて、どうしてそういう連中に体を許すんだ？」

「いつかわたしを愛してくれるんじゃないかと思うから」

「服を着たまま恋をすることだって、できるんじゃないかな」

「ささやかな夢なんだけどな」彼女はぎこちない笑い声をもらした。目はすっかり自信を失っている。「だけど、こんなくだらない恋はもうおしまい。わたしの負けね」

「でも無意味ではなかっただろう、フェイ」彼女の目をのぞき込んだ。泣きはらして赤くなっている。「一瞬でも幸せな時間があったのなら、失恋も無意味じゃないし、粉々に砕け散った心はもとどおりになるんだ。つまり、ひびや傷は残るし、過去の記憶がひりひりすることもあるだろうが、その程度だってことさ。乗り越えた証《あかし》みたいなものだよ。ひりひりするってことは、生まれ変わったってことなんだ」

「あなたも生まれ変わったの？」

おれはエリザベスの家のほうに目を向けてから、フェイと視線を合わせた。

「今まさに生まれ変わろうとしているところだ」

ようやく家へ戻ると、彼女は礼を述べて自分の車に乗り込もうとした。「トリスタン」鼻をひくひくさせながら呼びかける。

「なんだ？」

「今夜のわたしは大人げなくて扱いにくかったでしょうに、あなたは父親みたいにやさしく面倒を見てくれた。チャーリーはあなたみたいなパパを持って幸せだったはずよ」

思わず笑みが浮かんだ。フェイには想像もつかないほど、その言葉はおれにとって大きな意味を持っていた。

「あっ！」彼女が大きな声を出す。「あなたを〝ろくでなし〟なんて呼んでごめんなさい」

「そんなふうに呼ばれた覚えはないぞ」

フェイはかぶりを振った。「ううん、呼んでたの。それじゃ、おやすみ」そのまま逃げるように帰っていく。ついさっきまで泣いていたとは思えないほど、幸せそうな表情で。

27

エリザベス

「ねえ、ちょっと、そんなところにぼさっと突っ立って、じろじろ見るのはやめてもらえないかしら。わたしに会えてうれしくないの？」ママが笑みを浮かべ、わが家のポーチに立っていた。手にはスーツケースをさげている。

「どうしたの？」わけがわからず尋ねた。玄関の外に目をやると、家の前にBMWが止まっている。今度はいったい何に深入りしているのだろう？　あるいは〝誰に〟と言うべきか。

「どうしたですって？　母親が娘を訪ねちゃいけないの？　電話には出てくれないし、娘と孫にだって会いたくなるわよ。訪ねてきたのがそんなに悪いことなの？　挨拶のハグもしてくれないなんて！」ママは気色ばんだ。

わたしは身を乗り出して、ママの体に手をまわした。「突然でびっくりしたのよ。電話できなくてごめんなさい。ちょっと忙しくて」

ママが目を細める。「ねえ、おでこから血が出ているんじゃない？」

わたしは額に指を走らせ、肩をすくめてみせた。「ケチャップよ」

「なんでそんなところにケチャップがつくのよ？」

「おまえのぉぉ、脳みそをぉぉ、食べてやるぅぅぅ！」トリスタンがゾンビに仮装したエマを追いかけながら、玄関ホールをやってくる。両手にスパゲッティを持ち、顔からケチャップを垂らして。

ママは首をかしげ、彼の動きを目で追った。「なるほど、忙しそうね」

「そんなんじゃなくて――」言い返そうとしたそのとき、エマが割り込んできた。

「おばあちゃん！」エマは大声をあげてドアの前まで走ってくると、祖母の腕の中に飛び込んだ。

「まあ、わたしのかわいいお嬢ちゃん」ママがケチャップまみれになりながら、エマを抱きしめる。「あらあら、今日はずいぶん汚れているのね？」

「ママとティックとあたしで〝ゾンビと吸血鬼ごっこ〟をしてたの！」

「ティック？」ママがわたしのほうを向いて眉をつりあげた。「あなたはダニ《ティック》なんて名前の男性を家に入れてるの？」

「わたしがどんな男性を家に入れるかに口出しをする気？　自分のことは棚にあげて？」

ママはいたずらっぽい笑みを浮かべた。「一本取られたわね」

「トリスタン」わたしが呼ぶと、彼はケチャップまみれの髪を指で整えながら近づいてきた。

「うん？」彼はわたしに微笑みかけたあと、ママのほうを向いた。

「母のハンナよ。ママ、こちらはお隣さんのトリスタン」

トリスタンと視線が合った。わたしの紹介の仕方にがっかりしたらしく、彼は一瞬口元をゆがめたが、すぐ笑顔になってママと握手をした。「はじめまして、ハンナ。お噂はかねがねうかがっていました」

「おかしいわね」ママが会釈をした。「わたしのほうは一度もあなたの噂を聞いてないなんて」

沈黙。

気まずい沈黙だ。

「この気まずい空気の中に加わったほうがいいのかな？　それとも車で待っていたほうがいいかい？」男性が冗談めかした口調で言いながら、スーツケースを持ってポーチの階段をのぼってきた。眼鏡をかけ、マスタード色のボタンダウンのシャツは黒いジーンズにたくし込まれている。

今度はずいぶん野暮ったい男性にのぼせあがっているのね。まるで魔法使いみたい。

また沈黙が流れた。

途方もなく気まずい沈黙だった。

男性が咳払いをして、トリスタンに向かって片手を差し出した。わたしと違って、トリスタンは困惑した表情を浮かべていなかったからかもしれない。「マイクです」

「はじめまして、マイク」トリスタンが応える。

「リチャードはどうしたの？」わたしはママの耳元でささやいた。

「もう終わったわ」

信じられない。

「それでね、今晩ここに泊めてもらいたいのよ。ホテルに部屋を取ってもいいんだけど……みんなで夕食をとりながらのんびりしたら、楽しいと思うの」

「ママ、今夜はわたしの誕生日パーティーがあるのよ。エマはキャシーとリンカーンのところへ泊まりに行くことになっているし」つい顔をしかめていた。「前もって電話してくれたらよかったのに」

「電話しても出ないんだもの」ママは顔を赤らめ、きまり悪そうに指をいじりはじめた。

「電話に出てくれないのはあなたのほうでしょう、リズ」

こうしていつも親不孝な娘になった気分にさせられるのだ。「パーティーの前に、食事だけだったら……ママの好きなものでも作りましょうか？　エマの面倒を見てもらってもいいし。キャシーに電話して、予定をキャンセルしていいかきいてみてもかまわないけど」

ママの頬にさらに赤みが増し、笑みが広がった。「そうしましょう！　ティックも……いえ、トリスタンもぜひ一緒にどうぞ」ママは顔をしかめてトリスタンの体に視線を走らせた。

「だけどその前に、シャワーを浴びたほうがよさそうね」

「やっぱりあなたが作るチキン・パルメザンは最高だわ、リズ」ママがわたしの料理を褒めた。わたしたちはみんなでテーブルを囲んで座っている。

「彼女はお世辞で言っているんじゃないよ、じつにすばらしい味だ」マイクが相づちを打った。わたしはこわばった笑みを浮かべ、ふたりに礼を言った。マイクはなかなかいい人に見える。前に一緒にいたあの感じの悪い男に比べれば、なかなかの進歩だ。マイクはときおりテーブル越しに手を伸ばしてママの手を握っているけれど、わたしはなんだか彼が気の毒に思えてきた。彼はすっかりのぼせあがった目でママを見つめている。でも、彼がママに傷つけられるのは時間の問題だ。

「それで、マイク、あなたはどういうお仕事を？」トリスタンがきいた。

「ああ、ぼくは歯科医なんだ。父が一年以内に引退するそうだから、そうしたら家業を継ごうと思ってる」

なるほど、そういうこと。ママは人よりも大きな財布を持っている男性を選ぶすべを心得ている。

「それはすごいな」トリスタンが言う。みんなはそれからも当たりさわりのない会話を続けていたが、わたしはまったく聞いていなかった。わたしの目は、マイクがママの手をマッサージする様子に釘づけになっていた。こんなふうにいつも男性の気持ちにつけ込んで、うしろめたい気持ちになったことはないのだろうか？　どうして罪悪感を覚えずにいられるんだろう？

「それで、ママたちはどんなふうにして出会ったの？」そう口走ったとたん、全員の視線がわたしに集まった。胸が締めつけられるような感じがする。ママがまたもや新しい恋人を見つけたことにげんなりしていた。「ごめんなさい。ちょっと興味があるだけなの。このあいだまで、ロジャーという男性とデートしてるって聞いていたものだから」

「リチャードよ」ママが訂正した。「彼の名前はリチャード。はっきり言わせてもらうけど、あなたのその口調は不愉快だわ、リズ」ママの顔がみるみる赤くなっていく。羞恥心のせいであれ、怒りのせいであれ、あとでこっそり叱られるのは間違いない。

マイクがママの手をぎゅっと握る。「いいんだよ、ハンナ」ママが深く息を吸い込んだ。まるで彼の言葉さえ耳にしていれば気が静まると言わんばかりに。ママの肩から力が抜け、頬の赤みがすうっと消えていく。「じつはきみのお母さんとは、うちの診療室で出会ったんだ。リチャードはぼくの患者で、彼が根管治療を受けていたときに彼女も一緒に来ていたんだよ」

「なるほどね」わたしはぼそりとつぶやいた。恋人とつきあっているあいだに、すでに別の男性を物色していたわけだ。

「きみが思っているようなことじゃないんだ」マイクが笑みを浮かべる。

「気にしないでください。母のことならよくわかっていますから。やっぱり思ったとおりだわ」

ママが目を潤ませると、マイクが手を握ったままママを見つめた。ふたりは言葉を交わさなくても、お互いの気持ちが完璧に理解できるようだった。ママがこくりとうなずくと、マイクがわたしを見据えた。「いずれにしても、そんなことはどうでもいいんだよ。重要なのは、ぼくたちが今幸せだってことなんだから。つまり順調だということなんだ」

「むしろ順調すぎるぐらいだから……わたしたち、結婚することにしたの」ママが言った。

「えっ？」わたしは叫んだ。顔からさっと血の気が引いていくのがわかる。

「だから――」

「そうじゃなくて。一度言えばじゅうぶんよ」わたしはエマに向かって微笑んでみせた。

「エマ、今夜着るパジャマを選んでおいで」娘は少しのあいだ不平をもらしていたが、やがて椅子から飛びおり、自分の寝室へ向かった。「結婚するってどういうこと？」どうやらふたりは婚約したらしいとわかっているのに、ついきいてしまった。わたしはすっかり面食らっていた。

というのも、ママがこれまで絶対にしなかったことがふたつあるからだ。

その一、恋に落ちること。

その二、結婚について話すこと。

「わたしたちは愛しあっているのよ、リズ」

なんですって？

「それもあって訪ねてきたんだよ。きみに直接伝えたかったから」マイクはそう言うと、ぎこちない笑い声をあげた。「でも、なんか気まずいな」

「今日のテーマは〝気まずい〟で決まりだ」トリスタンがうなずく。

わたしはママのほうを向き、声を落としてきいた。「借金はどれくらいあるの？」

「エリザベス！」ママが声を引きつらせる。「やめてちょうだい」

「家を手放さないといけないような状況なの？　お金が必要なら、わたしに言ってくれればいいのに」息苦しさを覚えて目を細めた。「それとも病気なの？　ねえ、ママ、どこか悪いところでもあるの？」

「リジー」トリスタンが腕を伸ばして手に触れてきたが、わたしはさっと手を引いた。

「ちょっと言ってみただけよ」含み笑いをもらし、両手で髪をかきあげる。「だって借金がなくて命に関わる病気でもないのなら、なぜそんな早まったことをするのかわからないんだもの」

「たぶん愛しているからよ！」震える声で叫ぶと、ママは席を立った。「そしてひょっとしたら、娘も一緒に喜んでくれるんじゃないかと思ったから。でも、どうやら厚かましい望みだったようね。もういいから、今夜はパーティーに行ってらっしゃい。朝が来たら、もう二度とあなたには迷惑をかけないから！」

ママは憤然と立ち去ると、客間に入ってドアをばたんと閉めた。マイクがこわばった笑みを浮かべ、ちょっと様子を見てくると言って席をはずした。

「まったくもう！」わたしも立ちあがった。「信じられないと思わない？　なんなのよ、あの……芝居がかった態度は！」

トリスタンがにやにやしている。

「何がおかしいの？」

「いや、ただ……」

「ただ、なんなのよ？」

彼は笑った。「ただ、きみはお母さんによく似ているんだなって」

「ちっとも似てないわ！」甲高い声をあげた。もしかすると声が大きすぎて、いくぶん芝居がかっていたかもしれない。

トリスタンはまだ笑っている。「怒ると鼻がふくらむところとか、照れたときに唇を噛むところなんかも」

うんざりして彼をにらみつけた。「そんな話、聞きたくもないわ。ちょっと着替えてくる」憤然とその場を離れようとして、途中で立ち止まる。「わたしの場合は癇癪《かんしゃく》を起こして立ち去るわけじゃありませんからね！」

そう言いながらも、どうやらばたんとドアを閉めていたらしい。

まもなく寝室のドアが開いた。トリスタンが例によって落ち着き払った態度で、戸枠に寄りかかっている。「そっくりじゃないか」

「母は自分が抱えている問題を忘れるために男性を利用しているの。めちゃくちゃな人なのよ。マイクだって、そのうち捨てられるに決まってる。結局、父の死を乗り越えていないから、何ひとつ引き受けることができないのよ。今にわかるわ。気の毒なマイクは結婚してもずっと幸せでいられると思っているようだけど、蓋を開けてみたら幸せは続かなかったってことになるんだから。人生はおとぎばなしのようにはいかないのよ。ギリシア悲劇みたいなものなの」

トリスタンが首のうしろを撫でた。「だけどおれたちも、同じことをしていただろう？ スティーブンとジェイミーがいない寂しさを埋めるために、お互いを利用していたんじゃないのか？」

「それとは違うわ」指先で小刻みに脇腹を叩くた。「わたしはママと全然似ていないもの。そんなふうに考えるなんて心外よ」

「それは失礼。余計な口出しだった」彼はしぶい顔になり、親指で顎をさすった。「おれはただの〝お隣さん〟だもんな」

ああ、トリスタン。

「あれは……そんなつもりで言ったんじゃないのよ」わたしは最悪の人間。それだけはたしかだ。

「いや、別にいいんだ。事実なんだから。おれがばかだったよ。てっきり……」トリスタンは咳払いをして、ジーンズのポケットに両手を突っ込んだ。「いいかい、リジー。おれたちはふたりとも、まだ嘆き悲しんでいる最中だ。だからこそ、こんなことをおっぱじめちまったんだろう。ふたりがどんな関係であれ、完全に間違ったやり方だったんだよ。だから、ただの隣人でいたいと言われたからって、きみを責めるつもりはこれっぽっちもない。ふん、くそっ……」神経質そうに笑い、わたしの目をまっすぐにのぞき込む。「この先ずっと隣人のままだとしても、おれはいっこうにかまわない。それでじゅうぶんだ。きみの隣人でいられるなんて、じつに光栄だよ。とはいえ、うっかりきみに恋してしまった以上は、気持ちを整理するためにも、今夜の誕生日パーティーは遠慮しておいたほうがいいと思う」

「トリスタン、それはだめよ」

彼はかぶりを振った。「いや、いいんだ。本当に。エマにおやすみを言ったら、家に帰るよ」

「トリスタン」もう一度声をかけたが、彼は部屋を出ていった。急いであとを追って廊下に出る。「トリスタン！　ちょっと待ってよ！」わたしは子どものように地団駄を踏んだ。「待って、待って、待ってってば！」トリスタンがこちらに向き直ったとき、その目に悲しげな色が浮かんでいるのに気づいた。わたしのせいだ。歩み寄って彼の両手を取る。「めちゃくちゃなのはわたしだわ。毎日毎日、年がら年じゅうめちゃくちゃなのよ。今日みたいにばかなことばかり口走るし、へまばかりやらかすし。おまけに母が疎ましく感じられることがあるのよ。だって、心の底では自分が母にそっくりだとわかっているから。そうなると、もう自分でも手に負えなくなるの」彼の手を自分の胸元に持っていった。「でも、ひとつだけわかったことがある。それは、あなただけはめちゃくちゃにしたくないってことよ。だって、あなたは単なる隣人なんかじゃないんだもの」

トリスタンがわたしの額に唇を押し当てた。「本当に？」

「ええ」

「いいのか?」もう一度きいた。

「そろそろ出かけなくちゃ」彼に抱きしめられた。それだけで、いくらか気分がよくなった。

「着替えないと」彼の胸の中で吐息をもらす。

「ああ」

「一緒に来て、手伝ってね」

彼はそうしてくれた。


「今後の参考のために一応伝えておくわね。母のことになると、わたしは神経がまいっちゃうの。だから、どれだけ理不尽なことを言ったとしても、調子を合わせておいてほしいの」

シャツを頭からすっぽり脱ぎ、ジーンズを引きおろしながら、わたしはにやりとした。

「すまない、そのことを忘れてたよ。〝うわぁ! きみのお母さんはモンスターみたいな人だな!〞これでどうだ?」トリスタンがしかめっ面を作ってみせる。

わたしは笑みを浮かべ、ワンピースに足を入れた。「完璧よ! ファスナーをあげてくれる?」

「ああ、もちろん」彼の手がヒップに置かれたかと思うと、体にぴったりした赤いワンピースのファスナーが引きあげられた。「それにきみのお母さんときたら、シャネルの香水をつけすぎじゃないのか?」

「そうなのよ!」トリスタンのほうを振り返り、ふざけて胸をぴしゃりと叩いた。「ちょっと待って。ママがつけている香水がどうしてわかったの？」

彼がわたしの首筋にそっとキスをする。「娘も同じものをつけているからさ」

思わず笑みを浮かべた。わたしにはきっと、ママによく似ている点があるのだ。

「やっぱり謝ったほうがいいのよね？　ひどい態度を取ってしまったこと」

トリスタンが眉をあげた。「それは引っかけ問題か？」

わたしは吹き出した。「違うわ」

「それならイエスだ。そのほうがいいと思う。でも、盛大な誕生日パーティーを楽しんでからでも遅くはない。お母さんはきみを愛しているし、きみもお母さんを愛しているんだ。きっと大丈夫だよ」

ため息をつき、彼の唇にキスをしてから、こくんとうなずいた。「わかったわ」

28

トリスタン

「きみが先に入ったほうがいい」おれは両手をこすりあわせた。「主役なんだから、きみが注目されるべきだ」濃紺のボタンダウンのシャツに黒いジーンズという格好で、直立不動の姿勢を取った。

「一緒に入りましょうよ」とエリザベス。

一瞬ためらった。「みんなに恋人同士だって思われるぞ」

彼女が片手を差し出した。とびきりの笑みを浮かべて。「違うの？」

くそっ、そう言われただけで、すっかり舞いあがっているじゃないか。

やれやれ、おれはすっかり彼女に夢中だな。

とはいえ、ふたりの気持ちがかたまっていても、メドウズクリークの連中がそれに納得してくれるとはかぎらない。ふたりでバーに足を踏み入れたとたん、「誕生日おめでとう！」という叫び声でエリザベスは迎えられた。おれが脇へよけると、次々にハグがはじまる。

みんなから愛情をもらって、彼女はものすごく幸せそうだ。見ているだけで、こっちまで幸せな気分になる。

ほどなく騒がしい音楽が流れ、酒盛りがはじまった。ショットグラスが次々と空けられ、噂好きの女性陣の声がどんどん大きくなっていく。彼女たちはエリザベスとおれの一挙一動を注意深く観察していた。

エリザベスと一緒にきつい酒をもう一杯飲んだあと、彼女のほうに身を寄せ、髪にささやきかけた。「平気か？　あんな目で見られているんだぞ？　居心地が悪いなら、きみに触れるのをやめてもいい」

「あなたに触れられるのが好きよ。だからやめないで。でも、たしかにちょっと……わずらわしいわね。粗探しをされてるみたいで」眉をひそめて小声で言う。「みんながわたしたちを見ているわ」

「よし」ヒップに触れると、彼女が体の力を抜いてもたれかかってきた。「好きなだけ見させてやろう」

エリザベスは満面の笑みを浮かべ、こちらを見つめてきた。まるでおれしか目に入らないかのように。「キスしてくれる？」

答える代わりに唇を重ねた。

穏やかにはじまった夜は、あっという間にどんちゃん騒ぎになった。エリザベスはかなり酔ってきたから、おれは帰宅に備えて、何時間か前から酒を控えていた。酔いはすぐに覚めたものの、素面《しらふ》のときに何よりも厄介なのは、酔っ払いの相手をすることだ。エリザベスは、彼女が嫌っている読書会のメンバーとの会話にときおり巻き込まれていた。もれ聞こえてくる内容から、連中がおれたちのことで彼女を責めているのがわかった。

「あんな人とつきあうなんて信じられないわ。それにまだ早すぎるわよ」ひとりが非難する。

「わたしだったら、夫を亡くしたら何年もデートなんかできないわ」と別の声。

「ちょっと引っかかるのよね。だって、彼のことをよく知りもしないわけでしょう。わたしなら絶対子どもにそんな男性を近づけたりしないわ」と三人目がさらに言う。

エリザベスはうまく対処していた。おそらくまっすぐに立っていられないほど酔っているせいで、上機嫌だからだろう。それでもときどきあきれたような顔で、こちらに笑いかけていた。

「それで、リズとは……ど、どうなってるんだ？」タナーが隣のスツールにどすんと腰をおろし、ろれつのまわらない口調で話しかけてきた。彼が誰よりも飲みすぎていて、ほとんどひと晩じゅうエリザベスを見つめているのは誰の目にも明らかだ。

「どうって、何が？」

「おいおい、おまえたちのあいだに何かあるってことは、町じゅうの誰もが知ってることさ。でもまあ、無理もないよ。リズのおっぱいは、なかなかのものだもんな」

「やめろ」泥酔しているタナーへのいらだちが募ってくる。もともといけすかない男だとは思っていたが、エリザベスに気があると知ってからは、いっそう疎ましい存在になっていた。

「ふん、ちょっと言ってみただけだよ……」タナーは鼻先で笑うと、おれの肩を押した。そしてポケットに手をやり、二五セント硬貨を取り出して指先でもてあそびはじめた。「大学生の頃、スティーブンとコインを投げて、どっちがエリザベスを口説くかを決めたことがあったんだ。おれが表で、あいつが裏。勝ったのはおれのほうだったのに、あいつは彼女をものにしやがった。たぶんベッドでの彼女のテクニックがすごすぎて、離れられなくなったんだろうな」

エリザベスのほうに目を向けると、嫌いな女性陣との会話にまだつきあわされていた。彼女もおれをちらりと見たので、互いに〝もう助けて〟という表情で視線を交わした。

「リジーのことをそんなふうに言うのはやめろよ。あんたが酔っ払いだってことはわかってるが、そんなふうに話題にするのはやめろ」

タナーはにやにやしながら、目をぐるりとまわした。「そんなにかっかするなって。男同士の話を楽しんでるだけじゃないか」

おれは何も言い返さなかった。

「それでおまえはどうなんだ？　彼女とはもう寝たのか？」

「いいかげんにしろ、タナー」ゆっくりと拳をかためた。

「彼女とはもうやったんだろう？　この下衆《げす》野郎め」タナーが首を横に振る。「でも実際問題として、この先どうする気なんだ？　腹を割って話そうじゃないか。彼女は今のところ、おまえとの楽しい現実逃避に走っているが、女っていうのはおまえみたいな男とはずっとやっていけないものさ。彼女だって、いつかは立ち直るだろう。いつか昔のリズに戻る日が来たら、ろくでなしの隣人にのめり込む必要なんかなくなる。彼女はもっとましな男を見つけるはずなんだ」

「当ててみようか。つまり、おまえみたいな男ってことか？」

タナーが肩をすくめる。「まあ、それもありだな。だいいち、おれは彼女のことをよくわかってる。おれたちには長い歴史があるから。それにおまえなんかじゃ、彼女と釣りあわないんだよ。その点、おれは自動車修理工場のオーナーだ。彼女を養っていける。だがおまえは？　〝いかれたヘンソン〟に雇われている身だろう」

「ミスター・ヘンソンについてそれ以上何か言ったら、後悔することになるぞ」

まいったというように、タナーがわざとらしく両手をあげた。「まあ、落ち着けよ。首に青筋が立ってるじゃないか。かっとなってるところをリズに見られたら困るんじゃないのか？　だから言っただろう、おまえは彼女と釣りあわないんだって」

タナーの言葉を受け流そうとしたが、どうしても頭に入り込んでくる。

おれはいったい何を考えていたんだ？

〝おまえは彼女と釣りあわないんだ〟

タナーがおれの肩をぽんと叩き、スツールを回転させてダンスフロアのほうを向かせた。そしてフェイと一緒に笑っているエリザベスのほうを指さした。

「なあ、おまえが怒り狂っている姿を彼女に見せたらどうなるだろうな？　もちろん、おまえが隠している恐ろしい本性にも気づくだろう。おまえみたいなくずは、リズとエマに近づくべきじゃないんだよ。おまえはどうしようもない獣《けだもの》なんだから」

「もう行くよ」そう言って、スツールから立ちあがった。

「いいか、おまえみたいなやつは誰とも関わらないほうがいいんだ。たしか、かみさんと子どもがいたんだったよな？　彼らに何があったんだ？」

「黙れ、タナー」おれはぴしゃりと言い放ち、拳を握りしめた。

「どうした？　暴力でも振るったか？　それが原因で死んだんじゃないのか？　ひどい話だな。きっとそうなんだろう」タナーが高笑いをする。「死体は道端の排水溝にでも捨てたのか？　自分の家族をぶっ殺したのかよ？　おまえは精神病質者《サイコパス》だってのに、どうして誰も気づかないんだろう。とくにリズがそうだ。いつもは頭が切れるのに」

かちんと来て、タナーのほうに向き直った。「彼女がおれと親しくなって、さぞかし悔しいんだろうな」

その言葉にタナーがびくっとする。「なんだと？」

「おまえは彼女のことしか目に入らないっていうのに、向こうはおまえなんか眼中にない。はっきり言って滑稽だぞ」声に出して笑う。「車を修理してやったり、食事に誘ったりして、必死に気を引こうとしてるのに、彼女は見向きもしてくれないんだからな。それどころか、彼女はおれみたいな世捨て人を選んだ。おまえにとっては我慢ならない男を。それが癪にさわって仕方ないんだろう」おれはあざけった。卑劣で無情なやり方だが、家族の話を持ち出してきたのはタナーのほうだ。あっちが個人的なことに首を突っ込んできたのだ。「彼女がおれのベッドにもぐり込んできて、おれの名前をささやいているのが耐えられないんだろう」

「黙れ、この野郎」タナーが目を細めた。

「本当のことを言ってるだけだ」残忍な笑みを浮かべて言う。

「おれを誰だと思ってるんだ?」タナーはおれの胸に指を突きつけた。「おれは欲しいものは手に入れる男だ。何があっても必ずな。おまえはせいぜいリズとよろしくやってればいいさ。彼女はいずれ、おれのものになるんだから。それにミスター・ヘンソンとも仲よくしてればいい。あの店だって、ぶん取ってやるからな」彼はおれの背中をぽんと叩いた。「楽しい話をありがとよ、この変態野郎。かみさんと息子によろしくな」そこで少し黙ってから、彼はげらげらと笑った。「おっと、そうだった。もういないのか。悪い悪い」

頭がくらくらしてきた次の瞬間、なんのためらいもなく相手の顎に一発食らわせていた。タナーがよろめきながらうしろにさがる。おれは何度か頭を振った。もうだめだ。そのときタナーの拳がおれの目に当たったかと思うと、床に倒され、何度も殴りつけられた。まわりの連中が叫ぶ声が聞こえ、フェイがタナーを引き離そうとしているような気がしたが、おれは身を起こすと、馬乗りになって彼を床に打ちつけた。

こいつのせいだ。こいつがおれの中の獣を解き放ったんだ。こうされても仕方がないことを言いやがったからだ。タナーはジェイミーとチャーリーの話を持ち出した。こいつが調子に乗りすぎたから、おれは暗闇に足を踏み入れた。タナーの顔を殴りつけ、腹にパンチを浴びせた。何発も何発も。もう止められなかった。やめようとも思わない。周囲の連中は叫び続けていたが、もはや耳には入ってこなかった。

29

エリザベス

「えっ、やだ！」わたしは叫んだ。トリスタンに視線を落とすと、彼がタナーの上にのしかかって、何度も顔を殴りつけていた。トリスタンはタナーに負けないほど険しく冷たい目をして、腕を振りおろし続けている。

「トリスタン」わたしは歩み寄った。タナーは気を失いかけているのに、彼はやめようとしない。自分でも止められないのだ。「トリスタン！」声を張りあげてもう一度呼びながら、腕に触れようとしたそのとき、彼がまた腕を振りあげた。その腕がわたしに当たってうしろによろめくと、トリスタンがようやくわたしの存在に気づいて動きを止めた。胸が激しく上下し、目が怒りに燃えている。わたしはゆっくり彼に近づき、両手で顔を包み込んだ。「もうおしまいよ」わたしは言った。「もうおしまい」お願いだから、わたしのもとに戻ってきて。

トリスタンの息遣いが静まってくる。彼はタナーの上からおりると、血まみれになった自分の両手を見つめた。「くそっ」大きく息を吐き出し、ようやくタナーから離れる。

トリスタンは立ちあがった。抱きしめようとすると、彼はぐいっとわたしの体を引き離した。目が血走って、荒々しいまなざしになっている。彼がどこか遠い場所へ行ってしまったような気がした。

いったいタナーに何をされたの？

タナーのほうを見ると、彼にも落ち度があったに違いないと思いつつも、恐怖を覚えずにいられなかった。トリスタンは彼をさんざん痛めつけていた。やましさと困惑のあまり、胃がねじれそうになる。そのとき、トリスタンが店を飛び出していった。わたしのほうを一度も振り返らずに。

「ちくしょう」タナーがつぶやいた。フェイが駆け寄って助け起こそうとする。「大丈夫だ」彼は立ちあがった。

「あなた、何を……」声が震える。「彼に何を言ったの？」

フェイが眉根を寄せた。「リズ、本気で言ってるの？」

「だって……彼はあんなふうになる人じゃないのよ。何もないのに、あなたを殴ったりするはずがない。ねえ、タナー、彼に何を言ったの？」

タナーは皮肉たっぷりに鼻で笑い、血のまじったつばを吐き出した。「おいおい、嘘だろう？　こっちは右目がほとんど開かないような状態だっていうのに、おれがあいつに何を言ったかって本気できいてるのか？」

喉がきゅっと締めつけられ、涙がこみあげてくる。「ごめんなさい。悪かったわ。ただ、彼はあんなふうになる人じゃないのよ」

「でも、あなたも丘で突き飛ばされたことがあったわよね、リズ?」フェイが顔をしかめて言った。

「あれはわざとじゃなくて、わたしがつまずいちゃったのよ。彼がわたしに危害を加えようとしたことなんて一度もないわ。どうしてそんなふうに疑ったりするの? トリスタンはあなたが助けを求めたとき、ずっと一緒にいてくれたじゃない! なんでそんなに簡単に裏切れるわけ?」周囲の人たちの目にも恐怖の色が浮かんでいる。読書会のメンバーはひそひそとささやきあい、トリスタンのことを〝モンスター〟と呼んでいる。そして、そんな獣を愛したわたしをこきおろしていた。

「ああ、そうさ。これだって、わざとじゃなかったんだろうよ」タナーが傷だらけの顔を指さして言う。「あいつは凶暴なモンスターなんだよ、リズ。あいつがきみに対してキレるのも時間の問題だ。それどころか、エマにだって害がおよぶかもしれないんだぞ。おれが身をもってきみに示してやってるんだ。真相を突き止めて、あいつの本性を暴いてやる。そうすれば、おれを信じてくれるはずだ」

わたしはため息をもらした。「もう行かないと」

「行く? 行くってどこへ?」タナーが尋ねた。

彼を探しに行くのよ。

何があったのかを聞き出すために。

彼の無事を確かめるために。

「とにかく行かなくちゃ」

30

トリスタン

二〇一四年四月五日
永遠の別れまであと二日

「もう何日も、おなかに何も入れていないじゃない。お願いよ、トリスタン。ひと口でいいからサンドイッチを食べてちょうだい」テーブルをはさんで向かいに座っている母さんが言った。日が経つにつれ、母さんの声にいらだちを感じるようになっていた。目の前に皿を差し出し、またしても食べてくれと頼んでいる。

「食べたくないんだ」おれは応えながら、サンドイッチの皿を押し返した。

母さんがこくりとうなずく。「お父さんもわたしも、あなたのことが心配なのよ、トリス。話をしてもくれなければ、部屋にも入れてくれない。そんなふうに感情を押し殺してはいけないわ。わたしたちに吐き出してちょうだい。あなたの気持ちを聞かせて」

「おれの気持ちなんか知りたくないだろう」

に。


「いいえ、知りたいわ」

「嘘だ」

「本当よ」母さんが手を伸ばし、おれの手に自分の手を重ねた。慰めようとするかのよう

慰めなんかいらない。

とにかく放っておいてほしい。

「わかったわ。わたしたちに話す気がないのなら、せめて友だちには打ち明けて。毎日電話をくれたり、様子を見に来てくれたりしているのに、会おうともしないんだから」

「誰とも話したくないんだ」席を立ち、部屋を出ていこうと向きを変えたが、ふと足を止めた。母さんの泣き声が聞こえてきたからだ。

「つらくて見ていられないのよ。お願いだから、心に思っていることを言ってちょうだい」

「心に思っていること？」眉をひそめて振り返った。胃がきりきりと痛みだし、気がついたら取り乱していた。「おれが心に思ってるのは、車を運転してたのが母さんだったってことだよ。母さんは腕の骨を折っただけで、自力で脱出できたってことさ。おれの家族が死んじまって、その車を運転してたのが母さんだってことだよ。母さんさえ……母さんが殺したんだ！　あんたのせいだ！　あんたのせいで死んだんだよ！　おれの家族を殺したんだ！」喉が締めつけられたようだった。おれは拳を握りしめ、口を閉ざした。

母さんが泣き崩れ、ますます大声で号泣しはじめた。父さんが部屋に駆け込んできて、母さんを抱き寄せ、落ち着かせようとする。おれはその様子を見つめながら、母さんとのあいだに距離を感じていた。心の中の獣が次第に大きくなっていくのがわかった。母さんの涙を見ても同情する気になれないことに、激しい嫌悪を感じるべきだった。母さんを慰めようとも思わないことを気に病むべきなのだ。

だが、おれはただ憎んでいた。

母さんのせいで家族が死んでしまった。

おれまで死んでしまったのだ。

おれの心は獣になりつつある。獣は人間を慰めたりしない。行く手を横切るものを片っ端から破壊していくだけだ。

おれは小屋に入ると、ドアをぴしゃりと閉めて内側から鍵をかけた。「くそっ！」声を張りあげ、暗い空間をじっとにらみ、傷だらけの壁と本棚を見つめた。思い出が次々とよみがえってきて、頭も心も窒息しそうだ。もう我慢の限界だった。

本棚を持ちあげ、部屋の反対側に向かって思いきり放り投げた。発作を起こしそうなほど鼓動が速まっている。近くの壁にもたれかかって目を閉じると、どうにか呼吸を整え、動悸を抑えようとした。

そのとき、ドアをノックする音がした。

返事をするつもりはなかった。

できるはずがない。

あいつを殺してしまうところだったのだ。死なせてもおかしくなかった。すまない、おれが悪かった。

エリザベスが自分のほうに——光の当たる場所に——引き戻そうとしてくれたのはわかっていた。おれを救おうとしてくれたのだ。それでもおれは救われなかった。

彼女はそっとドアをノックし続けている。自然に音がするほうへ足が向いた。おれは両手をこすりあわせてからドアの前に立ち、両方の手のひらを押し当てた。

ドアの向こうでも彼女が両手を当て、同じように指先を動かしている気がした。

「トリス」エリザベスは穏やかな声で、胸が苦しくなるあの言葉を口にした。「毎日、毎時間、毎分、毎秒、思っているわ」

おれは息をのんだ。かつてないほど心がこもっているように聞こえた。彼女は切迫感に満ちた声で話し続けた。「お願いだからドアを開けて。どうかわたしも中に入れて。わたしのもとに戻ってきて」

おれはドアから手を離し、何度も指をこすりあわせた。「あいつを殺してしまうところだった」

「そんなことない」

「もう行ってくれ、エリザベス。頼むから放っておいてくれ」

「お願いよ」彼女が懇願する。「あなたの顔を見るまではここを離れない。あなたを抱きしめるまでは絶対に離れないわ」

「まったく！」おれは叫び、勢いよくドアを引き開けた。「あっちへ行ってくれ」彼女と目が合ったとたん、狂おしいほどの懐かしさがこみあげてきて、胸が苦しくなる。思わず目をそらして地面に視線を落とした。天にものぼる心地にさせてくれるただひとりの女性を、まともに見ることができない。「もう二度とおれに近づかないでくれ、エリザベス」このままではきみを傷つけてしまう。おれなんかに、きみはもったいないんだ。

「ま……まさか本気じゃないでしょう」声がかすれていた。もう彼女の顔を見ることさえできない。

「本気だ。きみといても救われないんだ」

おれはドアを閉め、また鍵をかけた。エリザベスが激しくドアを叩き、おれの名前を大声で呼んだが、おれはもう聞いていなかった。

両手を見ると血がついていた。タナーのものなのか、自分のものなのかわからないが、指も爪のあいだも血まみれになった感じがする。四方の壁からも血が流れ出ているような気がするのに、どうやって抜け出せばいいのかもわからない。

申し訳ないと思っていることをタナーに伝えたかった。あんなふうにするべきではなかったと。すべてが夢であってほしかった。夢から覚めたら家族が生き返っていて、心がこんなにも粉々に砕けるなんてことさえ知らずにいるのだ。

けれど、何よりもエリザベスに愛していると伝えたかった。毎日、毎時間、毎分、毎秒、思っていると。

すまない。すまない。おれが悪かった。

数時間後、ようやく小屋から出る気力を取り戻した。ドアを開けると、エリザベスが冬物のコートにくるまり、震えながら座り込んでいた。「家に戻ったほうがいい」低い声で言う。

彼女は肩をすくめた。

しゃがみ込んで腕に抱きあげると、エリザベスがしがみついてきた。

「何を言われたの？」彼女は胸元でささやいた。

「そんなことはどうでもいいんだ」

エリザベスがさらにぎゅっと抱きついてくる。おれは彼女を家まで送っていった。

「どうでもよくないわ。とっても重要なことよ」

エリザベスをベッドに寝かせ、部屋を立ち去ろうとした。一緒にいてほしいと言われたが、できないことはわかっていた。そんな気分にはなれない。彼女の家をあとにする前に、手を洗おうとバスルームに立ち寄った。湯を出しながら、手をごしごしこする。そうせずにはいられなかった。血がすっかり落ちたあともせっけんを塗りたくり、ひたすら洗い続けていた。

「トリスタン」エリザベスの声で、ようやくわれに返った。彼女は蛇口を閉め、タオルを取っておれの手をくるんだ。「彼に何を言われたの？」

おれは身を乗り出し、エリザベスと額を合わせた。彼女の香りを吸い込み、どうにか正気を保とうとする。彼女がいなければ、粉々に壊れてしまいそうだった。「おれが家族を殺したんだとあいつに言われた。ジェイミーとチャーリーが死んだのはおまえのせいだと。きみもいずれ同じ目に遭わせることになるって」声がうわずった。「あいつの言うとおりだ。おれが殺したんだ。おれが一緒にいてやれば……ふたりを助けてやれたはずなんだ」

「それは違うわ」エリザベスが有無を言わせぬ口調で否定した。「トリスタン、それは違う。ジェイミーとチャーリーの身に起きたことは不幸な事故だったのよ。あなたのせいじゃないの」

おれはかぶりを振った。「いや、おれのせいなんだ。それなのに、おれは母さんを責めた。母さんだって、ふたりを愛していたのに。悪いのは母さんじゃなく、おれだったんだ。最初からおれが……」言葉を発するたびに、口からうまく出てこなくなった。息をするのさえ面倒だ。「もう行くよ」彼女から離れると、出入り口をふさがれた。「エリザベス、どいてくれ」

「いやよ」

「リジー――」

「わたしが一番つらくてどん底まで落ちていたとき、あなたは抱きしめてくれた。頭がどうかなりそうだったとき、あなたはそばにいてくれたのよ。さあ、わたしの手を取って、ベッドへ行きましょう」

導かれるままにエリザベスの寝室へ向かった。そしてはじめて、彼女は寝乱れたままのベッドの右側におれを寝かせた。抱き寄せると、彼女が胸に頭をもたせかけてきた。

「せっかくの誕生日を台なしにしてしまったな」おれはささやいた。眠気でまぶたが重くなっている。

「あなたのせいじゃないわ」エリザベスはその言葉を何度も繰り返した。「あなたのせいじゃない。あなたは何も悪くないの。あなたのせいじゃないのよ」彼女の肌に指を滑らせているうちに、鼓動がふだんどおりに戻っていった。おれは眠りに落ちながら、心のどこかで彼女の言葉を信じはじめていた。

その夜の数時間のあいだで、おれはひとりじゃないというのがどういうことなのか思い出していた。そして、いつしか自分を責めるのをやめていた。

31

エリザベス

朝六時頃、トリスタンを起こさないように足音を忍ばせながら、キッチンへ向かった。家じゅうがしんと静まり返っていたが、室内はいれたてのコーヒーの香りで満たされている。

「きみも朝型なのかい？」マイクがコーヒーの入ったマグカップを手に、微笑みながら尋ねてきた。どうやら気さくな人らしい。けれどもその笑顔を見たとたん、彼とママに対する昨夜の自分のふるまいを思い出し、気分が沈んだ。

マイクがマグカップを取り出し、わたしのためにコーヒーを注いでくれた。

「砂糖とミルクは？」

「ブラックで」そう答え、マグカップを受け取る。

「ぼくたちには共通点があるようだ。きみのお母さんはコーヒーに砂糖とミルクをたっぷり入れるが、ぼくはブラックのほうが好きなんだ」彼がカウンターの前のスツールに腰かけたので、わたしも隣に座った。

「あなたに謝らないとね、マイク。昨日はあんなひどい態度を取ってしまってごめんなさい」

彼が肩をすくめる。「人生は風変わりなものだからな。ぼくたちはその風変わりなものとどうにか折りあいをつけながら、風変わりな人を見つけて一緒に歩んでいくだけなのさ」

「あなたにとっては、ママがその〝風変わりな人〟なの？」

マイクは満面の笑みを浮かべた。

そうなのね。

彼はマグカップを指で包み込み、褐色の液体をじっと見つめた。「リチャードはとんでもない男だったんだ、エリザベス。ハンナをひどい目に遭わせていたんだよ。ふたりがうちの診療室に来たとき、彼がハンナに手をあげているのを見たんだ。ぼくが診療室から追い出すと、彼は泣いているハンナを置いて出ていった。ぼくはその日の予約を全部キャンセルして、落ち着くまでここにいればいいと彼女に言ったんだ。きみがぼくたちの関係をうさんくさいと思うのも無理はない。でもぼくは、彼女がたくさんの男とつきあってきたことも、つらい経験をしたこともすべて承知している。だから、ぼくが彼女を愛してるってことだけは知っておいてもらいたいんだ。彼女を深く愛していて、これからの人生をかけて守っていきたいと思っているって」

わたしの手の中でマグカップが震えていた。「あの男がママに手をあげていた？　ママがそんな目に遭っていたっていうのに、わたしったら、あんなひどいことを……」

「きみは知らなかったんだ」

「そういう問題じゃないわ。あんなことを言うべきじゃなかった。わたしがママだったら、絶対に許さないもの」

「ハンナはとっくに許してるよ」

「あなたたちが早起きだってことを忘れるところだったわ」ママがあくびをしながらキッチンに入ってきた。そしてわたしのほうを見て、けげんな表情をする。「どうかしたの?」

わたしは立ちあがり、母のもとに駆け寄って抱きしめた。

「婚約おめでとう」

ママの顔がぱっと明るくなった。「じゃあ、結婚式に出てくれるのね?」

「もちろんよ」

ママもきつく抱きしめてくる。「うれしいわ。だって結婚式は三週間後なんだもの。新たな気持ちで新年を迎えようと思って」

「三週間後ですって?」つい声を張りあげていた。不安がこみあげ、一瞬黙り込んでしまう。でもママは今、わたしの意見を求めているわけじゃない。応援してもらいたいはずだ。「二週間後だっていいわ! 喜ばしいことだもの!」

それから数時間後、ママとマイクは、エマと〝ゾンビランドごっこ〟をしてケチャップまみれになったあとに帰っていった。挨拶に来てくれたトリスタンと、エマとゼウスとわたしはしばらくソファでくつろいでいたが、やがてトリスタンが肘をついて起きあがり、わたしを見た。

「うちの家に必要なものでも買いに行くか?」

彼の家の模様替えは、まだ最後の仕上げが終わっていなかった。クッションや絵といった、彼がどうでもいいと思っているもの――わたしが大好きな細々した装飾品を買いそろえる必要があった。「行きましょう!」わたしはすぐさま同意した。暇さえあれば、買い物に出かける口実を探しているのだ。


「そんなのダサいよ、ティック!」トリスタンが自分の家のソファに置くために、紫とマスタード色の配色のクッションを選ぶと、エマが鼻にしわを寄せて言った。

「どこがだよ? かっこいいじゃないか!」彼が異を唱える。

「なんかうんちみたい」エマはげらげら笑いだした。

まさにエマの言うとおりだった。「そのクッションだと、いかにも〝おお、リジーとエマがせっかく頑張ってきれいにしてくれたんだから、すっかり台なしにしてやろう〟って感じに見えるわね」

「そうそう」エマがうなずいた。「そのとおり」肩にかかった髪をさっと払う。「こういうことは、ママとあたしみたいな専門家にまかせておけばいいのよ」

トリスタンが吹き出した。「まったく、きみたちにはかなわないな」エマがショッピングカートのうしろ側で立ちあがり、彼がカートを押しながら勢いよく角を曲がろうとしたそのとき、誰かとぶつかった。「おっと失礼！」トリスタンがすぐに謝ってから顔をあげる。

「タナーおじさん！」エマが甲高い声をあげ、ショッピングカートから飛びおりた。タナーのもとに駆け寄って抱きつく。

「やあ、おちびちゃん」タナーはエマを抱きしめてから床に立たせた。

「その顔、どうしちゃったの？」エマがきく。

タナーがわたしのほうを見た。わたしは前夜の一件でできた彼のあざに目を向けた。いたわりの言葉をかけたい気持ちはもちろんあるけれど、彼の顔をひっぱたいてやりたい気分にもなっていた。何しろ、彼はトリスタンの家族についてひどいことを言ったのだ。

「ねえ、トリスタン、エマと一緒に絵の売り場に行って、先に選んでいてくれる？」

トリスタンがわたしの腕に手をかけた。「大丈夫か？」小声で言う。

わたしはうなずいてみせた。立ち去る前に、トリスタンは昨夜のことをタナーに謝罪した。

タナーは何も言わなかったが、ふたりの姿が見えなくなったとたん、わたしに向かって早口でまくしたてた。

「おい、リズ、本気なのか？　あいつはゆうべ、きみの友人に暴力を振るった男なんだぞ。それなのに、まるで幸せな家族みたいに一緒に店の中をうろつくのか？　そのうえ娘とふたりきりで行動させるなんて。もしスティーブンが――」

「トリスタンの家族が亡くなったのは彼のせいだって言ったの？」

タナーが目を細める。「えっ？」

「トリスタンから聞いたわ」

「なあ、リズ、この顔を見てみろよ」タナーがわたしのほうに近づいた。あざだらけの彼と目が合ったとたん、喉が締めつけられたように苦しくなる。タナーがシャツを引きあげ、左の脇腹をあらわにすると、そこにはさらにひどいあざができていた。「このあばらを見てくれよ。これはきみが娘と一緒に行かせた男の仕業なんだぞ。あいつは獣みたいにいきなり襲いかかってくるような男なのに、きみはこんなところにとどまって、おれが何を言ったかなんてきいてるのか？　おれは酔っ払ってたんだよ。たしかに大人げないことを口走ったかもしれないが、あいつは突然キレたんだぞ。おれはあいつの目を見たんだ、リズ。あいつは完全にイカれてる」

「彼の家族のことを口にするべきじゃなかったのよ。絶対に」くるりと向きを変えて立ち去ろうとした瞬間、腕をきつくつかまれ、わたしは小さな悲鳴をあげた。タナーはふたたびわたしを自分のほうに向かせた。

「ああ、そうか、きみはおれに腹を立ててるんだな。いいさ。怒りたければ怒ればいい。憎まれたってかまわないよ。でも、あいつはまともじゃないぞ。なんかきなくさいんだよ。おれがあいつの本性を暴いてやる。きみとエマの身に何か起きるんじゃないかと心配でたまらないんだ。たしかにおれは暴言を吐いたかもしれない。でも、だからってこんなひどい仕打ちがあるか？　きみがうっかり不用意な発言をして、あいつにキレられるのも時間の問題だぞ」

「ねえ、タナー」声を低くして言った。「痛いわ」

彼がきつくつかんでいた手を離すと、腕には指の跡が赤く残っていた。「ああ、ごめん」

絵の売り場にたどり着くと、トリスタンとエマがどれを買うかで言い争っていた。もちろん、今度もエマの主張が正しかった。彼が微笑みながら近づいてくる。「大丈夫か？」また同じ質問をした。

トリスタンの頬に手を当て、目をのぞき込む。温和でやさしいそのまなざしからは、幸せなものしか連想できなかった。

わたしの誕生日から三週間が経ち、すべてが徐々にふだんの状態に戻りつつあった。その夜、わたしたちは週末に行われる母の結婚式のため、車でわたしの実家に向かうことになっていた。ところが出かける前にエマにねだられ、マイナス六度という極寒の気候の中、なぜかアイスクリームを買いに行くことになった。

「ミント味のアイスなんて気持ち悪い！」トリスタンに肩車をしてもらいながら、アイスクリーム店から出てくるとエマが言った。コーンに入ったバニラ味のアイスを食べていて、溶けた部分がときおりトリスタンの髪にぽたぽたと垂れている。

アイスのしずくが彼の頬に滴り落ちると、わたしは身を乗り出し、キスでぬぐい取ってから唇にもキスをした。

「一緒に行ってくれてありがとう」感謝の言葉を述べた。

「おれもミントのアイスが食べたかったからな」トリスタンがいたずらっぽい笑みを浮かべる。けれども家に近づくに従って、彼の口元から笑みが消えていった。視線をわたしの家のポーチに向けている。目にいたずらっぽい表情を残したまま、彼はエマを肩からおろした。

「そんなところで何してるの？」わたしはタナーにきいた。彼は片手に新聞を握りしめ、わたしの家のポーチに座っていた。

「話があるんだ」タナーが立ちあがる。彼はトリスタンに目を向けてから、またわたしを見た。「今すぐに」

「話なんかしたくないわ」鋭い口調で言った。「それに、これから母のところへ行くのよ」

「そいつも一緒にか？」押し殺したような低い声で彼が言う。

「もういいかげんにして、タナー」

「どうしても話したいことがあるんだ」

「ねえ、タナー、わたしがトリスタンとつきあっているのが気に食わないのはわかったわ。でも、わたしはやめるつもりはないの。それにわたしたちは幸せなのよ。なのにどうして、そんなふうに――」

「リズ！」タナーが大声でさえぎった。「そんなことはどうでもいいんだ。それより、どうしても伝えておきたいことがあるんだよ」うつろな目をして、口元をこわばらせている。

「頼むから」

トリスタンに目を向けると、彼はこちらを見つめ、わたしが次の動きを決めるのを待っていた。タナーには本当に話したいことがあるようだ。彼をこれほど悩ませるほど重大な話が。

「わかったわ。話をしましょう」タナーが安堵《あんど》のため息をもらす。わたしはトリスタンのほうを見て言った。「すぐに行くわ」

トリスタンはうなずき、わたしの額にキスしてから、またあとでと言った。タナーがわたしとエマのあとについて家に入る。エマがおもちゃで遊ぶために自分の部屋へ行くと、わたしたちはキッチンのカウンターの前に立った。わたしはカウンターの端を握りしめた。

「それで、話って？」

「トリスタンのことだ」

「彼のことは話したくないわ」

「そういうわけにはいかない」

わたしはタナーの視線を避けて食器洗い機のところに移動すると、食器を片づけはじめた。とにかく何かしていたかった。「いやよ、タナー。その件はもううんざりなの。あなただって、嫌気が差しているんじゃないの？」

「あいつの女房と子どもに何が起きたか知ってるのか？　どうやって死んだのかわかってるのか？」

「彼はそのことは話したがらないの。だからって、ひどい人だってことにはならないはずよ。かえって人間らしいと思うわ」

「リズ、スティーブンだったんだよ」

「スティーブンがどうしたっていうのよ？」荒っぽい手つきで食器棚に皿を戻す。

「トリスタンの女房と子どもの事故さ。スティーブンが原因だったんだ。あいつの車のせいで、彼らの車は道路からはずれたんだよ」息苦しさを覚えてタナーのほうを見た。視線が合う。わたしが首を横に振ると、彼はうなずいた。

「あれからおれはあいつのことを調べてた。白状すると、あいつをモンスターに仕立て上げるネタを探してたんだ。フェイがうちの工場にやってきて、魔女狩りみたいなことはやめてほしいと言ってきたよ。そんなことをしたら、なけなしの友情まで台なしになるからって。でも、おれはどうしてもあいつの正体を知る必要があった。だけど何も見つからなかったよ。わかったのは、あいつがすべてを失って絶望した男だってことだけだった」

「タナー」

「その代わり、事故に関する記事をいくつか見つけた」タナーが新聞を差し出すと、わたしは両手を胸に当てた。心臓が不規則なリズムを刻みはじめ、止まりそうになったり、異常な速さで打ったりしている。「スティーブンの車は運悪く制御不能になって、前を走る車に衝突した。それから玉突き事故が起きたのはきみも知ってるとおりだ。事故に巻き込まれた車のひとつに白いアルティマがあった。その車には三人が乗っていたらしい」

「まさか……」声がかすれる。右手で口を覆った。恐ろしさのあまり体が震えだしていた。

「メアリー・コール（六〇歳）は事故現場から自力で脱出した」

「タナー、お願いだからやめて」

「ジェイミー・コール（三〇歳）と――」

涙がこぼれ落ち、胃がねじれそうになっていたが、それでもタナーはやめなかった。

「チャーリー・コール（八歳）は死亡が確認された」

胃のほうから酸っぱいものがこみあげてくる。タナーから視線をそらし、両手に顔をうずめて嗚咽をもらした。彼の話を心の底から信じることができなかった。トリスタンがすべてを失ったのはスティーブンのせいなの？ わたしの愛するスティーブンが、トリスタンの苦悩の元凶だったの？

「もう帰って」どうにか口を開く。タナーが慰めるように肩に手を置いてきたけれど、それを振り払った。「今は何も考えられないの、タナー。もう帰って」

彼が大きなため息をつく。「きみを傷つけるつもりはなかったんだ、リズ。本当だよ。でも、もっとあとになってわかったらどうなる？ もっと深い関係になってから、このことをあいつが知ったら？」

タナーの顔を見た。「どういうこと？」

「つまり、このことが判明した以上、きみらは一緒にいられないってことさ。いられるはずがないだろう」彼はうなじをさすりながら、ためらう様子を見せた。「なあ、あいつにもちゃんと伝えるよな？」唇を開いたが、言葉が出てこない。「リズ、ちゃんと伝えないとだめだ。あいつにだって知る権利があるんだよ」

わたしは両手で涙を払った。「ねえ、タナー、ひとりになりたいのよ。お願いだから、もう帰って」

「おれが言いたいのは、あいつを愛してるなら、もしあの男を大事に思う気持ちが少しでもあるのなら、別れたほうがいいってことだ。あいつを解放してやれ」

それは、もっとも聞きたくない言葉だった。

32

エリザベス

タナーから聞いた話を、どうやってトリスタンに打ち明ければいいのかわからない。車でママの家へ向かう途中、タナーに何か言われたせいで、わたしの様子がおかしいことにはトリスタンも気づいたようだったけれど、彼は無理に聞き出そうとはしなかった。結婚披露宴の夜は、わたしはママとマイクのためにとびきりの笑顔を装った。ふたりの結婚をできるだけ喜ぼうとしてみたものの、心の中ではひどく困惑していた。

それでも、エマがトリスタンをダンスフロアに引っ張っていき、スローな曲に合わせて彼の足を踏んづけながら踊る様子を眺めているうちに、つい顔がほころんでいた。つい笑みを浮かべていた。ママが近づいてきて、わたしの隣に座った。ママはきれいな象牙色のドレスを着ている。

「今夜はまだひと言も声をかけてもらってないわよ」ママがちょっと悲しそうに微笑んだ。

「でも、ちゃんと来たでしょう？　それでじゅうぶんじゃない？」ママが結婚を急いだせいで、いまだにどこか裏切られたという気が少ししている。ママは男性との関係において、これまでにもさんざん軽はずみな行動を取ってきた。けれど、こんなに急に、よく知りもしない男性とバージンロードを歩くなんて。ママのほうに向き直った。「ねえ、ママったら、本当にどうしちゃったの？　わたしには正直に話してよ……やっぱりお金に困ってるんじゃないの？　わたしに助けを求めてくれてもいいのよ」

ママが顔を赤らめた。腹を立てているらしい。「もう、いいかげんにして、リズ。よりによって今日という日に、そんなこと言わなくたっていいでしょう」

「だって……あまりにも急だったから」

「ええ、そうね」

「それに相手はお金持ちなんだもの。見てよ、この結婚式」

「お金なんてどうでもいいの」ママが否定したので、わたしは眉をあげた。「本当にどうでもいいのよ」

「じゃあ、なんでなの？　お金が目的じゃないなら、なんでこんなに焦ったわけ？　この結婚で何を得ようとしているの？」

「愛よ」ママは秘密めかしてささやき、口元に笑みを浮かべた。「わたしは愛を手に入れようとしているの」

なぜかはわからないけれど、その言葉を聞いたとたん無性に腹が立ってきた。パパ以外の男性を愛しているとママに打ち明けられ、胸が張り裂けそうだった。

「どうして？」涙目になって言った。「どうしてあんなふうに、あっさり手紙を捨てちゃったの？」

「なんの話？」

「パパからもらった手紙のことよ。エマと一緒に家を出る前に、ごみ容器に捨ててあるのを見つけたの。ねえ、どうしてなの？」

ママは大きなため息をつき、両手の指を組みあわせた。「あのね、リズ、別にあっさり捨てたわけじゃないの。わたしは一六年間、毎晩欠かさずに、すべての手紙を隅々まで読み返してきたのよ。毎晩。何百通も。そしてある朝、目覚めた瞬間に気づいたの。わたしが身につけているこのお守りは、ただの松葉杖にすぎないんだって。この松葉杖があるから、わたしはいつまでも自分の人生を歩めないんだって。あなたのパパは本当にすばらしい人だった。わたしは心から人を愛するということを教わったわ。情熱に身をまかせるということを教えてもらった。それなのに忘れてしまったの。彼がこの世を去ったあの日に、すべて忘れてしまったのよ。おまけにわたしは自分まで見失った。立ち直るためには、あの手紙という松葉杖と決別する必要があったの。わたしはあなたよりも、ずっと弱い人間なのよ」

「わたしだって、いまだにくじけそうになるわ。毎晩のように」

ママはわたしの顔を両手で包み、額を合わせた。「そこなのよ。それでもあなたは何かを感じているでしょう。わたしの場合は無感覚だったの。何も感じなかった。でも、あなたはそうやってちゃんと感じてる。人はくじけそうになりながら、強くなっていくものなのよ」

「マイクとなら……本当に幸せになれそうなのね？」わたしはきいた。

ママがぱっと顔を輝かせる。

彼を心の底から愛しているのね。

わたしたちが、また誰かを愛せるようになるなんて。

「トリスタンとは幸せになれそう？」

ゆっくりとうなずいた。

「それが怖いのね？」

もう一度うなずく。

ママがにっこりした。「あら、だったら大丈夫じゃない」

「何が大丈夫なの？」

「ちゃんと恋をしてるってことよ」

「まだ早すぎるんじゃないかって……」声が震える。

「誰がそう言ったの？」

「さあ、いわゆる世間かしら？　どれくらいの時間が経てば、また恋をはじめられると思う？」

「世間の人たちはああだこうだ言うものなのよ。悲嘆に暮れるための秘訣《ひけつ》やら、望みもしない助言やらをいちいち与えようとするの。たとえば、時が経つまでは何年もデートしちゃいけないとかね。でも、恋ってそういうものでしょう？　恋には時間なんか存在しない。恋によって刻まれるのは胸のときめきだけなのよ。彼のことが好きなら、尻込みしちゃだめ。そういう感情を取り戻していいのよ」

「でも、彼に話さなければならないことがあるの。とってもひどい話よ。彼を失ってしまうかもしれないわ」

ママが眉をひそめる。「どんな話であれ、彼も同じぐらいあなたのことを大切に思っているなら、わかってくれるはずよ」

「ねえ、ママ」涙があふれてくる。合わせ鏡のように自分とそっくりなママの目をのぞき込んだ。「ママを永遠に失ってしまったかと思ったわ」

「ごめんね、心配かけたわね」

ママを抱き寄せた。「いいのよ。こうして戻ってきてくれたんだから」

結婚式のあとは、家までトリスタンが車を運転してくれた。車を出したとたん、エマは眠りに落ちた。わたしたちはどちらも口を開かなかった。けれど、長いあいだひとりぼっちだった手を彼の指に絡めているだけで、言葉以上のことを伝えあえるような気がした。

つないだ手から目が離せない。ふたりの手を持ちあげ、彼の手にそっと唇を押し当てた。

スティーブンとあの事故のことを、どんなふうに打ち明ければいいだろう？

どうやって別れを切り出せばいい？

トリスタンが微笑みながら、わたしにちらりと目を向けた。「酔っ払ったのかい？」

　あたしは赤ん坊を抱き上げながらうなずいた。


「ちょっとね」

「幸せか？」

「ええ、すごく」

「おれを招待してくれてありがとう。エマに足を踏まれたせいで、あざができているかもしれないが、とても楽しかったよ」

「この子はあなたの熱狂的なファンなのよ」彼の唇を見つめながら言う。

　トリスタンが暗い夜道に視線を注いだまま言った。「おれもすっかり夢中さ」

　ああ、わたしの心臓はどうなっているのかしら。止まりそうなのか、それとも鼓動が速まっているのか。きっと両方なんだわ。

　彼の手にもう一度キスをしてから、手のひらに走る線を指でなぞった。

　トリスタンはわたしの家の前に車を止めると、チャイルドシートからエマを抱きあげ、寝室まで運んだ。彼がエマをベッドに寝かせるところを、ドアのところから見守る。トリスタンはエマの靴を脱がせて、ベッドの足元に置いた。

「たぶん帰ったほうがいいんだろうな」わたしのほうに歩いてきて、彼は言った。

「ええ、たぶん」

　トリスタンが微笑んだ。「今夜は本当にありがとう。最高だったよ」わたしの額にそっとキスしてから立ち去ろうとする。「おやすみ、リジー」

「だめよ」

「だめって何が？」

「行かないで。今夜は泊まっていって」

「どうしたんだ？」

「そばにいてほしいの」

彼は眉をひそめた。「酔ってるんだろう」

「ちょっとね」

「それでも泊まってほしいのか？」

「すごく」

彼の指が腰に触れたかと思うと、ぐっと抱き寄せられた。「もし泊まったら、朝までこうやってきみを抱きしめていたくなる。そんなの、ぞっとするだろう」

「ぞっとするものならたくさんあるし、震えあがるほど怖いものだってたくさんあるわ。でも、あなたに抱きしめられるのはもう怖くない」

指で下唇をなぞられ、唇を開いた。トリスタンがわたしの顎をそっと持ちあげ、ゆっくりと唇を重ねる。やさしいキスだった。「きみにすっかり夢中だよ」彼はわたしの唇にささやきかけた。

「あなたにすっかり夢中よ」

トリスタンがわたしの胸に手を置き、鼓動を感じている。わたしも同じように彼の胸に手を当てた。「この感じが好きなんだ」彼がまたささやいた。

「わたしもこの感じが好き」

彼の目が大きく見開かれた次の瞬間、息を奪うようにキスされた。わたしも彼の息を吸い込むと、その存在感におぼれそうになる。トリスタンは美しい松の森を吹き抜ける風のような香りがした。さわやかで、心地よくて、穏やかで。まるでわが家みたい。わが家にいると感じられるのはずいぶん久しぶりだ。

わたしたちは互いの息を吸い込みながら、声もなくさらに求めあった。わたしの寝室に着くと、身につけているものをすべて脱ぎ捨て、また唇を重ねた。

「町じゅうのみんなが、この関係を不謹慎だと思ってる。わたしたちのことを、今にも爆発しそうな時限爆弾みたいに思っているのよ」わたしは沈黙を破った。「それで、何かの拍子にわたしがこの関係を台なしにしてしまうの。そしたら、〝それ見たことか〟って言われるんだわ」

「少しのあいだ、やつらのほうが正しいと思わせておけばいい。いろいろあって結局は幸せになれなかったというふりをしてればいいんだ」トリスタンはわたしの肌に吐息をもらした。彼の唇がおなかを滑っていく。「でも、おれの肺に空気が出入りしているかぎりは――」彼の舌がパンティの縁をたどる。「おれが生きているかぎりは、きみのために闘う。ふたりのために闘ってみせるよ」

33

エリザベス

はじめのうちは、彼という存在に恋していた。わたしを笑わせ、笑顔にしてくれ、泣かせることができる男性に恋をしていた。打ちのめされ、心に傷を負ったわたしを好きになってくれた彼に恋していた。彼とのキスと、触れあいと、ぬくもりに恋をしたのだ。

そして底冷えのするある朝、わたしは湯気の立つコーヒーの入ったマグカップを手に、ポーチに出ていた。トリスタンは雪に覆われた芝生に寝転び、手足を動かして翼を広げた天使《スノーエンジェル》の形を作りながら雲を見あげていた。隣にはエマがいる。あいかわらず、ふたりはどうでもいいようなことで言い争ってばかりいた。その朝は、雲がどんな動物に見えるかで議論を戦わせていた。トリスタンがキリンの形に見えると言うと、エマがペンギンだと言い張る。しばらくすると、彼はペンギンも見えたことにするという具合だった。

エマが満足げな笑みを浮かべると、今度はふたりとも無言になり、完璧なスノーエンジェルを作るために手足を動かしはじめた。

そういう静けさの中で、ふと気づいたのだ。わたしはトリスタンを愛している。心の底から愛している。これはもう夢でもなければ、彼という存在に恋しているわけでもない、と。

これは現実。

そして真実。

彼は愛そのものだ。

トリスタンはわたしを笑顔にしてくれた。幸せにしてくれた。泣くしかないような世界の中にいたわたしを笑わせてくれた。

目頭が熱くなってくる。そういう男性を愛せるようになるなんて思ってもみなかった。しかも、彼のほうもわたしを愛してくれているなんて。

愛し愛されるというのは、なんとも言いようのない特別な気分だ。しかも、その相手は自分を愛してくれるばかりか、わたしの分身とも言える最愛の娘まで大切にしてくれている。言葉では言い表せないほどうれしい。

エマもわたしもトリスタンを心から愛していて、彼のほうもわたしたちと同じ気持ちでいる。きっと、わたしたちが心に傷を負っているからこそ愛してくれたのだ。もっとも深いであろう心の痛みから育まれた愛の形だったから。

あの事故について打ち明けなければならないのはわかっている。彼に伝えないわけにはいかない。でもその朝は、どうしても切り出せなかった。その朝は、どうしてもひとつだけ伝えておきたいことがあったから。

トリスタンとエマが立ちあがった。エマが朝食をとるために家の中へ駆け込んでいく。わたしはポーチにたたずみ、手すりにもたれて笑みを浮かべた。トリスタンのためだけの笑みを。彼はジーンズのポケットに両手を突っ込んで立っている。シャツや湿った髪に、刈られた芝がへばりついている。エマが彼に向かって投げつけたのだろう。トリスタンはポーチの階段をのぼりきると、笑みを向けながらわたしの脇を通って家に入ろうとした。

「愛してるわ」わたしは言った。

こちらを向いたトリスタンの顔に満面の笑みが広がった。

彼にしてみれば、とっくにわかりきったことだったから。

34

エリザベス

夜ふけにわたしはクローゼットの前に立ち、ずらりと並ぶスティーブンの服を見つめていた。やがて大きく息を吸い込むと、すべての服をハンガーからはずしはじめた。次いでドレッサーに入れてあったものも、引き出しにしまっていたものも全部取り出した。ゆっくりと息を吐き、今度はそれらを箱におさめる。何もかも手放すために。

最後にベッドのほうへ移動すると、シーツを引きはがして折りたたんだ。

トリスタンを自分の人生に喜んで迎え入れるということは、スティーブンを忘れる準備をしなければならないということだ。前に進むためには、トリスタンに事故の件を話さなければならない。彼には知る権利があるのだし、知っておくべきことなのだ。彼がわたしのために——ふたりのために——闘ってくれると言ったあの言葉が真実だとしたら、何があろうとわたしたちは大丈夫なはず。

少なくともわたしはそう望んでいた。けれど、大丈夫なはずがないという思いがすっかり心を占めていた。時限爆弾のカチカチという音は、日を追うごとに大きくなっている。

「話があるの」わが家のポーチでトリスタンに言った。「母の結婚式の前に、タナーがうちに来たときのことで」

「あいつにひどいことでも言われたのか？」彼はわたしの頰を撫でると、玄関ホールにすっと入ってきて目の前に立った。わたしは思わずあとずさりした。「何を言われたんだ？」

言葉が喉まで出かかっている。けれどもトリスタンに打ち明けたら、こうやって何気なく触れられる機会は永遠になくなってしまう。どうにかして伝えようと唇を開いた。でもタナーが突き止めた事実を話したら、トリスタンを失うことになるのだ。わたしにはまだ、ふたりで描いた夢を手放す心の準備ができていない。

「おいおい……なんで泣いてるんだ？」自分でも気づかないうちに涙が頰を伝っていた。涙がどんどんあふれ出し、彼がさらに近づいてくる。「リジー、どうした？」

わたしは何度もかぶりを振った。「ううん。なんでもないのよ。あのね……少しのあいだでいいから抱きしめてくれる？」

トリスタンがわたしを両腕で包み込み、ぎゅっと抱きしめる。彼の香りを吸い込んだとたん、もし真実を明かしたら――明かさないわけにはいかないのだけれど――こういう瞬間も失うのだと思い知った。こうして彼に抱きしめられたり、触れられたり、愛されたりすることはもうなくなる。ゆっくりと円を描くように背中を撫でられ、わたしは彼を引き寄せた。

すでに失ってしまったものにしがみつくように。

「おれのことは信じられるだろう? なんでも話してくれていいんだぞ。おれはいつだってきみの味方なんだから」トリスタンはきっぱりと言った。

彼から体を離し、引きつった笑みを浮かべる。「ちょっと人肌が恋しくなっちゃったの」

「だったらベッドへ行こう」トリスタンはうなずくと、わたしの腰のほうにゆっくりと手を滑らせた。誘うように。

「ひとりでいたいの。今夜は少し、ひとりの時間が欲しいのよ」

情熱的な目に落胆の色が浮かび、胸が張り裂けそうになる。でも、彼は残念そうに微笑んだ。「ああ、そういうことなら」

「ごめんなさい、話は明日にしましょう。ミスター・ヘンソンの店に顔を出すわ」わたしは約束した。

「ああ、それがいいな」トリスタンが不安げに首のうしろを撫でた。「おれたち大丈夫だよな?」ささやくような口調から、ひどく緊張しているのがわかる。わたしはこくりとうなずいた。トリスタンが両手でわたしの頭を支え、額にキスをする。「愛してるよ、リジー」

「わたしも愛してるわ」

彼が顔を引きつらせた。「なんでかな、別れ話でもしてるみたいな気分だよ」

だって、そのとおりだもの。

35

二〇一四年四月六日
永遠の別れまであと一日

トリスタン

「もうだめだ」バスルームの鏡をじっと見つめ、おれは自分に向かってつぶやいた。洗面台には空になったウィスキーのボトルと、そのかたわらにオレンジ色の薬瓶が置かれている。視界がぼやけていた。バスルームの外から両親の声が聞こえてくる。礼拝の段取りや、教会から墓地への移動手段といった最後の打ちあわせをしているのだ。

「もうだめだ」同じ言葉を繰り返した。首からぶらさげているネクタイが、締められるのを待ち構えているように見える。瞬きを一度。目を開けると、目の前にジェイミーが立っていて、おれのネクタイを結んでいた。

「ねえ、どうしたの？」彼女が耳元でささやく。涙がこみあげてくる。おれは片手で彼女のやわらかな頬に触れた。「どうしてそんなにぼろぼろになってるの？」

「もうだめだ、ジェイミー。もうだめなんだ」おれは嗚咽をもらした。「もうおしまいだ。終わりにしたいんだよ。こんなところには、もういたくない」

「しいっ」ジェイミーがおれの耳に唇を近づける。「さあ、息を大きく吸って。大丈夫だから」

「大丈夫じゃない。大丈夫なんかじゃないんだ」

バスルームのドアをどんどん叩く音が聞こえた。「トリスタン！　父さんだ。中に入れてくれ」

ドアを開けることができなかった。もうだめだ。もうだめなんだ。

ジェイミーが洗面台に視線を落とし、からっぽの薬瓶とウィスキーのボトルを手に取った。「ちょっと、自分のしたことがわかってるの？」おれは壁に沿ってずり落ち、バスタブにもたれて座ると、泣きじゃくった。ジェイミーが駆け寄ってくる。「トリス、すぐに吐き出すのよ」

「だめだ……もうだめなんだ……」両手で顔を覆った。何もかもがぼんやりとかすんで見える。頭が混乱していた。気を失いそうだ。意識を失っていく感覚があった。

「ねえ、チャーリーのことを思い出して。あの子がこんなことを望むはずがないでしょう。さあ、こっちへ」ジェイミーがおれを便器のほうに導いた。「こんなことはやめて、トリス」

次の瞬間、おれは嘔吐した。体の内側がかっと熱くなったかと思うと、胃のほうからウィスキーと薬がこみあげてきて、喉が焼けつくような感覚に襲われた。

すべてを吐き出し、また壁にもたれかかる。目を開けると、ジェイミーはいなくなっていた。はじめからいなかったのだ。「すまない」かすれた声で言い、両手で髪をかきあげた。おれは何をしようとしていたんだ？　どうやって助かったんだろう？

「トリスタン、お願いよ。無事なら、そう言ってちょうだい！」両親がドアの向こうで叫んでいる。

「なんともない」どうにか本当のことを言わずにすんだ。母さんが安堵のため息をもらすのが聞こえた。「すぐに出るから」

おれを慰めようとして、父さんが肩に手を置いてきたような気がした。「心配いらないからな。父さんたちはここにいる。どこへも行かないから」


エリザベスは翌日にミスター・ヘンソンの店に顔を出すと言っていたのに、土壇場になって気が変わったようだった。まったく言葉を交わすこともないまま、もう五日が過ぎている。その週はずっと、彼女の家のブラインドはおろされたままで、いつドアをノックしても留守だった。あるいは居留守を使っていたのかもしれない。

エリザベスが仕事に出ているのか確かめるため、〈セイボリー＆スイート〉にも寄ってみると、ちょうどフェイがいた。彼女は客に向かって、スクランブルエッグを超半熟で出せなかった理由を大声でわめきたてていた。「やあ、フェイ」おれは喧嘩に割り込んで声をかけた。

彼女が両手を腰に当てたまま、くるりとこちらを向いた。その目はどうしようかと迷っているようだ。フェイと最後に会ったのはバーでタナーを殴ったときだから、どんなふうにおれに接すればいいのか、まだ決めかねているに違いない。町のみんながおれのことを噂しているみたいだから、根も葉もない作り話が彼女の耳にも入ってくるのだろう。

「あら、どうも」

「今日、エリザベスは出勤してるかな？」

「具合が悪いからって……ここ数日は休んでるけど」

「そうか、わかった」

「ちょっと隣まで歩いていって、様子を見てくればいいじゃない。喧嘩でもしたわけ？」フェイが顔をこわばらせた。「彼女は大丈夫なの？」

「喧嘩なんかしてないよ。少なくとも、おれはそう思ってる。ただ彼女のほうは……」鼻の下を軽くこすり、咳払いをした。「おれと話したくないみたいなんだが、原因がよくわからないんだ。彼女から何か聞かされてないか？　親友のきみだったら……」

「自分で訪ねたらいいでしょう、トリスタン」どうやらおれの言葉を信じていないらしい。顔に明らかな警戒の色が浮かんでいるのは、おれがエリザベスを傷つけたと疑っているからだろう。

おれはうなずき、ドアを開けて店の外に出ようとして、ふと立ち止まった。

「なあ、フェイ、おれは彼女を愛しているんだ。きみがおれに警戒心を抱くのも無理はないよ。嫌われても仕方がないと思ってる。おれは長いあいだ、ひどい人間だった。ジェイミーとチャーリーを亡くしてから、自分でも気づかないうちに野蛮な人間になっていたみたいなんだ。あの誕生日パーティーの夜、きみを怖がらせてしまったならすまない。おれが悪かったよ、あんなふうにキレたりして……でも、おれは一度だって彼女に手をあげたことはない。彼女は……」拳を口に押し当て、こみあげてくる感情をどうにか抑えた。「去年、妻と息子がこの世を去ったときにおれも死んだんだ。現実に見切りをつけて、この世界を去ることにしたんだよ。別にそれでいいと思ってた。生きているほうがつらかったから。うんざりするほど毎日がつらかった。だがそんなとき、リジーが現れた。おれはゾンビみたいになってたのに、彼女はおれに気づいてくれた。死んだも同然だったおれを、時間をかけてゆっくり生き返らせてくれたんだよ。彼女はおれの心に息を吹き込んでくれた。暗闇から連れ戻してくれたんだ」

フェイは黙って聞いていた。おれはふたたび口を開いた。「そんな彼女が今、おれの電話にも出なければ、こっちを見向きもしない。彼女が苦しんでいるかと思うと、頭がどうかなりそうなんだ。彼女のおかげで息ができるようになったのに、お返しに助けてやることもできない。おれのことなら、好きなだけ憎んでくれ。だけど、もしひとつだけ頼みを聞いてもらえるなら、彼女の様子を見てきてもらえないか。少しのあいだ、彼女がうまく息ができるように助けてくれたら、おれはもう何も望まない」

おれはカフェを出ると、ジーンズのポケットに両手を突っ込んだ。

「トリスタン！」振り返ると、フェイがこちらを見ていた。目つきがいくらかやわらいでいる。厳しい態度は影をひそめていた。

「うん？」

「様子を見に行ってくるわ」フェイは請けあった。「彼女の助けになるから」

そのままミスター・ヘンソンの店に向かうと、店の中にタナーの姿が見えたので、急いで駆けつけた。またしても店を売却しろとしつこく責めたて、ミスター・ヘンソンを困らせているに違いない。もういいかげんにしてくれ。

「どうしたんだ？」戸口の呼び鈴を勢いよく鳴らしながら、急いで中に入った。

タナーがこちらを向き、狡猾《こうかつ》そうな笑みを浮かべる。「ビジネスの話をしてただけだよ」

ミスター・ヘンソンに目を向けると、顔が真っ赤だった。めったに腹を立てることのない人だ。おそらくタナーにいやがらせを言われていたのだろう。「もう帰ってくれ、タナー」

「おいおい、待ってくれ、トリスタン。おれはただ、ミスター・ヘンソンと仲よくしゃべっていただけだぞ」タナーはひと組のタロットカードを手に取り、片手でシャッフルしはじめた。「おれのことを手短に占ってくれないかな、ミスター・ヘンソン？」

おれのよき友人でもある雇い主は無言のままだ。

「タナー、とっとと帰ってくれ」

薄ら笑いを浮かべて、タナーがミスター・ヘンソンのほうに身を乗り出した。

「この場所をおれに明け渡せって結果が出ると思ってるんだろう？　だから占ってくれないんじゃないのか？　さては真実を知りたくないんだな？」

肩に手をかけた瞬間、タナーがびくっとした。いい気味だ。ミスター・ヘンソンに対する彼の無礼な態度に、はらわたが煮えくり返りそうだった。「もう帰ったほうがいいぞ」

おれがこの場を引き受けたことがわかると、ミスター・ヘンソンは安堵のため息をもらし、奥の部屋に引っ込んだ。

タナーがおれの手を振りほどき、服のほこりを払う。「まあ、落ち着けよ、トリスタン。あのおっさんをちょっとからかっていただけさ」

「もう行ったほうがいいんじゃないか」

「ああ、そうだな。誰かさんと違って、まともな仕事が待ってる人間もいるからな。なあ、それにしても、リズから事故のことを聞いたあとでも、まだ彼女とうまくやってるって聞いてほっとしたよ。まったく、かっこいいじゃないか。あんたはおれなんかより、ずっと立派な人間だってことだな。おれだったら、あんなことに関わってた人間のそばにいるのさえ無理だろうから」

「なんの話だ？」おれはきいた。

タナーが眉をあげた。「えっ？　聞いてないのか？　くそっ……てっきりリズがもう話したと思ってたよ」

「話した？　何を？」

「彼女の夫が運転していた車が、あの玉突き事故を起こしたって話さ」タナーが目を細める。「本当に聞いてなかったのか?」

にわかに喉がからからになった。

タナーが嘘をついていると言えなくもない。何しろ、おれがエリザベスを好きになったからという理由で目の敵にされているのだ。しかも、こいつは人の気にさわるようなことをして、自分の欲しいものを手に入れようとする卑劣な男だ。今度はおれを怒らせようという魂胆なのかもしれない。

だが、最後にタナーは絶対に口にしたくないはずの言葉をおれにかけた――悪かったよ、面倒を起こす気はなかったんだ。エリザベスとうまくいってよかったな。おれは彼女の幸せだけを願ってる、と。どちらにせよ、慰めの言葉についてはでたらめに違いないが。

その晩、携帯電話を持ってベッドに腰をおろすと、父さんに電話をかけた。父さんが電話に出ても、おれは何も言わなかった。声が聞ければそれでいい。どうしても聞きたかった。

「トリスタンなんだろう」父さんが言った。ほっとした口調がこちらまで伝わってきそうだ。

「なあ、このあいだ母さんに電話してきたときも、何も話さなかったそうじゃないか。おまけに母さんはメドウズクリークの市場でおまえを偶然見かけたって言い張るんだ。おれは母さんの思い違いだろうと思ってるんだが」父さんはいったん言葉を切った。「話す気はないんだろう?」また間を置く。「いいんだ。もともと、おれは自分が話すほうが好きだからな」

それは嘘だ。父さんは母さんに比べてふだん口数が少なく、どちらかといえば聞き役だった。おれはスピーカーフォンのスイッチを入れてベッドに寄りかかると、目を閉じて、おれがいないあいだの近況を知らせる父さんの声に耳を傾けた。

「おじいちゃんとおばあちゃんがうちに滞在しているんだが、もう頭がどうかなりそうだよ。あのふたりの家を改装することになって、工事が終わるまでわが家にいてもらおうって母さんが言いだしてな。もう三週間になるが、おれは一生分のジンを飲んだ気がする。ああ、そうそう、母さんにしつこく誘われてフィットネス教室に通いはじめたんだ。おれの健康食がドリトスとソーダなのが心配でたまらないって説得されてな。ところがいざ行ってみたら、男はおれひとりだけだった。結局、一時間ぶっ続けでズンバを踊らされるはめになったよ。ついてたのは、本能に従って尻が勝手に動いてたってことだ。おれはズンバの天才だったんだよ」

思わずにやりとした。

父さんは夜遅くまで話し続けた。おれは部屋から部屋へと歩きまわりながら、父さんの話に聞き入っていた。スポーツの話になると、父さんは〈グリーンベイ・パッカーズ〉がどうやってNFLでトップの座を維持しているのかを熱く語った。途中で父さんがビールの缶を開けたので、おれもそうした。まるで一緒に飲んでいるような気分になれた。

真夜中を過ぎた頃、父さんがそろそろ寝ようと言った。そしてこう続けた――おまえを愛しているよ。こんなふうに誰かと話をしたくなったら、いつでも電話の向こうにいるからな。

電話を切る直前、おれは唇を開いていた。「ありがとう、父さん」

父さんの声がかすれた。感情がこみあげているようだ。「なあ、いつでも好きなときに電話してきていいんだぞ。昼でも夜でも。帰ってくる気になったら、父さんたちはここにいるからな。どこへも行かないから」

36

エリザベス

「ちょっと、四秒以内にこのドアを開けないと蹴破って入るわよ!」玄関のポーチからフェイの叫ぶ声がした。ドアを開けると、彼女がぜいぜいと息を切らしていた。「まったくもう、最後にシャワーを浴びたのはいつ?」

わたしはパジャマを着たままだった。髪はありえないほどぼさぼさで、腫れぼったい目。

「ほんとにもう」眉をひそめながら、フェイがリビングルームに足を踏み入れる。「エマはどこ?」

「金曜の夜だから、お泊まりに行ってるの」そう答えて、ソファにどすんと座った。

「ねえ、いったいどうしちゃったのよ、リズ? あなたの彼氏がカフェに来て、あなたと話もできないって言うじゃない。彼に何かされたの?」

「えっ? まさか。彼は……彼は完璧よ」

「じゃあ、どうしてそんなふうにだんまりを決め込んでるわけ? なんでそんなひどい身なりをしてるのよ？」フェイもわたしの隣に腰をおろす。

「彼とは話なんかできないからよ。もう一緒にいられなくなったの」わたしはあの事故の件について話しはじめた。どうしてトリスタンとの仲がうまくいかなくなったのかを。フェイの目は珍しく真剣だ。それが事態の深刻さを物語っていた。

「リズ、やっぱり打ち明けたほうがいいと思う。彼、自分が何か悪いことをしたんじゃないかって、頭を抱えていたもの」

「ええ、わかってる。ただ……彼を愛してるの。それなのに、このせいで彼を失うことになるんだわ」

「ねえ、聞いて、わたしには愛のことなんてよくわからないけど、失恋したときにね、ある人がわたしに言ってくれたのよ。一瞬でも幸せな時間があったのなら、失恋も無意味じゃないって」

わたしはうなずき、横たわって親友の膝に頭をのせた。「いつになったら傷つかずに生きていけるようになるの？」

「それは〝人生なんてくたばっちまえ〟って言えるようになって、笑顔になれる理由がまったく見つからなくなったときよ」

「マッティのこと、つらかったわね」

フェイは肩をすくめると、わたしの髪からヘアゴムを引き抜き、指でとかしはじめた。

「大丈夫よ。ちょっと心にひびが入っただけだから。それより、今夜はどうやって過ごす？

乙女チックな気分に浸って『きみに読む物語』か何かを観てもいいし、ピザとビールを注文して『マジック・マイクXXL』にしたっていいわよ」

結局、マジック・マイクに軍配があがった。


次の日の午後、エマを連れて〈ニードフル・シングス〉に行くと、トリスタンがコーヒーショップのカウンターの奥から笑いかけてきた。「やあ、おふたりさん！」見たこともないような満面の笑みだ。

「やあ、ティック！」エマは大声で挨拶すると、椅子によじのぼった。

トリスタンが前かがみになってエマの鼻をつまむ。「ホットココアでも飲むか？」

「マシュマロたっぷりで！」エマが声を張りあげた。

「マシュマロたっぷりで！」彼はおうむ返しに言い、うしろを向いた。戸惑ってしまうほど陽気な口調だ。彼の態度をどう解釈すればいいのだろう。何日も口をきいていなかったのに、何事もなかったかのようにふるまっている。「エリザベス、きみも何か飲むかい？」

彼はエリザベスと呼んだ。リジーではなく。

「お水でいいわ」わたしはエマの隣に腰をおろした。「調子はどう？」そう尋ねると、トリスタンはグラスに水を注ぎ、エマにぬるめのココアを手渡した。彼はいつも氷を二、三個入れてくれるのだ。エマが椅子から飛びおり、ゼウスを探しに走っていった。

「ああ、何も問題ないよ。すべて順調さ」

片方の眉をあげ、探るように彼を見る。「話をしないといけないわね。気を悪くしているんでしょう。ずっとあなたを避けていたから……」

「そうか？」トリスタンがにやりとした。「気がつかなかったな」

「そう。ただ、ちょっとね――」

彼はカウンターを拭きはじめた。「きみの夫がおれの家族を殺したってことか？ ああ、そりゃやすごいことだよな」

「えっ？」息が苦しくなり、トリスタンの口から出た言葉が何度も耳元でこだました。「どうして……」

「きみの親友のタナーが昨日ここに姿を見せたのさ。例によって、ミスター・ヘンソンにこの店を閉めるように迫ったんだ。そのあとでおれとも話をした。あいつに褒められたよ。おれが事実を知っても気に留めなかったと思っていたらしい。きみの夫がおれの家族を殺したという事実を」

「トリスタン」

彼はカウンターにタオルを置くと、わたしの目の前に立ち、身を乗り出した。

「いつから知ってたんだ？」

「あの……きちんと話すつもりだったのよ」

「いつからだ？」

「トリス……それは……」

「ちゃんと答えろ、エリザベス！」トリスタンが大声で怒鳴り、拳をカウンターに叩きつけた。エマとミスター・ヘンソンが好奇心と不安の入りまじった目でこちらを見る。ミスター・ヘンソンがすかさずエマを奥の部屋へ連れていった。「いつからだ？　おれに愛してると言ったときは、もう知ってたのか？」

　わたしは黙り込んだ。

「結婚式のときも知ってたのか？」

　声が震える。「あなたを……失うかもしれないと思ったの。だから、どう伝えればいいかわからなくて」

　トリスタンが引きつった笑みを浮かべてうなずいた。「まったく恐ろしいよ。ホットココア一杯で、二ドル二〇セントだ」

「わたしの話を聞いて」

「二ドル二〇セントだ、エリザベス」

　彼の目から荒々しさが消え、冷ややかさが戻った。これほど冷たい目をしたトリスタンを見るのは、はじめて出会った日以来だ。わたしはポケットに手を入れて小銭を取り出すと、自分の前に置いた。トリスタンがそれを取ってレジに投げ入れる。

「今週中に話をしましょう」またもや声が震えた。「話を聞いてもらえるなら、ちゃんとすべてを打ち明けるわ」

　わたしに背中を向けたまま、トリスタンはコーヒーメーカーの前でカウンターの端をつかむとうつむいた。きつく握りしめているせいで、手が真っ赤になっている。

「ほかに用件は？」彼がきいた。

「いいえ」

「だったら、もうおれにはいっさい関わらないでくれ」彼はカウンターをつかんでいた手を離すと、ゼウスを呼んだ。そして駆け寄ってきたゼウスを連れて店を出た。出ていくとき、戸口の呼び鈴がチリンと鳴った。まもなくミスター・ヘンソンとエマが奥の部屋から姿を現した。

「何があったんだい？」ミスター・ヘンソンが近づいてきて尋ねた。彼の手が慰めるように肩に置かれたが、わたしは体の震えを止めることができなかった。

「彼を失ってしまったみたい」

37

二〇一四年四月七日
永遠の別れ

トリスタン

おれは墓地のずっと奥のほうにある丘の頂上に立っていた。そばにはゼウスがいる。ほかのみんなは黒ずくめの服装をして、目に涙を浮かべながら、棺を取り囲むようにして立っていた。母さんは父さんの腕の中で体を震わせている。ジェイミーとおれの友人たちもみな、悲しみに打ちひしがれた様子で肩を並べていた。

チャーリーの担任教師は、姿を見せてからずっと泣きっぱなしだ。きっと、世の中の不公平さを嘆いているのだろう。

チャーリーには分数の計算方法や代数のなんたるかを学ぶ機会さえなかったなんてひどすぎる、と。あの子はもう車の運転の仕方を覚えることもない。大学に入学願書を出すこともなければ、恋に落ちて失恋することもない。自分の結婚式で母親とスローダンスを踊ることもない。はじめての子どもをおれに会わせてくれることもない。そして、さよならを言うことも……。

涙をぬぐって洟をすすると、ゼウスが近づいてきて、おれの靴に頭をのせた。

ちくしょう、息もできやしない。

ジェイミーの棺が先に地中におろされたとたん、足元がふらついた。

「行かないでくれ……」消え入りそうな声で言う。

次にチャーリーの棺がおろされた。

「やめてくれ……」おれは懇願した。

へなへなと地面にくずおれた。両手で口を覆うと、ゼウスが慰めようとするように、大丈夫だとでも言いたげだ。いつかきっと、何もかも大丈夫になるよ、と。

だが、そんなこと信じられなかった。

向こうへ行って両親のそばに立っているべきなのはわかっていたが、おれはそうしなかった。ジェイミーとチャーリーに、どうしようもないほど愛してると伝えるべきだったが、声も出せなかった。

おれは立ちあがると、ゼウスにつないだリードをきつく握りしめ、うしろを向いた。

そして妻に背を向けた。

息子のもとから立ち去った。

最後のさよならを告げるのが、こんなにもつらいことだとは。

「逃げるってことか」一週間後、ミスター・ヘンソンの店の前に車を止め、別れの挨拶をすると、彼は言った。

おれは肩をすくめた。「逃げるわけじゃない。前に進むんです。物事は移り変わる。それはあなたもよく知っているでしょう」

ミスター・ヘンソンが白髪まじりの顎ひげを指先で撫でた。「でも、きみの場合は違う。前に進むんじゃなく、また逃げ出すんだ」

「あなたにはわからないんですよ。彼女の夫は——」

「彼女のせいじゃない」

「ミスター・ヘンソン……」

「わしがかつて恋をしていた男はね、神秘的なものが大好きだった。彼にはこの町でタロット占いの店を開きたいという夢があって、その夢をサポートしてほしいといつも言われていた。彼は気の力だとか、水晶による癒しの力なんかを信じていた。そういう神秘的なものによって、もっと生きがいのある人生が送れるようになると考えていたんだ。わしのほうは、そんなのばかげていると思ってた。定時に出勤して定時に帰るようなフルタイムの仕事に就いていたから、彼の夢にはあまり関心がなかったんだ。そして、自分の店を持ちたいという彼の夢をばかにした。ただでさえ、ゲイのカップルってことでつらい人生を送っていたのに、

〝魔法を信じているゲイのカップル〟になるのだけはごめんだと思ったんだ」

ミスター・ヘンソンは少しうつむいてから先を続けた。「そうこうするうちに、ある日、彼が出ていった。そのときは青天の霹靂《へきれき》のように思えたよ。でも時が経つにつれ、自ら招いた結果なんだと思い知った。彼を尊重してこなかったから、失うことになったんだと。ひどくこたえたよ。彼と別れて、ものすごく孤独を感じた。それで気づいたんだ。彼もずっとこんな気持ちでいたんだってね。恋をしている人間は、孤独なんか感じるべきじゃない。わしは仕事をやめて、彼の夢を実現させることにした。水晶のパワーやヒーリング効果のあるハーブについて勉強したんだ。彼の夢を理解しようと必死に頑張って、ついになしとげたときにはすでに手遅れだった。彼はありのままの自分を愛してくれる相手をとっくに見つけていた」

おれは何も言わず耳を傾けていた。

すると、ミスター・ヘンソンはふたたびおれの目を見て言った。「だから、リズには責任のないことで彼女に背を向けてはだめだ。事故のせいで、幸せになるチャンスから逃げ出したらだめなんだ。結局のところ、問題はタロットカードでも水晶でも特製のハーブティーでもないのさ。そんなところに魔法はない。ささいな瞬間の中に魔法はあるんだよ。ちょっとした肌の触れあいや、やさしい笑みや、穏やかな笑いといったものの中に。魔法というのは、今日を生きること、そして息をして幸せになることだ。つまり、愛することこそが魔法なんだよ」

おれは唇を噛みながら、ミスター・ヘンソンの言葉と、彼の考えを信じ込もうとした。彼の言うことを信じたかったし、正しく理解できたような気がした。けれども心の奥底には、罪悪感が埋もれているのも事実だった。ジェイミーにすまないと感じていた。これほどの短い期間で別の誰かを愛していると考えること自体が身勝手に思えたのだ。

「どうすればいいのかわからなくて。どうやってリジーを心から愛せばいいのか、本当にわからないんだ。まだ自分の過去に別れを告げていないから」

「別れを告げるために帰るのか？」

「たぶん、息をするということを思い出すために」

ミスター・ヘンソンは眉をひそめたが、そうか、と言った。「気分転換をしたくなったり、友人を訪ねたくなったりしたら、わしはいつでもここにいるから」

「それはありがたい」おれはそう言って、彼を抱擁した。「この店をどこかのろくでなしに売ろうなんて考えたら、すぐに戻ってきて断固として阻止しますからね」

ミスター・ヘンソンがくすりと笑う。「約束だぞ」

おれはドアを開け、呼び鈴のチリンという音を聞いた。これを聞くのも今日が最後。

「彼女たちのこと、頼んでもいいですか？　エマとリジーのことを」

「お茶とココアは〝ぬるめ〟だったね」

別れの挨拶をすませて店を出ると、ゼウスと一緒に車に乗り込んだ。おれたちは何時間もドライブした。どこへ行くつもりなのかも、そもそも行く場所があるのかさえもわからなかったが、今はひたすら車を走らせることに意味があるように思えた。

　午前三時過ぎ、両親の家の前に車を止めた。ポーチの明かりはまだついていた。若い時分はしょっちゅう門限を破って遊び歩いては、両親に心配をかけていた。それでも母さんはいつもポーチの明かりをつけたままにして、息子の帰りを待っていることを伝えていた。

「なあ、どうする？　中に入るか？」ゼウスに問いかけた。助手席で体を丸めていたゼウスが尻尾を振る。「よし、入ろう」

　ポーチに立つと、玄関のドアを叩いた。五回目のノックで、ドアの鍵がはずされる音がする。次の瞬間、パジャマ姿の両親が現れ、身じろぎもせずにおれを見た。まるで幽霊でも見たような顔で。

　おれは咳払いをしてから、素直な気持ちを口にした。「おれはこの一年、どうしようもないばか息子だった。途方に暮れ、何も言わずに行方をくらました。おまけに家を出る前、とんでもないことを口走った。あの件で母さんを責めるようなことを。でも、おれは……」口に手をやり、ジーンズのポケットに両手を突っ込んだ。目に見えない小石でもあるかのように地面を何度も蹴る。「できれば、しばらくここに置いてもらえないかな？　まだ途方に暮れているんだ。いまだにどうすればいいかわからなくて。でも、ひとりではもうやれそうにないんだよ。おれには……ええと……とにかく、父さんと母さんが必要なんだ。もちろん迷惑でなければだけど」

両親はポーチまで出てきて、おれを抱きしめた。

わが家だった。

ふたりはおれを喜んで迎え入れてくれた。

38

エリザベス

「出ていったってどういうことですか？」わたしは尋ねた。ミスター・ヘンソンがお茶をいれるために立ちあがると、わたしは彼の店のカウンターの端を握りしめた。金曜日の午後だった。エマはいつものようにスティーブンの両親の家に泊まることになっていて、ちょうど送り届けてきたところだ。あれから数日が経っていたが、トリスタンからは連絡もなければ、顔を合わせてもいない。もう我慢の限界だった。どうしても彼と話をしておきたかった。せめてどんな様子なのかを知りたい。

「二日前に出ていったんだ。すまないね、リズ」ミスター・ヘンソンの持ち前の陽気さが、すっかり影をひそめている。胸騒ぎがした。

「いつ戻ってくるんですか？」

沈黙。

「どこへ行ったんです？」

「わしも知らないんだよ、リズ」

わたしは笑い声をあげた。緊張と心配がどんどん高まっていく。「電話に出てくれないんです」口元が震えだし、目頭が熱くなった。肩が大きく上下する。「彼が電話に出てくれないの」

「そうだな、きみたちはいろんな目に遭ってきたからね。さぞかしつらいだろう……」

「いいえ、わたしのことはどうでもいいんです。電話に出てもらえなくたって、見捨てられたって、どうにか耐えられる。でも、五歳の娘がティックとゼウスはどこに行ったのかってんです。ゼウスはどうしてボール遊びをしに来ないのか、なんでトリスタンは寝る前に本を読んでくれないのかって。エマが寂しがって泣いているのに彼の居場所はおろか、戻ってくるかどうかも教えてやれなくて……もう胸が張り裂けそうなんです」声がかすれた。

ミスター・ヘンソンが手を伸ばし、わたしの手に重ねた。一時的にせよ、救われたような気分になれた。「このままじゃ、ふたりともかわいそうだ」

「ああ、もう行かないと。もし彼から連絡が来たら……」最後のほうは声にならなかった。トリスタンになんと伝えてほしいのかわからなかった。わたしは混乱を抱えたまま、店をあとにした。

その夜は、一〇時前にはベッドに入った。眠れなくて、暗い部屋の天井にじっと見入った。

横向きになり、誰もいないからっぽのスペースをひたすら見つめ続ける。キャシーから電話がかかってきて、今夜はエマがもう家に帰りたがっていると聞かされたときは、うれしくなかったと言えば嘘になるだろう。

エマは帰ってくると、わたしのベッドに一緒に入った。わたしは『シャーロットのおくりもの』を開き、得意なゾンビの口調で何章か読んで聞かせた。娘の笑い声を耳にしているうちに、本当に大切なものはなんなのかを思い出していた。

本を読み終え、互いに横を向いて向きあう形になった。エマの鼻の頭にキスをすると、娘も同じ場所にキスを返してくる。

「ねえ、ママ」

「何？」

「愛してる」

「わたしも愛してる」

「ねえ、ママ」エマが繰り返す。

「何？」

「ティックがやってくれたゾンビの声も悪くなかったけど、やっぱりママのほうがいい」エマがあくびをして目を閉じる。乱れた金髪を指でとかしてやると、ゆっくり眠りに落ちていった。

「ねえ……ママ……」小さな声で、エマはもう一度言った。

「何？」

「ゼウスとティックに会いたいな」

娘に体をすり寄せた。数分後には、わたしも彼らに会いたかった。わたしも眠りについていた。何も答えなかったけれど、わたしも彼らに会いたかった。

恋しくてたまらない。

翌朝、家の外から歩道の雪かきをするシャベルの音が聞こえて、ベッドから飛び起きた。

「トリスタン……」口の中でつぶやき、ローブをさっと着て、スリッパを突っかけて急いで玄関のほうへ向かった。ドアを開けると、かすかな望みが一瞬にして打ち砕かれた。家の前の歩道に立ち、新雪をかきのけていたのはタナーだった。

「何をしてるの？」腕組みをしてきいた。

腰をかがめたまま、タナーが笑顔でこちらを見あげ、肩をすくめた。「きみとエマがどうしているかと思って、ちょっと様子を見に来てみたんだ」手を休め、シャベルの柄に顎をのせる。「それに、おれに腹を立てているだろうと思って」

むっとした。

腹を立てている？

そんなものじゃない。はらわたが煮えくり返るような気持ちだった。

「あなたには、事故のことをトリスタンに話す権利なんてないはずよ」冷ややかに告げた。

タナーはわたしの目を見ようとしなかった。落ち着きなく視線をさまよわせ、うつむいてブーツで雪を蹴った。「もう話したと思ったんだよ」

「まだだと知っていたんでしょう、タナー。最近のあなたはどうかしているとしか思えない。こんなことをするのは、わたしがあなたとデートしなかったから？　恥をかかされたと思っているの？　どうしてあなたがこんなひどいことをするのかって、あれこれ考えてみたけど、何も思いつかないの。わたしにこんな仕打ちをする理由がさっぱりわからないのよ」

タナーは口に手を当て、何やらぼそぼそとつぶやいた。

「何？　はっきり言ってよ」

彼は口を開かなかった。

わたしはポーチの階段をおり、彼の目の前に立った。「わたしたちは長いつきあいよね、タナー。あなたは結婚式にも出てくれたし、娘の名づけ親にもなってくれた。夫の葬儀ではわたしを支えてくれた。だからもし何か理由があって、あなたがおかしな行動に出ているのなら、何かわけがあって、トリスタンとわたしの仲を引き裂いたのなら、ちゃんと口に出して言ってほしいの。その理由がまっとうなものなら、今回のことは水に流してもいいわ。あなたに対する見方も変わって、この不愉快な気分もおさまるかもしれない」

「きみにはわからないさ」タナーがうつむいたまま言う。

「言ってみてよ」

「でも――」

「タナー！」

「ああ、もう、きみを愛しているからじゃないか、エリザベス！」タナーは大声で言うと、ようやく視線を合わせた。わたしはショックのあまり、よろめきながらあとずさりした。一瞬、心臓が止まったかと思った。タナーは手にしていたシャベルを落とし、もうお手あげだというように両手をあげた。「きみを愛しているんだ。何年も前からずっと。はじめてきみに会ったときから。長いあいだ気持ちを隠してきたのは、おれの親友もきみを愛していたからだ。それにきみのほうもあいつを愛してたから。何も言わずにじっと見守ってきたのは、きみの愛情を受けるのにふさわしい男がほかにいるとすれば、スティーブンしかいないと思っていたからだよ。でも、スティーブンがあんなことになって……」彼は近づいてきて、肩にかかったわたしの髪を耳のうしろにかけた。「とにかくきみがこの町に戻ってくれさえすれば、それでいいと思ってた。きみへの気持ちを心の奥にしまい込んだんだ。でも、あのトリスタンのやつがひょっこり現れて、おれはまたしても蚊帳の外に置かれた。別の男がきみを笑わせ、幸せにして、愛しているのを、ただぼんやり眺めているしかなかった。だからあいつときみの仲を引き裂こうとした。最低なことをしたと思ってるし、きみに許しを請うつもりもない。でも――」タナーは吐息をもらし、わたしの指に自分の指を絡めてきた。「きみをすごく愛しているんだ。頭がどうかなってしまいそうなくらいに」

タナーの指には、スティーブンに感じていたぬくもりも、トリスタンから伝わってくるやさしさもなかった。ただ冷たく、いっそう孤独を感じた。

「じゃあ、わざと別れさせたっていうの?」わたしは愕然《がくぜん》とした。握られた手を引き抜き、両手で髪をかきあげる。「わたしが決めたことに口出しをして、人生の邪魔をしておいて、その理由が愛しているからですって?」

「あいつはきみにはふさわしくないんだ」

わたしはかぶりを振った。「それを決めるのはあなたじゃない」

「痛い目に遭わされるかもしれないんだぞ。あいつはモンスターだ。おれにはわかる。それにトラブルの兆候が出たとたん、あいつは姿を消したじゃないか。おれだったら、きみを見捨てたりはしないよ、リズ。きみのために闘ってみせる」

「もう、お願いだから」

タナーが眉をあげた。「お願い? きみのために闘うってことか? ああ、約束する。なんとしても闘ってみせるよ」

「そうじゃなくて」わたしは腕組みをすると、直立不動の姿勢を取った。「お願いだから、もう帰って」

「リジー……」

「やめてよ!」嚙みつくように言った。「そんなふうに呼ばないで。わたしがあなたと関わりたがってると思っているなら、どうかしてるわ。愛しているなら、わざわざその人を傷つけるようなまねはしないはずよ。心から愛しているのなら、自分以上に相手の幸せを願うものだもの。トリスタンはモンスターなんかじゃないわ、タナー。みんなが心配しなければならないのはあなたのほうよ。あなたは妄想に取りつかれてる。もうわたしのことは放っておいて。二度とうちにも来ないでちょうだい。町で偶然会っても、見て見ぬふりをしてよね。もう金輪際、あなたとは関わりたくないから」

「本気じゃないだろう」タナーが身を震わせた。顔から血の気が引いている。わたしがポーチの階段をのぼりはじめても、まだ彼の叫ぶ声が聞こえた。

「本気じゃないよな、リズ！　今は頭に来てるかもしれないけど、おれたちは大丈夫だ。なあ、そうだろう？」

家の中に足を踏み入れた瞬間、ばたんとドアを閉めた。そのままドアに寄りかかる。心臓が早鐘を打っていた。

39

トリスタン

メドウズクリークを離れてから数週間が経ち、さらに数カ月が経っていた。おれはほとんどの時間を両親の家の裏庭で過ごし、木材を切っては彫刻を施したりしていた。自分に残されたのは、自らの手で何かを作り出すことしかないと思ったから。

季節が変わり、五月になっても、まだエリザベスのことが頭から離れなかった。エマに会いたくてたまらない。そして、いまだにジェイミーに別れを告げられずにいた。今でもチャーリーに戻ってきてほしかった。こんなに短期間に、二度までも自分の世界を失うとは思ってもみなかった。

「トリスタン」母さんが裏口から顔を出した。「夕食をどう?」

「いや、おれはいい」

母さんが顔を曇らせた。「そう、わかったわ」

斧《おの》を持つ手を休め、おれはうつむいた。「やっぱり食べようかな」

次の瞬間、母さんの顔が見るからにぱっと明るくなったので、つい頬がゆるみそうになった。空腹とはほど遠い状態とはいえ、母さんがこれほどうれしそうな顔をするのなら、口いっぱいに詰め込んでもいいような気がする。あの事故以来、母さんもつらい思いをしてきたのだ。どれだけ自分を責め続けてきたことだろう。毎日毎日、自分があの車を運転していたという事実に苦しんできたはずだ。それなのに、これまで母さんの気を楽にしてあげるようなことを何もしてこなかった。

「それで、メドウズクリークの家は売るつもりなのか？」父さんが尋ねてきた。

「どうかな。まあ、そうなるだろう。そのへんのことは、来週あたりから取りかかろうと思ってる」

「助けが必要なら言ってくれ。家の売却に関しては門外漢だが、年のわりには〝ググる〟のがうまいんだぞ」父さんが冗談めかして言う。

おれは笑い声をあげた。「ああ、覚えておくよ」

視線をあげると、母さんがまたもや顔を曇らせてこちらを見ている。おれは椅子に座ったまま、落ち着きなくもぞもぞと体を動かした。「すごくおいしいよ」母さんの料理の腕を褒めた。

それでも母さんは悲しげな目でこちらを見ている。「ありがとう」

「どうかした？」首のうしろを撫でながら問いかけた。

「ただ、ちょっと……ねえ、何があったの？　どうしてそんなにつらそうなの？」

「おれは大丈夫だよ」

「そうは見えないわ」

父さんが咳払いをして、険しい目で母さんをにらんだ。「なあ、メアリー。トリスにも時間が必要なんだよ」

「ええ、そんなことはわかってるわ。でも、わたしは母親なの。自分の子が傷ついていると知りながら、その傷を癒してあげられないことが何よりもつらいのよ」

おれは手を伸ばし、テーブル越しに母さんの手を握りしめた。「ああ、たしかにおれは大丈夫じゃない。でも、そのうちきちっと立ち直るよ」

「約束してくれるわね?」

「ああ、約束する」

この町に戻ってきてから、まだ一度も墓地を訪れていなかった。おれは何時間も車を走らせながら、これからの身の振り方をなんとか見つけようとしていた。これからどうやって前に進むべきなのかを。

そして気づけば、墓地の前に車を止めていた。

胃がぎゅっと締めつけられる。全力を振りしぼり、どうにか車をおりて歩きだした。

ここに来るのは埋葬のとき以来だ。ジェイミーとチャーリーの墓石の前に立った瞬間、涙がこみあげてくる。おれはふたりに花を手向けた。

「やあ、一度も顔を見せなくて悪かったな。白状すると、おまえたちからどうにか逃げようとしてたんだ。ふたりがいなくなって、どうやって生きればいいのかわからなくなったんだよ。そうやっておまえたちを放っておきながら、おれは代わりになるものを探しに行った。自分にはもう家族がいないってことがどうしても信じられなくて、ありもしない何かを探し求めたんだ。おまえたちのいない世界で生きていく自分が想像できなかった。おれはどうすればいいんだろう？　どうやってこの世で生きていけばいいのか……なあ、どうしたらいいか教えてくれ。頼むよ。どうすりゃいいのか、さっぱりわからないんだ。もう、ひとりではやっていけそうにない」

胸が激しく高鳴っていた。おれは地面にへたり込んだ。緊張の糸が切れ、ジェイミーとチャーリーを失った喪失感に身をまかせていた。ふたりは世界そのものだった。チャーリーはおれの生きがいで、ジェイミーはおれの心のよりどころだった。それなのに彼らを裏切って、おれは逃げ出したのだ。彼らを思い出して悼むべきだったのに、代わりになるものを探そうとした。「頼むから、おれの目を覚まさせてくれ。正気に戻してくれよ。そして自分が思っている以上に強い人間だと言ってくれないか。おれが正気を取り戻したら、もう悲しみは消えていると言ってくれ」

日が傾きはじめるまで、おれはずっとふたりと一緒にいた。両腕で膝を抱え、じっとしたまま、墓石に刻まれた言葉を見つめていた。誰かを失うと――自分自身よりも自分のことをよく知っている人たちを失うと、体の中にぽっかりと穴が開いたような気分になるものだ。

おれはその虚しさを埋めようとした。だが、それでも空洞は残るのだ。毎日ふたりを思い出しては心が痛んでいた。毎日ふたりのことが頭をよぎっていた。たぶん、それが傷ついた心の奥にある幸せというものなのだろう。

「きみに打ち明けたいことがあるんだ、ジェイミー。おれは今でもきみを愛しているよ。じつは、エリザベスという女性に惹かれた。彼女のおかげで、また息ができるようになったんだ。なあ、おれはどうしたらいい？　どうやって前に進めばいいんだろう？　おれの望みはただ……」そこで咳払いをした。自分が何を望んでいるのか確信が持てない。それじゃあ、答えようがないよな。おれは立ちあがると、唇にそっと二回触れ、灰色の墓石に手を置いた。

向きを変えて立ち去ろうとしたそのとき、小さな白い羽根がどこからともなく舞いおりてきて、おれの腕の上に落ちた。その瞬間、言いようのない安心感に包まれてうなずいた。

「ああ、おれは大丈夫だ。きっと立ち直れる」小声で語りかけた。最愛の人たちからのキスだった。いつか立ち直れそうな気がする。おれは孤独ではなかったのだ。

「何を見ているの？」ある日の午後、ダイニングテーブルの前に座っていると、母さんが尋ねてきた。そのテーブルは、母さんへのクリスマスプレゼントとして、数年前に父さんが作ったものだった。

おれは何カ月も前にエマが撮ってくれた写真を握りしめていた。エリザベスとおれが白い羽根を手に写真におさまっている。彼女たちのもとを去ってから、毎日のようにそれを眺めていた。

「いや、なんでもない」

「わたしにも見せて」母さんがそう言って隣に座った。写真を手渡すと、母さんは小さく息をのんだ。「あの人だわ」

「あの人って？」

「ケビン！」母さんが大声で父さんを呼ぶ。「ケビン！　ちょっと来て！」

父さんが急ぎ足で部屋に入ってくる。「どうした？」

母さんから写真を受け取ると、父さんは目を細めて見入った。母さんが説明をはじめる。

「あの事故の日、たまたま病院に居あわせた女性だわ。ジェイミーとチャーリーが手術室に入っているあいだ、わたしは待合室でパニックを起こしそうになっていたの。抑えきれなくて泣きじゃくっていたら、この女性が近づいてきて抱きしめてくれたのよ。彼女がずっとそばにいて、大丈夫だって言い続けてくれなかったら、わたしはとっくに正気を失っていたでしょうね」

「彼女が？」おれは写真を指さして尋ねた。「間違いない？」

母さんがうなずく。「絶対に間違いないわ。この人よ。ジェイミーとチャーリーが手術室から出てきたときも、わたし、どうしたらいいのかわからずにおろおろしていたの。どちらに付き添えばいいのかって……そうしたら、この女性がジェイミーに付き添ってくれて、わたしはチャーリーのそばにいることにしたの」母さんは困惑した目をおれに向けた。「でも、どうして彼女と一緒の写真をあなたが持っているの？」

おれは父さんから写真を受け取ると、どうにか状況を把握しようとした。写真の中でエリザベスが微笑んでいる。彼女がジェイミーのそばに付き添っていたなんて。

「さあ、どうしてかな」

40

永遠の別れ

エリザベス

「いやよ……」待合室に呆然《ぼうぜん》と立ち尽くし、思わずつぶやいた。目の前には医師が立っていた。

「大変お気の毒です。手術を乗りきれませんでした。出血を止めようとあらゆる手を尽くしたんですが、もはや手の施しようがなく……」医師はなおも話を続けたが、もう耳には入ってこなかった。どうにか理解できたのは、自分の世界が奪い去られたということだけだ。へなへなと近くの椅子にくずおれた。

「いや……」もう一度つぶやき、両手で顔を覆った。

どうしてこんなにあっけなく逝ってしまったの？　なんでわたしを置いてきぼりにするの？

スティーブン、いやよ……。

手術の前には手を握り、愛していると語りかけ、最後にキスをしたのに。どうして逝ってしまったの？

お悔やみ申しあげます、と告げて医師は去っていったけれど、わたしは気にも留めなかった。まもなくキャシーとリンカーンが駆けつけ、彼らの心もずたずたになった。わたしたちはずいぶん長いこと病院にとどまっていたが、やがてリンカーンが口を開いた。

そろそろ行かないと。あれこれ段取りをつけないと。

「わたしはあとから行きます」わたしは言った。「あの、エマがフェイの家にいるんです。迎えに行ってもらってもいいですか？」

「あなたはどうするの？」キャシーが問いかける。

「もうちょっとだけ、ここにいたいんです」

キャシーが眉をひそめた。「エリザベス……」

「わたしなら大丈夫ですから。あとで行きます。あの子には……あとで行くとだけ伝えてもらえますか？」

キャシーとリンカーンがうなずく。

わたしはそれから何時間も待合室にいた。何を待っているのかもわからなかった。ほかのみんなはちゃんと待っているように見えた――答えを待ち、祈りを待ち、希望を待っているかのようだった。

部屋の片隅で、年配の女性がひとりで泣き崩れていた。なぜか視線が吸い寄せられた。

女性は全身傷だらけで、悲惨な状況から逃げ出してきたのだとわかった。何よりも引きつけられたのは、感情的な青い目に苦悩の色が浮かんでいたことだ。邪魔をしてはいけないと思いつつも、そばに行って彼女を抱きしめると、女性はわたしを押しのけようとしなかった。彼女を抱きしめたまま、わたしたちは絶望感に襲われていた。

しばらくすると看護師がやってきて、彼女の孫と息子の妻が手術室から出てきたことを告げた。もっとも、まだ予断を許さない状況だという。「面会できますよ。そばに付き添って、手を握っていてあげてください。ただ、反応はありませんが……」

「でも、どうしたら……」女性の声が震え、涙がこぼれ落ちた。「どっちに最初に会えばいいんです？　わたし、どうすれば……」

「あなたがいらっしゃるまで、わたしがどちらかに付き添っていますよ」わたしは申し出た。「わたしが手を握っていますから」

というわけで、わたしは彼女の息子の妻に付き添うことになった。病室に足を踏み入れたとたん、愕然とした。気の毒なその女性は、血の気というものがまったくなかった。まるで亡霊のように。わたしはベッドのほうに椅子を引き寄せると、彼女の手を握った。

「はじめまして」小声で話しかけた。「ちょっと奇妙な状況で、なんて言えばいいのかもわからないんだけど、ええと、わたしはエリザベスです。あなたのご主人のお母さまがものすごく心配しているわ。だから頑張ってもらいたいの。ご主人も死ぬほど心配していて、旅先からこっちに向かっているそうよ。とにかく頑張ってちょうだい。つらいでしょうけど、どうか負けないで」涙があふれ出した。初対面にもかかわらず、他人とは思えなかった。スティーブンの手を握ることもできないまま彼が帰らぬ人となっていたら、どんなに打ちのめされただろうと思わずにはいられない。「ご主人のためにも頑張るのよ」身を乗り出し、彼女の耳元にささやきかけた。どうかこの言葉が魂に届きますように。「ご主人を悲しませたくないでしょう。抱きしめてもらえるまで頑張りましょうよ。愛してるって言わせてあげましょう。まだだめよ。もう少し頑張って」

彼女が手を握り返してきたような気がして、わたしはつないだ手に視線を落とした。「すみません」そのとき声がした。ドアのほうに目を向けると、看護師がこちらを見ていた。「ご家族の方ですか？」

つないだ手から目を離せなかった。「いえ、わたしはただ……」

「申し訳ありませんが、退室していただかないと」

わたしはこくりとうなずいた。

そして彼女の手を放した。

「彼があの付箋紙の手紙を残していくのよ」わたしはため息をついた。フェイとふたりでシーソーに乗っていた。エマはジャングルジムや滑り台で遊んでいる。「ときどき部屋の窓に貼られているんだけど、何を伝えたいのかよくわからないの。今でも愛してるって書いてあるけど、それっきりなのよ。どういうことかしら？」

「駆け引きでもしているつもりなのかな？　だとしたら悪趣味だわ。どうしてそんなくだらないことをするんだか。ねえ、いやがらせをしているんだと思う？　つまり、事故のことを黙っていたから、仕返しをしてるとか？」

「ありえないわ」わたしは首を横に振った。「そんなことをする人じゃない」

「もう何カ月も経つのよ、リズ。それなのに電話ひとつよこさないじゃない。連絡といえば、ときどき意味不明な紙切れが届くだけ。ちょっとまともじゃないわよ」

「わたしとトリスタンはまともだったことなんて一度もないもの」

フェイがシーソーを押しさげ、わたしの顔を見あげた。

「だったら、そろそろまともな人を見つけたほうがいいんじゃない？　まともな人生を送ればいいのよ」

わたしは何も言わなかったけれど、彼女の言うとおりかもしれないと思った。

あの付箋紙に期待を抱かなければいいのだ。いつか彼が戻ってきてくれるという大きな期待を。

〃ちょっと考える時間が欲しいんだ。もうすぐ戻る。愛してるよ――ＴＣより〃

〃待っててくれ――ＴＣより〃

〝みんな誤解しているんだ。頼むから、どうか待っていてほしい――TCより〟

「唇になんか紫色のものがついてるわよ、サム」カフェに出勤すると、わたしは言った。サムが頰を真っ赤にして、口元にさっと手をやる。数週間前から、マッティはランチタイムのあいだだけ、サムを厨房に入れて調理を学ぶ機会を与えていた。ようやく好きなことができるようになって、サムはすごくうれしそうだ。おまけに彼はなかなかの腕前だった。

「ああ……ありがとう」サムはそう言うと、積み重ねた皿を持って洗い場のほうに向かった。ドアのところでフェイと出くわし、ふたりして〝どちらが先に通るか〟というぶきっちょなタンゴを踊る。

フェイがわたしに気づいて大声で挨拶した。わたしはにやりとした。「その紫色の口紅、よく似合ってるわよ」

フェイが笑みを浮かべる。「ありがとう！　変えたばかりなの」

「前にも見た気がするけど」

「そんなはずない」彼女は首を横に振った。「昨日の夜、買ったばかりだもの」

「そうじゃなくて、五秒ぐらい前に同じ色を見た気がするの。サムの唇についてるのを」

フェイが顔を赤らめ、もじもじと指をいじりながら、わたしのもとに駆け寄ってくる。

「なんですって！　あの気色悪いサムのやつが、わたしと同じ口紅を？　だったら別の色に変えなくちゃ」

わたしは眉をあげてみせた。「もう、ごまかさなくていいから教えなさいよ。何カ月ものあいだ、彼のことを気色悪い男だって力説してたじゃない」

「ええ、そうよ。気色悪いなんてもんじゃないわ。昨日の夜なんて、虫酸《むしず》が走るぐらい気味が悪かったんだから」フェイは空いている席から椅子を引き出し、腰をおろした。こんな勤務態度でなぜ首にならないのか、いまだに不思議で仕方がない。

「何をされたの？」わたしも向かいの席に座った。〝勝てない相手なら仲間になれ〟だ。

「あのね、しょっちゅう〝元気？〟って声をかけてくるわけ。どうもおかしいと思ったの。まるでわたしに興味があるみたいじゃない」

「やだ、そうなの？　でもまあ、それぐらいなら〝どうもおかしい〟って程度よね」冗談めかして言う。

「そうよ！　問題はそのあと！　昨日の夜、彼がうちに来たから、どの部屋でしたいかってきいたの。そしたら彼、こう言ったのよ。〝いや、どこかしゃれた場所できみとデートしたいんだ〟って。こっちは〝はあ？〟って感じよ。それで食事をしてちょっと飲んだあと、家の前まで送ってもらったの。そしたら、わたしの頰にキスして、〝今度また誘ってもいいかな〟なんて言うのよ！　それ以外、何もせずに！」

「なんて気色悪い男なの！」

「でしょう！」フェイはひと呼吸置いて、厨房のほうをちらりと振り返った。サムは鉄板《グリドル》に火をつけている。彼女かすかな笑みを浮かべてから、わたしのほうに向き直った。「でもね、それが、そんなに気色悪くなかったの」

「そうみたいね。それに彼が厨房で働けるようになってよかったわ。すごく望んでいたから」

「ええ、おまけにものすごく性に合ってるみたいだし」

「マッティがよく許したわね」

フェイが肩をすくめる。「許さないわけにいかなかったんだと思う。サムにチャンスを与えなかったら、あなたがスパイス・ガールズの曲に合わせて素っ裸で踊っているビデオをこの店の従業員みんなに送りつけてやる、ってマッティを脅したから」

「あなたもずいぶんひどい人ね、フェイ」わたしは仕事に戻るために立ちあがった。「でも、間違いなく最高の友だちだわ」

「いかにもさそり座らしいやり方でしょ？　わたしもあなたが大好きよ。ただし、わたしを怒らせたりしたら、悪魔に変身してやるから」

わたしは笑い声をあげた。

「嘘、やだ」フェイは椅子から飛びおり、両手をわたしの肩に置くと、正面の窓が見えないように向きを変えさせた。「よし、これでいいわ。いいこと、パニックを起こさないって約束して」

「なんの話？」

「あのね、覚えているかしら。あなたは夫を亡くしたあと、一年間行方知れずになっていて、またこの町に舞い戻ってきてからも、まだ悲しみに暮れていた。だけどそのうち、あるろくでなしと深い仲になった。ところが蓋を開けてみたら、その人はろくでなしなんかじゃなくて、妻と息子を亡くして失意のどん底にいた人だったのよね？　それからあなたたちは、お互いが別人になりきるっていう意味不明な肉体関係にはまり込んだわけだけど、あるとき〝でもやっぱり、ありのままのふたりでいよう〟と思って恋に落ちた。けれどしばらくして、あなたの夫が彼の家族の死に関わっていたことが判明すると、雲行きが怪しくなって、彼は町を出ていった。それなのになぜか付箋紙の手紙だけがちょくちょく残されるようになったものだから、あなたは余計に頭がこんがらがって、あれこれ思い悩んでいる。〝まったくもう、これじゃあ毎日毎日、月経前症候群《PMS》に苦しんでいるみたいな気分だわ。もうアイスクリームも食べられやしない。だって〈ベン&ジェリーズ〉のアイスクリームが熱い涙で溶けてしまうんだもの〟って。そういういきさつだったたって覚えてる？」

わたしは目をしばたたいた。「ええ、聞き覚えのある話だわ。わざわざ懐かしい話をしてくれてありがとう」

「どういたしまして。じゃあ、落ち着いてね。ここからが大事なところだから。そうやって、あなたはある男に恋をしたんだったわね？　で、その男が今、向かいの黒魔術の店にいるわ」

くるりと振り返ると、店の中にトリスタンが立っていた。隣にはミスター・ヘンソンがいる。心臓が口から飛び出しそうになり、体にぴりりと緊張が走った。

トリスタン。

「パニックを起こしてるんでしょう」フェイが言った。

かぶりを振る。「いいえ」

「パニックになってるはずよ」彼女が繰り返す。

今度はうなずいた。「ええ、そうね」声が震える。「彼はここで何してるのかしら？」

「自分で行って確かめたほうがいいわ。わけのわからない例の付箋紙がなんなのか、知っておくべきよ」

そのとおりだ。知っておく必要があるし、確かめなければならない。いつか彼が戻ってきてくれるという期待を捨てないかぎり、前に進めそうになかった。間違いなく、わたしは今でも彼を待っているのだから。

「マッティ、リズは昼の休憩に入るわ」フェイが声を張りあげた。

「ついさっき出勤したばかりじゃないか！　それにまだ朝食の時間だ！」マッティの声がする。

「わかったわ。じゃあ、朝の休憩」

「だめだ。休憩時間なんかないはずだぞ」フェイがスパイス・ガールズの《スパイス・アップ・ユア・ライフ》を鼻歌まじりで歌いはじめると、マッティの顔が真っ赤になった。「好きなだけ休んでいいぞ、リズ」

41

トリスタン

ミスター・ヘンソンの店の前に車を止めると、おれは急いで店に駆け込んだ。前日に彼から電話をもらい、町一番のろくでなしのために店を閉めることにした、と重々しい口調で告げられたからだ。原因がタナーにあるのは疑いようがなかったし、ミスター・ヘンソンは意気消沈しているはずだ。彼の様子を見に行く必要があった。何か力になれることがあるかもしれない。なんといっても、ミスター・ヘンソンはおれがすっかり途方に暮れていたとき、真っ先に居場所を与えてくれた人なのだ。

〈ニードフル・シングス〉に足を踏み入れたとたん、思わず目を見開いた。ミスター・ヘンソンが荷物をまとめていたのだ。まるで魔法が解けてしまったようだった。すべての棚がからっぽになっていて、神秘的な商品はすでに箱に詰められていた。

「いったい何があったんです？」ミスター・ヘンソンに近づき、おれはきいた。

「タナーの望みがかなったってことさ。店を閉めることにしたよ」

「なんですって？　この問題を解決したくて電話をくれたんだとばかり思ってたのに」おれは髪をかきあげた。「店をたたむ必要なんかありませんよ。あいつがまたタウンミーティングで何か言ったんですか？　なんの権利があってこんなことを！」

「もういいんだ、トリスタン。この店はもう売却したんだ」

「売却って誰に？　おれが取り返してやりますよ。どんなことをしてでも。誰に売ったんですか？」

「町一番のろくでなしに」

「タナーになんか渡しちゃだめだ。それじゃあ、あいつの思うつぼじゃないですか」

「誰がタナーの話をしてると言った？」

「じゃあ、誰なんです？」

ミスター・ヘンソンはこちらを向くと、おれの手を取って手のひらに鍵束を置いた。

「きみだよ」

「えっ？」

「この店は隅から隅まで、すべてきみのものだ」ミスター・ヘンソンはあっさりと言ってのけた。

「どういうことですか？」

「つまりこういうことだ」彼はあちこちに置かれた箱のひとつに腰かけた。「わしはずっと夢に生きてきた。この場所が生み出す魔法をこの目で見てきたんだ。そして今こそ、この店を譲るときが来たと思った。人生にちょっとした魔法が必要な人に譲ろうと。小さな夢を必要としている人間にね」

「おれはこの店を手に入れる気なんかありませんよ」

「おいおい、だからこそ、すてきなんじゃないか。きみはもう、この店を手に入れたも同然だ。すでにきみのものなんだよ。書類はすべて用意してあるから、あとは目を通して記入するだけだ」

「ここを手に入れたところで、おれにはどうしようもないのに？」

「きみには夢があるじゃないか、トリスタン。きみがお父さんと一緒に作った家具は、わしの古ぼけた水晶なんかよりよほど多くの客を呼び込むはずだ。自分の夢を誰にも邪魔させてはいけないよ」ミスター・ヘンソンは箱から立ちあがると、カウンターのほうへ移動して帽子を手に取った。そしてそれを頭にのせ、戸口のほうへ向かった。

「あなたは？　これからどうするんですか？」彼がドアを開けるのを眺めながらきいた。戸口の呼び鈴がチリンと鳴る。

「そうだな、新しい夢でも見つけに行くよ。ささやかな夢を見て、小さな魔法を発見するのに遅すぎるということはないだろう。聞いたところでは、この店には修繕が必要になるらしいが、費用のほうは心配しなくていいから。そのへんのことはまた今度話しあえばいいさ。じゃあ、また」ミスター・ヘンソンはウィンクをして、店を出ていった。

戸口に駆け寄り、さっとドアを開けて、彼が立ち去ったほうに視線を走らせる。

奇妙な幻でも見たような気分になりかけたが、ふと視線を落とすと、手の中に鍵束があった。もちろんミスター・ヘンソンは実在しているのだ。

「そんなところで何してるの？」

振り返ると、すぐうしろにエリザベスが腕組みをして立っていた。「リジー」おれはぼそりとつぶやいた。いきなり間近に彼女を見たせいで、身がすくみそうになる。「やあ」

「やあ？」エリザベスがむっとした表情で、ずかずかと店に入ってくる。「やあ、ですって？」声高に言った。「わたしに説明の機会も与えずに、何カ月も行方をくらましていたくせに、ふらりと戻ってきて口にする言葉が〝やあ〟なわけ？　もう、この……この……役立たず《ディック》！」

「リジー」眉間にしわを寄せて近づくと、彼女はあとずさりした。

「いやよ。わたしに近づかないで」

「なぜ？」

「なぜって、あなたがそばにいると、まともに考えられなくなるからよ。あなたになんて言うべきなのか、今はちゃんと考えないといけないの」エリザベスはそこで口を閉じて、店の中をさっと見まわした。「あら？　店にあったものは？　どうして箱にしまってあるの？」

おれは親指を歯に当て、彼女をじっと眺めた。髪が少し伸びて、色が明るくなったように見える。化粧はしていないようだ。彼女の目を見ただけで、またしても心を奪われてしまう。

「きみが彼女のそばにいてくれたんだな」

「えっ？」エリザベスがカウンターに背中をもたせかけた。

おれは近づいていき、カウンターに両手をついて、彼女が動けないようにした。

「きみがジェイミーのそばにいてくれたんだ」

エリザベスの息が乱れている。視線がおれの唇に注がれると、おれも彼女の唇から目が離せなくなった。「トリスタン、話がさっぱり見えないわ」

「あの事故の日、おれの母はひとりきりで病院の待合室にいたんだ。というのも、父とおれはデトロイトから飛行機で飛んで帰ってきている途中だったから。きみはそこで母に会い、抱きしめてくれた」

「あの人があなたのお母さんだっていうの？」彼女が目を細める。

おれはうなずいた。「そのうえ、ジェイミーとチャーリーが手術室から出たあと、ジェイミーに付き添ってくれたらしいね。ずっと手を握っていてくれたって」口元に唇を近づけると、エリザベスが小さく息を吐き出した。「きみがジェイミーのそばにいてくれたとき、どんな様子だった？」

エリザベスは目をしばたたき、おれの目を見つめたまま震える声で答えた。

「彼女のベッドの脇に座って手を握りながら、わたしがあなたのそばにいるわ、って話しかけていたの」おれは指で自分の額を撫で、エリザベスの言葉に聞き入った。「彼女は苦しまなかったわ、トリスタン。息を引き取ったときも、痛みは感じなかっただろうってお医者さまが言ってた」

「ありがとう」それが知りたかったのだ。

左手を彼女の腰にやり、抱き寄せた。「トリスタン、やめて」

「キスするななんて言わないでくれ。頼むから」

エリザベスは何も言わなかったが、おれの腕の中で身を震わせた。おれは彼女の唇を奪った。情熱的でほとばしるようなキスだった。これまでしてきたことを、すべての過ちを詫びるかのように。唇を引き離しても、まだ彼女は震えていた。

「愛してる」おれは言った。

「嘘よ」

「本当だ」

「わたしを置いていったくせに！」彼女は泣きながら体を離した。そして店の中を横切り、唇に指を走らせて、直立不動の姿勢を取った。「わたしに説明する機会も与えずに、いなくなったじゃない」

「起こったことにどう対処すればいいかわからなくなったんだ。なあ、リジー、気がついたら、あっという間に数カ月が経っていたんだよ」

「そんなの、わたしにわかるわけがないでしょう？　わたしだって悪夢の中を生きていたのよ。それでもあなたに説明したかった。またうまくやっていけるように」

「おれは今もうまくやっていきたいと思ってるよ」

エリザベスが皮肉っぽい笑みを浮かべる。「それで付箋紙の手紙をちょくちょく残していったわけ？　あれがうまくやっていきたいっていう、あなたなりのサインだったの？　わたしにしてみれば、余計に頭がこんがらがって、いっそう深く傷ついただけだったわ」

「なんの話だ？」

「あの付箋紙の手紙のことよ。この五カ月のあいだ、毎週わたしの寝室の窓に貼りつけていったでしょう。あなたのイニシャルが書いてあったわ。ふたりでやりとりしていたときと同じ付箋紙に」

おれは眉根を寄せた。「リジー、おれは手紙なんか残してない」

「駆け引きはもうやめて」

「いや、本当だ。だいいち、今日はじめてこの町に戻ってきたんだぞ」

正体を探るかのように、エリザベスがおれをじっと見た。ふたりの距離を詰めようとすると、彼女はさっと身を引いた。「やめて。お遊びはもうたくさんよ、トリスタン。あなたに振りまわされるのはもういやなの。あなたが二カ月前に姿を見せていたら、わたしだって許せたかもしれない。あるいはひと月前でも。でも、今さら何を言ってるの？　もう手紙を残すのも、わたしと娘の心をもてあそぶのもやめてちょうだい」エリザベスはくるりと向きを変えて店を出ていった。おれはすっかり混乱していた。店の外に出たときには、彼女はすでに通りを渡ってカフェのほうに戻っていた。

胃がきりきりと痛みだした。

次に戸口の呼び鈴がチリンと鳴ったとき、エリザベスが戻ってきてくれたのだと思って、勢いよく振り向いた。だが、戸口に立っていたのはタナーだった。

「おい、ここで何してる？」切迫感の漂う声で、タナーがきく。

「今はだめだ、タナー。そういう気分じゃない」

「おいおい、なんでおまえがここにいるんだよ？　戻ってくるなんて冗談じゃないぞ」タナーはうなじをさすりながら、店の中をそわそわと行ったり来たりしはじめた。「おまえのせいで何もかもぶち壊しだ。せっかく彼女を取り戻せそうだったのに。おれのことをだんだん好きになってきてたんだよ」

「なんだと？」タナーの表情を見ただけで、胸が悪くなってくる。「何をしたんだ？」

彼は荒い息を吐き出した。「まったく、ばからしくてやってられないぜ。おまえはかっとなって出ていって、何カ月も彼女をほったらかしにしてたくせに、戻ってきたとたんに彼女はおまえに夢中なんだからな。まるで白馬の王子さまにキスしてるみたいな顔してさ。ちくしょう、でもまあ、よかったじゃないか」あきれたような顔できびすを返す。「くそっ、こんなはずじゃなかったのに」タナーはひとりごちた。おれもあとを追って店を出ると、通りの向こうにある彼の自動車修理工場へ向かった。

「エリザベスの家に手紙を残したのはおまえだな？」

「それがどうした。自分だけに与えられた特権だとでも思ってたのか？」

「おれのイニシャルを使っただろう」

「今度は名探偵気取りかよ。まさかイニシャルがＴＣの名前は自分だけだと思ってるんじゃないだろうな」タナーは一台の車に近づくと、ボンネットを開けて修理をはじめた。
「だが、彼女がおれからの手紙だと思い込むのはわかっていたはずだ。おれたちが手紙をやりとりしていたことをどうやって知った？」

「まあ、そんなにかりかりするなって。まるでおれが隠しカメラでも仕掛けて、おまえらをこそこそ見張ってたみたいに言わないでくれ」タナーがおれを見あげて、不気味な薄笑いを浮かべる。

次の瞬間、おれは彼に向かって突進すると、胸ぐらをつかんで車に叩きつけた。

「おまえはサイコ野郎なのか？　おかしいのはおまえのほうじゃないか、え？」

「おれがおかしいだと？」タナーが声を張りあげる。「おれのどこがおかしいんだよ！　おれはコイン投げに勝ったんだぞ！」声を引きつらせて、さらに言い募った。「それなのに、あいつはおれから彼女を奪いやがった！　おれが表で、あいつが裏だと言って、コインは表が出たんだ！　それでもあいつは彼女を自分のものにしようともくろんだ。おれと彼女の人生をめちゃくちゃにしたんだ。エリザベスはおれのものだった。おまけにあいつは何年にもわたって、さんざんおれをこけにしやがった。新郎の付添人になってくれだとか、娘の名づけ親になってほしいだとか抜かしやがったのさ。おかげでおれは、エリザベスが自分のものになるはずだったことを何年経っても思い出すはめになった。だからおれが手を下してやったんだ」

「なんだって？」相手の胸ぐらをつかんでいた手をゆるめる。タナーは気が触れたかのように目を大きく見開いていた。こみあげてくる笑いを抑えきれないようだ。「手を下したってどういうことだ?」

「車の調子が悪いから調べてほしいってあいつが言ってきたんだ。エマとふたりで旅行に行くからって。それが合図だとおれにはわかった。あいつはおれにやってほしかったのさ」

「やるって何を?」

「ブレーキケーブルをちょん切ってやることだよ。あいつはエリザベスをおれに返そうとしたんだ。何しろ、おれのほうがコイン投げで勝ったんだからな。そしてついに、すべてがうまくいったわけだ。惜しかったのは、あいつの車が高速道路に入ったとき、後部座席にエマが座っていなかったってことだ。あの子は病気で家にいた」

タナーの言葉が理解できなかった。彼の言っていることが信じられない。

「彼らを殺そうとしたのか? 車に細工をしたってことか?」

「コイン投げに勝ったのはおれのほうなんだ!」当たり前だと言わんばかりに、タナーが声を荒らげる。

「おまえは頭がどうかしてる」

タナーは忍び笑いをもらした。「おれの頭がどうかしてるだと? おまえこそ、自分の家族を殺した男の妻にのぼせあがっているだろうが」

「スティーブンが殺したわけじゃない。おまえのせいだ。おまえがおれの家族を殺したんだ」

タナーがおれに向かって人差し指を振る。「いや、車に乗ってたのはスティーブンだ。運転してたのはあいつなんだよ。おれはただ、ボンネットの中を整備しただけさ」

おれはまた彼を車に叩きつけた。何度も何度も。「おい、これはゲームでもなんでもないんだぞ、タナー。おまえは人の人生をもてあそんだんだ！」

「人生はゲームなんだよ、トリスタン。だから身を引いたほうがいい。彼女はもともとおれが手に入れたものだ。ようやく賞品を受け取るときが来たっていうのに、誰にも邪魔させるもんか」

「おまえはどうかしてる」そう言って、タナーのそばから離れた。「ちょっとでもエリザベスに近づいたら、おれがぶっ殺してやるからな」

タナーがまたしても笑う。「なあ、冗談はよしてくれよ。おまえがおれを殺すだと？　殺すことに関しちゃ、おれのほうが間違いなく三人分もリードしてるんだぞ。まあ、今夜の分も含めれば四人になるがな」

「どういうことだ？」

「おいおい、おれがエリザベスの小さな娘まで一緒に引き受けるとでも思ってるのか？　あの子がいたら、彼女は死んだ夫のことをいつまでも忘れられないだろう？」

「エマに指一本でも触れてみろ――」おれは警告した。タナーの顔に一発食らわせてしまいそうだった。

「なんだよ？　どうするんだ？　おれを殺すのか？」

殴りつけたかどうかも覚えていなかった。

だが、気づいたときにはタナーが地面に倒れていた。

「リジー！」おれは必死に呼びながらカフェに入った。「話があるんだ」

「トリスタン、わたしは仕事中なの。それに話ならもう終わったはずよ」

彼女の両腕をつかんで引き寄せる。「リジー、大事な話なんだよ」

「その手を離しなさいよ」フェイがつかつかと歩み寄ってきた。「さあ、早く！」

「フェイ、違うんだよ。リジー、タナーだったんだ。すべてはあいつの仕業だった。手紙の件も、あの事故のことも、何もかもあいつの仕業だったんだよ」

「どういうこと？」目に困惑の色を浮かべ、エリザベスがきいた。

「詳しい話はあとでするから、今はエマの居場所を教えてくれ。あの子の身に危険が迫っているんだよ、リジー」

「えっ？」

そのとき、フェイが小さく息をのんだ。「いったいタナーに何をしたのよ？」通りの向こうを見つめながら言う。ふたりの警官がタナーと話をしていて、やつがおれのほうを指さしている。くそっ。

「あいつはまともじゃない。エマに危害を加えると言ったんだ」

エリザベスが不安に襲われたように身を震わせた。「どうしてそんなことを言うの？　たしかにタナーには身勝手なところがあるけど、そこまで……」

彼女は途中で言葉を失った。ふたりの警官がカフェに入ってきたからだ。

「トリスタン・コール、おまえをタナー・チェイスへの暴行容疑で逮捕する」

「えっ？」エリザベスは信じられないという顔でため息をつき、両手で髪をかきあげた。

「どういうこと？」

おれに手錠をかけながら、警官のひとりが話を続けた。「この男がタナー・チェイスに暴行を加えたことが、彼の自動車修理工場の防犯カメラで確認されたんです」今度はおれに向かって話しはじめる。「おまえには黙秘権がある。発言は、法廷で不利な証拠として使われる可能性がある。おまえには弁護士をつける権利がある。弁護費用がまかなえない場合は、公選弁護人が用意されることになる」

警官たちにカフェから引きずり出されると、エリザベスが急いであとを追ってきた。

「ちょっと待ってください、誤解です。トリスタン、ちゃんと説明して。何かの間違いだって」彼女が取りなそうとする。

「リジー、とにかくエマの様子を確かめるんだ。わかったか？　念のために、あの子の無事を確認してくれ」

「三時間前に店を引き渡したはずなのに、戻ってきてみたら、とらわれの身になっているとはね」ミスター・ヘンソンが冗談めかして言った。

「なんでここに？」面食らって、おれは尋ねた。

ミスター・ヘンソンが意味ありげに眉をあげると、警官が留置場の鍵を開けた。

「きみの保釈金を払うからじゃないかな」

「なぜおれがここにいると？」

「ああ、それはタロットで占ったからだ」おれが目を細めると、ミスター・ヘンソンは笑い声を立てた。「トリスタン、ここほどゴシップが好きな町はないんだよ。みんなが噂しているのを小耳にはさんだのさ。それに――」廊下の角を曲がりながら言う。「こちらのお嬢さんが知らせてくれたんだ」

エリザベスがロビーの前に置かれた長椅子から立ちあがり、こちらに駆け寄ってくる。

「トリスタン、何がどうなってるの？」

「エマは無事なのか？」

彼女がうなずく。「祖父母の家にいるわ」

「状況を伝えたのか？」

「いいえ。ただ、ちょっと面倒を見てほしいって頼んだだけ。実際のところ、わたしだって何が起こっているのかわかってないのよ、トリスタン」

「タナーにはめられたんだ、リジー。何もかもタナーの仕業だったんだよ。この五カ月間、おれになりすまして手紙を残したのも、スティーブンの車が事故を起こすように仕向けたのも。あいつは自分がやったと白状したんだ、リジー。だからおれの話を信じてくれ。あいつはこの一連の出来事をたちの悪いゲームかなんかだと思ってる。おそらく獲物を仕留めるまでやめる気はないだろう」

「獲物って？」

「きみだよ」

エリザベスがごくりとつばをのみ込んだ。「わたしたちはどうすればいいの？　彼の仕業だと、どうやって証明すればいい？」

「次にどうすればいいのか、おれにもまだわからないんだ。でもとにかく、サムに相談したうえで、警官を何人かきみの家によこしてもらおう」

「えっ？　どうして？」

「タナーはカメラがどうとか言っていた。きみの家のどこかに仕掛けているかもしれない」

エリザベスの手が震えだしたので、おれは彼女の手を握った。「大丈夫だ。ちゃんと解決できるよ。きっと大事にはいたらないさ」

42

エリザベス

警察官の一団がサムと彼の父親とともにわたしの家に到着すると、カメラを探して家じゅうの大捜索が行われた。

最終的に八台のカメラが発見された。最後の一台は、わたしのジープの中に仕掛けられていた。

吐き気をもよおすほど気持ちが悪かった。

カメラはすべて小型で、サムが家の鍵を交換してくれたときに勧めてきたのと同じものだった。「信じられないよ、まったく。エリザベス、本当にごめん」額をさすりながらサムが言う。「この新型のカメラを買ってくれたのは、この町ではタナーだけだったんだ」

「何台売ったの?」

彼がごくりとつばをのみ込む。「八台」

「どうしてこんなことができたんですか? どうやってカメラをこの家に持ち込んだんでし

ょう？　わたしたちは四六時中、彼に監視されていたってことですか？」カメラを回収している警官たちに向かって、わたしはきいた。

「いつからだったのかを特定するのは困難でしょうが、いずれ結論が出るはずです。やつの指紋を採取して照合することになるでしょうから。必ず解決してみせますよ」

一行が帰っていくと、トリスタンがわたしを抱きしめた。「エマを迎えに行かないと。あの子から目を離さないほうがいい」

わたしはうなずいた。「ええ、そうね」

トリスタンが指先でわたしの顎を持ちあげたので、彼の目をのぞき込む形になった。

「きっとすべて解決するよ、リジー。おれが約束する」

キャシーとリンカーンの家に車で向かうあいだ、そうであってほしいとひたすら祈り続けた。

「リズ、ここで何をしているんだ？」玄関のドアが開いた瞬間、リンカーンが尋ねた。トリスタンはわたしを気遣って、車の中で待っていた。

「エマを泊めてもらうつもりだったんですけど、やっぱり今夜は一緒にいたほうがいいと思って」

リンカーンが眉をあげたとき、キャシーが近づいてきた。「あら、リズ、どうしたの？」

「とにかくエマを連れて帰りたいんです」わたしは微笑んでみせた。「詳しいことはあとで説明しますから」

「でも、さっきタナーが訪ねてきて、エマを連れて帰ったわ。あなたの車が故障したから、頼まれて代わりに迎えに来たって言うから」

やだ、嘘でしょう……。

トリスタンのほうを振り返る。わたしのおろおろした様子に気づき、彼は拳を口に押し当てた。わたしは急いで駆け戻った。「タナーが連れていったそうよ」

「すぐ警察に通報するんだ」わたしが車に乗り込むのと同時に、トリスタンは発車した。警察に電話して事情を説明していると、すでに警官がわたしの家に向かったから、そこで合流するようにと指示された。

震えが止まらなかった。心が閉ざされたようで、涙で前が見えない。一秒ごとに頭がくらくらしてきて意識が遠のきそうだ。気を失いそうだった。もうだめ……。

「リジー」トリスタンがわたしの手を握りしめ、鋭い口調で言う。「おい、リジー！　おれを見るんだ。いいから見ろ！」彼の顔が目に入った瞬間、わたしは泣きじゃくった。どうしても止められなかった。「頼むから息をしてくれ。いいか？　息をするんだ」

わたしは大きく息を吸い込んだ。

けれど、そのあとで息を吐き出したかどうかもわからなかった。

「彼が娘さんを連れていきそうな場所に心当たりは？」警官がわたしに質問した。

「いえ、ありません」彼の相棒が隣でメモを取っている。必要な手続きとやらはいっこうに進む気配がない。一刻も早く捜索するべきなのに、何をぐずぐずしているのだろう？　「あの、いつになったら娘を探してくれるんですか？」

トリスタンが方々に電話をかける役目を引き受けてくれた。彼が全員に現在までの状況を伝えると、まもなくわたしの家にフェイとサム、キャシーとリンカーンが集まってきた。ママはマイクと一緒にこちらに向かっているところだった。

「ご心配なのはよくわかりますが、子どもが行方不明になったときは、必要な手順を踏まなければならないんですよ。最近撮った写真も必要ですし、髪や目の色といった娘さんの外見についても、もっと詳しく教えていただかないと。もしかして家出の可能性もあるのでは？」

「あるわけないでしょう！」わたしは息巻いた。そんなことを言うなんて信じられない。「自宅から隠しカメラが何台も見つかったっていうのに、よくも誘拐ではなく家出じゃないかなんて言えるわね。タナー・チェイスが娘を連れ去ったのは確実なんだから、さっさと仕事に取りかかって娘を見つけてきなさいよ！」思わずわめき散らしていた。八つ当たりをする気はなかったけれど、怒りの矛先を向ける相手がほかにいない。無力感にとらわれていた。今回の件はわたしが引き起こしたのだ。わたしのせいだ。最愛の娘が危険な目に遭うかもしれない、いえ、それだけではすまないかも……。

「リジー、もういいよ。おれたちで探そう」トリスタンが耳元でささやく。「大丈夫だから」けれどもその晩、エマは見つからなかった。捜索は続けられ、町の中も、鬱蒼《うっそう》とした森の中も隅々まで調べてまわったが、手がかりは見つからなかった。何ひとつ。やがてママとマイクも到着したものの、彼らに言えることはひとつしかなかった。「きっと見つかるよ」その言葉がいくらかでも慰めになればよかったのだけれど、そうはならなかった。みんなもわたしと同じくらいおびえているように見える。

全員に家へ帰るように言ったが、誰ひとり帰ろうとせずにリビングルームで眠った。ようやくわたしが自分の寝室にたどり着くと、先に来ていたトリスタンが抱きしめてきた。「本当にすまない、リジー」

「あの子はまだほんの子どもなのに……。なんで彼は危険な目に遭わせたりするの？　あの子はわたしのすべてなのよ」

それからしばらく彼の腕の中にいると、窓をこつこつと叩く音がした。目を向けると、窓に付箋紙が貼りつけられていた。

〝この小屋には本がたくさんあるんだな。エマはどの本を読みたがるかな――ＴＣより〟

「えっ」思わずつぶやいた。

「警察に知らせないと」トリスタンがそう言って電話に手を伸ばす。わたしは窓の外を見た。地面にブッバが置かれていた。

「やめて、トリスタン。警察はだめ」わたしは窓を開けて外に出た。「彼はふたりだけで来いと言ってるのよ」

トリスタンも窓から出て、ぬいぐるみを拾いあげた。そこにはまた別の付箋紙が貼られていた。

〝小屋に書庫とは妙だな。小屋には車のほうがふさわしいのに——TCより〟

「あなたの小屋の近くにいるんだわ」そう告げて走りだそうとするわたしを、彼が押しとどめた。

「おれが先に行く」ふたりで彼の家の裏庭に向かう。

「すっかりヒーロー気取りだな、トリスタン」笑い声が聞こえたかと思うと、タナーがこちらを見ていた。一瞬、彼の姿が影のように見えたが、まもなく小屋のほうから薄明かりの中に姿を現した。「エリザベスのボディガードにでもなった気分か」

「タナー、どういうつもりなの？」混乱と恐怖に襲われながら、わたしは問いかけた。

「おい、聞こえるか？」トリスタンがわたしの耳元で声をひそめた。耳を澄ますと、小屋の中から車のエンジン音が聞こえてきた。

「エマはそこにいるのね？」またタナーに尋ねる。

「きみは昔から頭が切れるよな。そういうところが大好きなんだ。むかつくほどお高くとまってるけど、頭が切れる」

「あの子を外に出してちょうだい、タナー。排気ガスが危ないでしょう。命に関わるわ」

「なんでそいつを選んだ？」タナーはそう言って、木工用の丸のこ盤《テーブルソー》に寄りかかった。「どうしてもわからないんだよ。なあ、リズ」

トリスタンがじりじりと小屋に近づこうとすると、タナーが噛みつくように言った。

「おい、だめだ。そこから動くな、このすけべ野郎。動いたら撃つぞ」ポケットに手を突っ込み、拳銃を取り出す。やだ、どうしよう……。

「あなたの望みはなんなの？」泣きそうな声できいた。小屋のほうに視線を向けると、車のエンジンはまだかかったままだった。ああ、わたしの愛する娘が……。「タナー、お願いだから、あの子を返して」

「おれの望みはきみだけさ」タナーは拳銃を振ってみせた。「はじめて会った日からずっと、きみが欲しかった。それなのにスティーブンのやつがきみを口説き落としたんだ。おれのほうが最初に出会ったのに、あいつはそんなことおかまいなしだった。おれがコイン投げにも勝ったのに、それでもきみを奪ったんだ。そしてあいつが死んだあと、おれは悲しみに暮れるきみに時間を与えてやった。あいつを懐かしむ時間を。そうやってきみだけをずっと待っていたのに、どこからともなくその野郎が現れて、きみをかっさらっていったんだ！」タナーは感極まった様子で涙をぬぐった。「なぜおれを選ばないんだ？　なあ、リズ？　どうしておれのもとに戻ってこない？　なんでおれの顔を見ようともしないんだよ！」

「タナー」おずおずと彼のほうに近づいた。「わたしはあなたを見ているわ」

彼がかぶりを振る。「いや、どうせ怖いからだろう。おれだってばかじゃないんだぞ。おれはばかじゃない！」

タナーのうろたえた目を見つめて距離を詰めた。必死に恐怖を抑え込みながら。どうにか平静を装って。「怖くなんかないわ、タナー・マイケル・チェイス。全然怖くなんかない」

さらに近づき、彼の頬に触れる。タナーの目が大きく見開かれ、息遣いが荒くなった。「ほら、あなたを見ているでしょう」

タナーが目を閉じ、わたしの手に顔をすり寄せる。「ああ、リズ。おれが欲しいのはきみだけなんだ」

拳銃を持っていないほうの手が腰にまわされた瞬間、体に震えが走った。唇が触れそうなほど顔が近づき、彼の熱い息がかかる。

そのとき背後で小屋のドアが開く音がして、タナーがぱっと目を開けた。

「この淫乱女！」タナーがののしった。だまされたことに気づいたのだ。彼はわたしを地面に突き飛ばすと、拳銃を構えてトリスタンを撃とうとした。けれどもトリスタンは、すでに小屋の中に姿を消していた。タナーがあとを追おうとしたので、わたしは彼の脚にしがみついて地面に引き倒した。

拳銃がタナーの手から滑り、ふたりのあいだに落ちる。同時にすばやく起きあがってそれをつかみ取ろうとして、揉みあいになった。拳銃を奪いあっているうちに、彼の肘がわたしの目にぶつかった。「離せ、リズ！」タナーが叫んだが、わたしは拳銃をつかんだ手を離さなかった。離すわけにはいかない。トリスタンはエマを無事に助け出さなければならないのだ。なんとしても娘を救ってもらわなければ。「おい、撃つぞ、リズ。おれは本気だ。死ぬほど愛してるけど、本当にやるからな。手を離せよ。頼むから！」タナーがわめく。

「タナー、もうこんなことはやめて！」わたしは懇願した。拳銃が手から滑り落ちそうだ。

「お願いだから」こんな恐ろしい悪夢はもう終わりにしたかった。

「愛してたんだ」涙を流しながら、彼がか細い声で言った。「きみを愛してた」

最初に聞こえたのは一発の銃声だった。わたしたちはふたたび取っ組みあった。続いて二発目の銃声。その直後、おなかのあたりに焼けるような衝撃を感じると同時に、吐き気が喉元までこみあげてきた。恐怖のあまり、目をかっと見開く。一面が血まみれになっていた。血が出てる？　わたしは死ぬの？

「リジー！」トリスタンの大きな声が聞こえ、彼がエマを抱いて小屋から飛び出してきた。

わたしは放心状態のまま、トリスタンの顔を見た。全身が自分のものではない血にまみれている。わたしの下にはタナーが倒れていて、ぴくりとも動かずに、体からどくどくと血が流れ出ていた。ああ、どうしよう。「彼を殺しちゃった。わたしが殺したんだわ。わたしが殺したの」悲鳴をあげた。体の震えが止まらない。

そのときになって、わたしの家にいた全員が裏庭に集まってきた。誰かが怒鳴ったり叫んだりする声が聞こえた気がした。警察に電話しろ、という声も。わたしの肩に手が置かれ、立つように言われる。エマが息をしていない、という声。心肺蘇生法《CPR》を続けろ、トリスタン、という別の声。世界がまわっていた。周囲の人たちがスローモーションで動いている。家の正面のほうで揺らめいている赤と白と青の光が、わたしの心にじりじりと焼きついていた。救急救命士がエマの処置を引き受けた。ママが涙を流し、フェイが泣きじゃくっている。誰かがわたしの名前を呼んでいた。

あたりは血の海だ。

彼を殺してしまった。

「リジー！」トリスタンの声で、いきなり現実に引き戻された。「ああ、リジー」彼がしゃがみ込み、両手でわたしの顔を包む。その手に涙が伝い落ちると、彼は顔をくしゃっとさせて微笑んだ。「きみは今、ショック状態にあるんだ。きみも撃たれたのか？　けがはないか？」

「わたしが彼を殺したの」やっとの思いでそう口にすると、頭をあげてタナーを見ようとした。でも、トリスタンがそうさせなかった。

「違う。そうじゃない。きみのせいじゃないんだ。とにかくおれのもとに戻ってこい。いいか？　よし、リジー、まずはその拳銃を下に置こう」

視線を落とすと、血みどろの手にはまだ拳銃が握られていた。「やだ」口の中でつぶやき、拳銃を脇に放る。トリスタンがすかさずわたしを抱えて立ちあがらせ、微動だにしないタナーから引き離した。トリスタンの肩に頭をもたせかけたまま、警官と救急救命士が駆け寄ってくる様子をぼんやりと眺める。

「エマはどこ？」首をめぐらせて、あたりを探してみた。「エマはどこなの！」

「今、病院へ運ばれているところだよ」トリスタンが言い聞かせるように言う。

「行かなくちゃ」彼の手から離れようとしたが、脚ががくがくして地面に倒れそうになった。

「あの子の様子を見に行かなくちゃ」

「リジー」トリスタンがわたしの肩をつかんで揺さぶった。「少しのあいだでいいから、意識を集中するんだ。瞳孔が開いているし、心拍も異常な速さだ。呼吸も乱れてる。きみも救命士に診てもらったほうがいい」

彼の唇が動き続けている。目を細め、どうにか聞き取ろうとしたけれど、ただぶつぶつ言っているようにしか聞こえなかった。

次の瞬間、体から力が抜け、視線が定まらなくなった。

まわりがすうっと暗くなっていく。


「エマ！」大声をあげると同時に目を開けて飛び起きた。その瞬間、鋭い痛みを感じて、もとの姿勢に戻った。部屋の中を見まわすと、さまざまな機器とキャビネット、病院で使われる器具類が目に入ってきた。

「おかえりなさい」ベッドのかたわらに座っていたママが言った。頭の中に混乱が広がり、思わず眉間にしわを寄せる。ママが身を乗り出して、わたしの髪を指ですいた。「大丈夫よ、リズ。何もかも大丈夫だから」

「どうなったの？　エマはどこ？」

「トリスタンが付き添ってるわ」

「あの子は無事なの？」起きあがろうとして、脇腹に痛みが走った。「うっ！」

「とにかく落ち着きなさい。脇腹に銃弾が当たったの。エマなら大丈夫。今は目を覚ますのを待っているところよ。呼吸を助けるために管を入れているけど、あの子は無事だから」

「トリスタンが一緒にいるのね？」ママがうなずく。なんとか状況をのみ込もうとして、体に視線を落とした。左の脇腹に包帯が巻かれ、体じゅうが血で汚れていた。自分の血と、自分以外の……。「タナーは……彼はどうなったの？」

ママは顔を曇らせて、かぶりを振った。「助からなかったわ」

わたしは横を向き、窓の外を眺めた。安堵感に満たされているのか、それともすっかり混乱しているのかわからない。

「エマの様子を見てきてくれる？」そう頼むと、ママはわたしの額にキスをして、すぐに戻るからと言って病室を出た。でも、戻ってきてくれなくていい。今はひとりでいたい。

43

トリスタン

　おれはベッドの脇に座り、エマをじっと見つめていた。彼女は、五歳の少女にしてはあまりに多くの試練をくぐり抜けていた。小さな肺が必死に呼吸を繰り返し、胸が上下している。鼻に通された細い管を見ているうちに、さまざまな恐ろしい記憶がよみがえってきた。そばに置かれた機器類のピーッという音が、チャーリーの手を最後に握った日のことを思い出させる。

「この子はチャーリーじゃない」おれはひとりごちた。なんとかして、ふたつの状況を比べないようにしていた。医師の話では、エマは命に別状はないという。目を覚ますまで、もう少し時間がかかるというだけなのに、心配でたまらなかった。心の傷をいやでも思い出してしまう。エマの小さな手を握りしめ、自分のほうに引き寄せると、そっとささやきかけた。

「なあ、お嬢さん。きみは大丈夫だ。必ず元気になるってことを伝えておこうと思う。なぜなら、おれはきみのママを知っているからだ。きみは母親の強さをしっかり受け継いでいるんだよ。だから負けるんじゃないぞ、わかったか？　必死に闘って、闘い続けて、そして目を開けるんだ。必ずおれたちのもとに戻ってこいよ。さあ、目を開けてくれ」すがるように言い、彼女の手にキスをする。

次の瞬間、ベッドのまわりから聞こえてくる機械音のペースが速くなった。胸が締めつけられ、あたりを見まわす。「誰か、早く来てくれ！」大声で呼ぶと、ふたりの看護師が駆け込んできた。おれは立ちあがり、あとずさりした。そんなばかな。まさか今度もまた……。

思わず視線をそらし、手で口を覆って祈りの言葉をつぶやく。もともと祈りを捧げるような人間ではないが、そうせずにはいられなかった。もしかしたら今日だけは、神さまも耳を傾けてくれるかもしれない。

「ティック」

か細い声がした。

くるりと向き直り、エマのそばに駆け寄ると、彼女の青い目が開いていた。わけがわからず、戸惑っているようだ。おれはエマの手を握り、看護師たちのほうを向いた。

ふたりの看護師が同時に微笑み、ひとりが口を開いた。「もう大丈夫ですよ」

「もう大丈夫？」おうむ返しにきいた。

ふたりがまた同時にうなずく。

エマはもう大丈夫だ。

「ああ、エマ。ひやひやしたよ」彼女の額にキスをした。

エマは目を細めると、わずかに頭を左に傾けた。「帰ってきたの？」

さらにきつく手を握りしめた。「ああ、帰ってきたんだ」エマは口を開いて何か言いかけたが、荒い息をして咳《せ》き込んだ。「落ち着いて、大きく息を吸ってごらん」

エマは言われたとおりにすると、眠そうな目をして枕に沈み込んだ。

「ティックにもゼウスにも、もう会えないのかと思ってた。パパみたいに」また眠りに落ちようとしている。彼女の言葉に胸が張り裂けそうになった。

「おれはここにいるよ、相棒」

「ねえ、ティック」今にも消え入りそうな声でエマが言った。目がゆっくりと閉じられていく。

「なんだい？」

「お願いだから、わたしとママを置いていかないで」

おれは手のひらで涙をぬぐい、目をしばたたいた。「心配しなくていい。もうどこへも行かないから」

「ゼウスも？」

「ああ、ゼウスもだ」

「約束してくれる？」エマはあくびをすると、おれが答える前にふたたび眠りに落ちた。

それでもおれは答えた。すでに夢の中の彼女に向かってそっとささやく。「ああ、約束だ」

「トリスタン」振り返ると、ハンナがこちらを見つめていた。

「エマはついさっき目を覚ましました」おれは立ちあがった。「かなり消耗しているようですが、もう大丈夫だそうです」

ハンナが安心したように胸を撫でおろした。「ああ、よかった。リズもあっちの病室でさっき目を覚ましたわ。エマの様子を見てきてほしいって頼まれたの」

「目を覚ましたんですか？」エリザベスの顔を見に行こうと思い、ドアのほうに近づきかけたが、ふと立ち止まってエマに視線を戻した。

「わたしがそばについてるわ。ひとりにはしないから」

「起きたんだな」エリザベスは窓の外を眺めていた。こちらを振り返り、かすかに微笑む。

「エマは大丈夫なのね？」

「ああ」ベッドに近づき、彼女のそばに腰をおろした。「あの子は元気だ。今はきみのお母さんが付き添ってるよ。調子はどうだ？」エリザベスの手を取ると、彼女はつないだふたりの手に視線を落とした。

「銃弾が当たったらしいの」

「心臓が縮みあがったよ、リジー」

彼女はおれの手から自分の手を引き抜いた。小さな吐息をもらして目を閉じる。

「今回のことをどう受け取ればいいのかわからないのよ。今はただ、娘を連れて家に帰りたい」

おれは首のうしろを撫でながら、エリザベスの体を隅々まで観察した。脇腹には包帯が巻かれ、全身に血痕が残っている。表情は険しかった。彼女の気分を楽にしてやりたいし、孤独感をやわらげてやりたい。でも、どうすればいいのかわからない。

「いつ退院できるのか、きいてきてもらえる?」

おれはうなずいた。「ああ、もちろん」立ちあがり、ドアのところで立ち止まる。「愛してるよ、リジー」

エリザベスの肩が上下したかと思うと、彼女はおれから顔をそむけた。

エマはエリザベスよりも先に退院が決まり、ハンナと一緒に家で過ごすことになった。おれはエリザベスが入院しているあいだ、ずっとそばに付き添っていた。いよいよ病院を出るというとき、家まで送っていくと申し出ると、彼女は断りこそしなかったが、ひと言も口をきかなかった。

「さあ、手を貸そう」運転席からおりると彼女のもとに駆け寄り、車からおりるのを手伝おうとした。

「大丈夫よ」エリザベスはぼそりと言い、おれの助けを借りようとしなかった。「わたしは大丈夫だから」

彼女について家に入ると、帰るように言われたが、おれは従わなかった。ハンナとエマは、子ども部屋にあるエマの小さなベッドで一緒に眠っていた。

「トリスタン、本当にもう帰って。わたしなら大丈夫。ひとりで大丈夫だから」

ただの強がりだと本人が気づく前に、エリザベスは何度その言葉を口にするのだろう？

「シャワーを浴びたら、すぐベッドに入るわ」バスルームへ向かおうとして、エリザベスは不意に大きく息を吸い込み、戸枠を握りしめた。少しよろけたので駆け寄って支えてやると、彼女は体を引き離した。「あなたの助けは必要ないわ、トリスタン。あなたがいなくても、わたしは大丈夫なの」冷たく言い放つ。だが、内心ではひどくおびえているような口調だった。「自分自身と愛する娘がいればそれでいい。わたしたちは平気よ。わたしは平気なの。平気なんだから」転ばないようにおれのTシャツをつかみながら、彼女は静かに言った。「わたし……わたしは……」とうとう泣きだしたので、おれはエリザベスを抱き寄せた。彼女はおれのTシャツに顔をうずめて泣いた。「あなたはわたしを置いていったじゃない」

「すまない、本当に悪かった」おれはため息をついた。なんと言えばいいのかわからない。実際、エリザベスとエマを置いていったのだ。物事が現実味を帯びたとたん、おれはさっさと逃げ出した。エリザベスを愛しているという事実にどう向きあえばいいのか、わからなくなったのだ。なぜなら、彼女を愛するということは、いつか失うかもしれないということだから。そして何よりもやりきれないのは、誰かを失うことだから。「怖くなったんだ。それにかっとなっていた。完全に誤ったんだよ。でも、これだけは聞いてくれ。もうどこへも行かない。おれはここにいる。ずっときみのそばにいるよ」

エリザベスは体を離し、手で涙をぬぐうと、涙を止めようとするかのように陽気に笑ってみせた。「悪いけど、まずシャワーを浴びたいの」

「おれはここで待ってる」

茶色の目がおれの目をとらえると、彼女の口元にゆっくりと小さな笑みが浮かんだ。

「わかったわ」

エリザベスがバスルームのドアを閉める。シャワーが流れる音を聞きながら、ドアに寄りかかって彼女が出てくるのを待った。

「わたしは大丈夫。大丈夫なのよ」彼女が何度も自分に言い聞かせる声が聞こえた。そのうち声が震えだし、やがて泣き声に変わった。ドアのノブをつかんで押し開けると、エリザベスはバスタブの中に座り込み、両手で顔を覆って泣いていた。乾いて髪にこびりついていた血が流れ落ちていく。おれはとっさにバスタブの中に入り、彼女の体を抱きしめた。「エマは無事だったのよね？」おれの腕の中で体を震わせながら、彼女がきいた。

「ああ、そうだ」

「わたしは大丈夫なの？」

「ああ、リジー。きみは大丈夫だよ」

おれはひと晩じゅう、エリザベスのそばにいた。一緒にベッドには入らずに、ずっと机の前に座っていた。必要以上に近づかないようにしながらも、そうすることで、もう二度とひとりにはしないと伝えていた。

44

エリザベス

裏庭から聞こえてくる芝刈り機の音で眠りから覚めた。太陽も目覚めたばかりのこんな時間に、芝を刈る必要などないはずだ。裏口のほうへ行ってみると、トリスタンがタナーとの一件が起こった付近の芝を刈っていた。わたしは胸に手を当てながら、ポーチの階段をおりていった。つま先に触れた芝生が、朝霜でしっとりと濡れていた。

「何をしてるの？」

トリスタンがこちらを向き、芝刈り機を止めた。「きみにこの状態を見せたくなくてね。この件には関わらせたくない」彼はジーンズのポケットに手を突っ込み、一枚の硬貨を取り出した。「これはタナーが落としたものみたいだが……ちゃんと見たことがあるかい？　このコインは両面が同じだ。必ず表が出るようになっているんだよ」

「じゃあ、彼がコイン投げで勝ったというのはいかさまだったってこと？」少し驚いてきいた。

「どうしてすべての断片をもっと早くつなぎあわせられなかったんだろうな。まさか、きみとエマに危害がおよぶとは……何かおかしいと気づくべきだったんだ。おれが気づいていれば……」

トリスタンはやっぱりわたしの世界そのものだ。すべてが思いすごしだったことにしてしまいたい。彼がわたしたちを置いていったことも、結局は戻ってきたことも。ひょっとしたら、彼が自分のものになるかもしれないと思ったことさえも。でも、余計なことを考えるなと心が命じている。心の赴くままに生きるのだと語りかけている。なぜなら今のわたしたちにあるのは、はかないこの一瞬だけだから。わたしはただ、目の前の男性を愛おしめばいいのだ。「愛してるわ」わたしはささやいた。あの荒々しい目が、見たこともないほど悲しげに微笑んだ。

わたしはトリスタンに近づくと、彼の首のうしろに手をやり、唇を引き寄せた。けれども彼の手が腰に当てられた瞬間、鋭い痛みが全身を駆け抜け、思わずびくりとした。

「大丈夫か？」彼が気遣わしげな口調で言う。

わたしはくすりと笑った。「痛みが余計にひどくなったじゃない」唇を押し当てると、彼の息遣いを感じた。わたしがトリスタンの息を吸い込み、彼がわたしの息を吐き出している。ふたりの背後から朝日がのぼり、芝生を明るく照らした。そう、わたしたちはこの光を求めていたのだ。「愛してるわ」もう一度ささやいた。

トリスタンがわたしの額に額を押しつける。「リジー……もう二度と逃げ出したりしないってことを、きみに証明しないとな。きみとエマにふさわしい男だと証明してみせるよ」

「黙りなさい、トリスタン」

「えっ？」

「黙れって言ったのよ。あなたは娘の命を救ってくれた。わたしの命も救ってくれた。それでじゅうぶんよ。あなたはわたしたちの世界そのものなの」

「これからもずっと、きみたちふたりを愛し続けるよ、リジー。これから一生かけて、ふたりへの愛を証明してみせる」

わたしは彼の濃い顎ひげに顔を寄せ、下唇を指でもてあそんだ。「ねえ、トリスタン」

「なんだい？」

「キスしてくれる？」

「ああ」

そして彼は言われたとおりにした。


「じゃあ、あなたたちは……よりを戻したってことなのね？」ある日の夕方、フェイがわたしにきいた。わたしたちは例によって、公園でシーソーに座っていた。エマはほかの子どもたちと一緒に駆けまわり、滑り台やブランコで遊んでいる。タナーとの一件から一カ月が経っていた。あれからトリスタンはミスター・ヘンソンの店に戻り、自分の夢を実現させようとしている。

「さあ、どうかしら。あのね、うまくいってるのよ。だけど、どういう関係かってきかれると……はっきりさせなくてもいいような気もするし。とにかく、一緒にいられるだけでいいの」

フェイが眉根を寄せる。「そんなのだめ！」彼女が急にシーソーから飛びおりたので、わたしは地面にしたたか打ちつけられた。

「痛っ！」お尻をさする。「ちょっと、おりるなら、そう言ってよね」

「その話のどこが面白いわけ？」フェイがにやりとした。「さあ、行くわよ」

「行くってどこへ？」

「トリスタンの店に決まってるじゃない。あなたのその、どういう関係かはわからないけどこれでいいの、なんて戯言《たわごと》はじれったくて聞いてられないわ。本人の口から直接答えを聞いてやる。さあ、行くわよ、エマ！」

エマが駆け寄ってくる。「もう帰るの、ママ？」

「ううん。あの役立たず《ディック》に会いに行くのよ」フェイが答えた。

「それって、ティックのこと？」エマが尋ねる。

フェイが吹き出した。「そうそう、そう言おうとしたの」

フェイとエマが通りを歩きはじめたので、わたしは急いであとを追った。

「ねえ、また日を改めましょうよ。彼は店のことでくたくたになっているの。来週の開店に向けて、お父さんと一緒にあれこれ準備を整えているところなのよ。仕事の邪魔になるだけだわ」ふたりはわたしの言葉に耳を貸そうともせず、すたすた歩いていく。そうこうするうちに店の前までやってきたけれど、店内の明かりはすべて消えていた。「ほらね？　彼はもう帰ったのよ」

　フェイが目をぐるりとまわしてみせる。「きっとどこかで仮眠でも取ってるんだわ」彼女はドアのノブをまわした。鍵はかかっておらず、そのまま中に入っていく。

「ちょっと、フェイ！」小声でたしなめたが、エマも一緒についていったので、急いでドアを閉めてあとを追った。「勝手に入ったらまずいわよ」

「でしょうね」そう言いながらも、フェイが照明のスイッチを入れる。次の瞬間、照らし出されたのは、店じゅうに散らされた無数の白い羽根だった。「でも、あなたは許されると思うわ」彼女が近づいてきて、わたしの額にキスする。「あなたは幸せになるべきよ、リズ」くるりと向きを変えると、フェイはそのまま店を出ていった。残されたエマとわたしは、その場に立ちすくんだ。

「ねえ、見て、ママ。羽根がこーんなにたくさん！」エマがはしゃいだ声を出す。

わたしは店の中を歩きまわりながら、トリスタンが作った美しい木工品にひとつずつ触れていった。すべてが白い羽根に覆われている。「ええ、見てるわ」

「きみに夢中なんだ」低い声がして、すばやく振り返った。店の戸口にトリスタンが立っていた。黒いスーツに身を包み、髪はうしろに撫でつけている。胸がどきどきしたが、それさえもどうでもいいような気がした。

「わたしもあなたに夢中よ」わたしは答えた。

「きみたちはまだ、おれの作品を見たことがなかっただろう？」トリスタンは店の中を歩きながら、自分と父親が作った木工品の数々に目をやった。

「ええ、それにしてもすごいわ。見事な腕前ね。きっとすばらしいお店になるわよ」

「それはどうかな」彼はそう言って、ドレッサーの上に腰かけた。引き出しの取っ手には言葉が刻まれ、前面にもさまざまな童話の一節が彫られている。息をのむほど美しい。「一緒に店をやるって話に、父が乗り気じゃなくなったんだ」

「えっ？」面食らって尋ねる。「どうして？　それがふたりの夢だったんでしょう？」

トリスタンは肩をすくめた。「せっかく息子を取り戻したのに、一緒に事業をはじめて、また失うことになるのはごめんだと言うんだよ。まあ、父の言い分もわからなくはないけど、この店をひとりでやっていくのは無理だと思うんだ。とにかく新しいパートナーを探さないと」

「どうやって探すの？」わたしも彼の隣に腰をおろした。エマは店の中を走りまわり、白い羽根を拾い集めている。

「さあ、どうするかな。この仕事に適した人材が必要なんだ。頭が切れる人で、インテリアデザインの知識も多少はあったほうがいい。何しろ、おれは木工品の売り方しか知らないからな。この店に雑貨をもう少し置いたほうがいいと思わないか？」

話が進むにつれ、わたしの頬が熱くなってきた。

「インテリアデザインに詳しい人を誰か知らないか？　すぐにでも雇いたいんだが」

わたしはにっこりしてみせた。「それなら心当たりがあるわ」

トリスタンがわたしの下唇を指でなぞった。そしてドレッサーからおり、わたしの前に立った。「おれは間違いだらけの人生を送ってきた。これからも過ちを犯すかもしれない。へまばかりやらかすだめな人間で、ふたりの関係もめちゃくちゃにしてしまった。おれがしでかしたことを、きみは心から許す気持ちにはなれないだろう。許してもらえるとも思ってないよ。でも、おれは絶対にあきらめない。必ず修復してみせる。ふたりの関係をやり直してみせるよ。きみを愛してるんだ、リジー。そして一度だけチャンスをもらえるなら、おれのすべてはきみのものだと一生をかけて証明してみせる。いいところも、悪いところも、みっともない面も、すべてきみのものだと」

「トリスタン――」声がかすれた。思わず泣きだすと、抱きしめられた。「ものすごく寂しかったんだから」彼の胸にもたれかかる。

トリスタンはわたしの左側にある引き出しを開けた。中から小さな黒い箱が出てくる。彼が箱を手に取って蓋を開けると、そこには手作りの美しい木製の指輪がおさまっていた。中央には、ひと粒の大きなダイヤモンドが埋め込まれている。「おれと結婚してくれないか？」

「わたし……」エマのほうに視線を走らせる。「わたしはひとりじゃないのよ。わたしと一緒になるってことは、あの子も一緒ということなの。でも、あなたにエマの人生にまで責任を負ってもらおうとは思っていないわ。だから……」

トリスタンが今度はわたしの右側にある引き出しを開けた。さっきよりも小さな黒い箱が出てくる。その瞬間、心がとろけそうになった。彼が箱の蓋を開けると、さっきよりも小さいけれど、そっくりな指輪が入っていた。

「おれはあの子も愛しているんだよ、リジー。あの子が愛しくてたまらないんだ。きみが抱えている責任をこの先ずっと一緒に背負っていけるなら、そんなに光栄なことはない。なぜって、きみを愛してるからだ。きみの心も、きみの魂も。心から愛してる、エリザベス。これからもずっと、きみときみの大事な娘を愛し続けるよ」トリスタンはエマのもとに行くと、彼女を抱きあげてわたしの隣に座らせた。「エマ、エリザベス、ふたりともおれと結婚してくれないか？」そう言うと、指輪の入ったふたつの箱をそれぞれ左右の手に持って差し出した。

声も出せなかった。言葉が見つからない。愛しい娘がわたしの脇腹を小突いた。口元に満面の笑みを浮かべながら。わたしも今、そっくり同じ表情をしているのだろう。

「ママ、早く〝イエス〟って言って！」

わたしは言われたとおりにした。「答えはイエスよ、トリスタン。何度でも言うわ、イエスって」彼の顔に笑みが浮かんだ。

「エマ、きみは？　おれと結婚してくれるかい？」

エマは両手を高く振りあげると、聞いたこともないような大声で〝イエス〟と叫んだ。トリスタンがわたしたちの指に指輪をはめた次の瞬間、大勢の人たちが店の中になだれ込んできた。親しい友人や家族が勢ぞろいしている。フェイはウィンクをしてみせた。エマがゼウスのもとに駆け寄ると、ゼウスもエマのほうに走ってきた。忠実な犬は、互いが家族になったことを察したようだ。

わたしたちの未来を祝して、みんなが喝采の声をあげたり、祝福の言葉を浴びせたりしはじめた。なんとなく、新たに夢が実現したような気がした。

トリスタンがわたしを抱き寄せ、このときになってようやく唇を合わせてきた。永遠にも思える長いキス。彼は唇を重ねたまま、わたしのすべてを味わい尽くした。わたしもキスを返し、彼への無限の愛をそっと誓った。ふたりで額を寄せあうと、わたしはため息をもらし、指にはめられた指輪に視線を落とした。「これはわたしを雇いたいっていうこと？」

トリスタンがわたしをさっと抱き寄せ、深いキスをした。わたしは愛と希望と幸福で満たされた。「ああ、そうだ」

エピローグ

五年後

トリスタン

エマと一緒に作ったダイニングテーブルの下で、三人が眠り込んでいた。今夜もテーブルを要塞に見立てたのだろう。毎週土曜日の夜は、そこでみんなで映画を観たり、〝キャンプごっこ〟をするのが家族の恒例行事になっている。エマに言わせれば、そんな子どもっぽい遊びはもう卒業したらしいのだが、弟のコリンに遊んでほしいとせがまれたら、いやとは言えないようだ。

コリンはきれいな顔をした男の子で、母親にうりふたつだった。笑い方や泣き方、愛し方まで母親にそっくりだ。コリンがおれの額にキスをするたびに、自分は地球上でもっとも幸運な男だと思える。

おれもテーブルの下にもぐり込み、美しい妻の隣に行くと、ふっくらとしたおなかに唇を押し当てた。数週間以内に、また新たな奇跡が生まれるだろう。美しい存在がまたひとつ、家族に加わるのだ。

それからしばらくのあいだ、リジーとエマとコリンをひたすら見つめていた。おれはなぜ人生で二度目のチャンスをもらえたのだろう？　なんでこんなに幸せになれたんだ？　ふと、自分が死んだ瞬間を思い出す。病室で待っていたら、チャーリーが息を引き取ったと医師から告げられた。そして、おれもあの日にこの世を去った。人生がぱたりと止まり、おれの呼吸も止まった。

そんなときエリザベスが現れ、生き返らせてくれた。おれの肺に息を吹き込み、暗い影を光で満たしてくれたのだ。その明るい光のおかげで、今日という幸せな日は永遠に続くのだと徐々に信じられるようになった。昨日の苦しみもなければ、明日への恐怖もない。この瞬間は、過去を振り返ることもなければ、未来に手を伸ばそうとも思わない。ただ、あるがままに生きるのだ。今日という日を。

もちろん、いまだにつらい日もあれば、最高に楽しい日もある。それでもおれたちは一途に愛しあっている。愛情がさらに深まるしかないような愛し方だった。光の差す日にはきつく抱きあい、影の差す日には、もっときつく抱きあった。

エリザベスの隣に横たわって体を包み込むと、彼女もすり寄ってきた。茶色の目が開き、口元に愛らしい笑みが浮かぶ。「幸せ？」彼女が小さな声できいた。

耳たぶにキスをして、おれはうなずいた。「ああ、幸せだよ」

エリザベスの目がまたゆっくりと閉じられていく。彼女の息遣いを唇に感じた。エリザベスが息を吐き出すたびに、おれがその息を吸い込む。すべてを体の中に取り込んだとき、彼女はおれのものなのだとつくづく思う。未来に何が待ち受けていようと永遠に。来る日も来る日も、彼女に恋い焦がれている。日を追うごとに愛が深まっている。エリザベスの両手がおれの胸に置かれて、おれもゆっくりと目を閉じた。人生は完全に壊れたりはしない。傷を負うこともあるが、その傷も時間とともに癒えていく。時間がおれをすっかりもとどおりにしてくれたのだ。

子どもたちはおれの親友だ。どの子もみんな。チャーリー、エマ、コリン、そして美しい妻のおなかにいる、名もなき天使も。彼らはみな利発で、陽気で、深く愛すべき存在だ。おかしな話だが、エマの目を見つめていると、ときどきチャーリーがこちらに向かって笑いかけているように思えることがある——ぼくとママは大丈夫だよ、と。

そしてエリザベスがいる。

愛される資格なんかなかったおれを愛してくれた、美しい女性。彼女のぬくもりに癒され、彼女の愛に救われた。言葉では言い尽くせないほど大切な存在だ。

おれの大切な人。

彼女らしいところも、らしくないところも愛おしくてたまらない。日向にいようと、日陰にいようと守りたい。声高らかに慈しみ、ささやき声でいたわりたい。喧嘩をしても、平穏なときも、ただただ彼女を大事に思う。

おれにとって、彼女がどういう存在かなんて今さら言うまでもないし、いつもそばにいてほしいと思う理由だって明らかだ。

なぜなら、彼女は空気のような存在だから。

テーブルの下で眠りにつこうとすると、子どもたちがおれたちにすり寄ってきた。おれは妻の口元に唇を寄せ、そっとキスをした。「愛してるよ」おれはささやいた。

エリザベスは夢の中で微笑んだ。

彼女にしてみれば、とっくにわかりきったことだから。

訳者あとがき

ある日突然、愛する人が死んでしまったら、残された人間はどんなにつらいでしょう。深く愛していればいるほど、それこそ半身をもぎ取られたような苦しみに襲われるに違いありません。本書は、そんなつらい思いを抱えている者同士が出会って恋に落ちる物語です。

ヒロインのエリザベスは夫を突然の自動車事故で亡くしたあと、幼い娘のエマとともに母親の家に身を寄せていました。けれど、いつまでも悲しみに暮れているわけにはいかないと、夫と暮らしていた家に一年ぶりに戻ります。ところがポンコツの車に乗っていたせいで犬にけがをさせてしまい、飼い主であるトリスタンと出会います。とげとげしく、あからさまに周囲の人間を拒否するトリスタンは町じゅうの嫌われ者。ですが彼がそんな態度を取るのは、妻と息子を失った心の痛みからでした。エリザベスとトリスタンは、同じ苦しみを抱える者同士、急速に関係を深めていくのですが……。

ヒロインもヒーローも死んだパートナーと心から愛しあい、幸せな結婚生活を送っていたために、なかなか立ち直れずにいます。とくに妻だけでなく息子も失ったトリスタンの傷は深く、両親のことすら拒否して、自分を痛めつけるように孤独に生きています。エリザベスだけが彼の心の内側に入れたのは、同じ境遇にあるからでしょう。ふたりは死んだパートナーを忘れたくないと願い、互いの同意のうえで、それぞれを愛する人に見立てて愛しあい、つかのまの安らぎを得ます。もちろんそんな不自然な関係が続くわけはないのですが、やがてふたりは相手を本当に好きになっていると気づくのです。

章ごとにエリザベスとトリスタンそれぞれの一人称で語られる形となっているため、ふたりの心情が臨場感をもって伝わってきます。とくに前半はそうした描写が丁寧に重ねられ、愛する人を忘れたくない、先に進むのではなく幸せだった過去に戻りたいというふたりの思いが胸に迫ります。そして後半は一転して、ふたりのパートナーの死をめぐる詳細が明らかになり、スピーディーに話が展開していきます。

本書は主人公以外のキャラクターたちも魅力的で、とくにヒロインの親友であるフェイがなかなか強烈です。エリザベスとフェイの会話がかなりざっくばらんで、アメリカの女子同士の会話ってこんなかなあと思わず笑ってしまいました。こまっしゃくれたエマもかわいいし、魔術用品の店〈ニードフル・シングス〉の店主であるミスター・ヘンソンもいい味を出しているので、そういう部分も楽しんでいただけたらと思います。

本作の作者であるブリタニー・チェリーはアメリカのミルウォーキー在住で、現在数冊の著書があります。本書は「エレメンツ・シリーズ」の一作目。このシリーズは共通の登場人物がいるわけではなく、各作がそれぞれ空気、水、土、火の四元素をテーマとしてゆるやかにつながっているようです。本書の原題は〝The Air He Breathes〟で、直訳すると〝彼の吸う空気〟。四元素のうち〝空気〟がテーマとなっています。〝愛する人を亡くすと息をするのもつらい〟というのがキーフレーズとなっていて、〝とにかく一回、息を吸おう〟とか、〝互いの息を吸い込みながら〟等の表現が数多くちりばめられています。この〝Air＝空気〟を頭の片隅にイメージしながら読むと、この繊細なラブストーリーをいっそう深く味わっていただけるかもしれません。

二〇一六年六月

ライムブックス

奇跡《きせき》が舞《ま》いおりた日《ひ》に

著　者　ブリタニー・C・チェリー
訳　者　緒川久美子《おがわくみこ》

2016年7月20日　初版第一刷発行

発行人　成瀬雅人
発行所　株式会社原書房
〒160-0022東京都新宿区新宿1-25-13
電話・代表03-3354-0685　http://www.harashobo.co.jp
振替・00150-6-151594
カバーデザイン　松山はるみ
印刷所　図書印刷株式会社

落丁・乱丁本はお取替えいたします。
定価は、カバーに表示してあります。
 ISBN978-4-562-04485-6 Printed in Japan